Janne Mommsen hat in seinem früheren Leben als Krankenpfleger, Werftarbeiter und Traumschiffpianist gearbeitet. Inzwischen schreibt er überwiegend Romane und Theaterstücke. Mommsen hat in Nordfriesland gewohnt und kehrt immer wieder dorthin zurück, um sich der Urkraft der Gezeiten auszusetzen.

Janne Mommsen

Frühlingsgefühle im kleinen Friesencafé

Roman

Rowohlt Taschenbuch Verlag

Songzitat S. 42: *What a Wonderful World.*
Text: George Douglas und George David Weiss.

Songzitat S. 103: *Your Song.*
Text: Elton John und Bernie Taupin.

2. Auflage März 2025
Veröffentlicht im Rowohlt Taschenbuch Verlag,
Hamburg, März 2025
Copyright © 2024 by Rowohlt Verlag GmbH,
Kirchenallee 19, 20099 Hamburg
Die Nutzung unserer Werke für Text- und Data-Mining im
Sinne von § 44b UrhG behalten wir uns explizit vor.
Covergestaltung Hauptmann & Kompanie Werbeagentur, Zürich
Coverabbildung Shutterstock
Satz aus der Plantin MT Pro bei CPI books GmbH, Leck
Druck und Bindung CPI books GmbH, Leck
ISBN 978-3-499-00962-4

Kontaktadresse nach EU-Produktsicherheitsverordnung:
produktsicherheit@rowohlt.de

*Auf Veränderung zu hoffen, ohne selbst
etwas dafür zu tun, ist, wie am Bahnhof zu stehen
und auf ein Schiff zu warten!*

Albert Einstein

1

*A*lles ist gut. Gonzos Krabbenkutter liegt fest vertäut im Wyker Hafenbecken, der dunkelrote Holzrumpf leuchtet in der nordfriesischen Sonne. Er sitzt auf einem Klappstuhl an Deck seiner *Lille Mor* mit dem Rücken zum Kai und legt die nackten Füße auf die Reling. Das Hafenwasser kräuselt sich in der sanften Brise. Sein Gesicht und seine Hände sind braun gebrannt, auch im Winter. Da er das ganze Jahr draußen ist, passiert das wie von selbst. In der Hand hält er eine Angel, der Köder ist im Wasser abgetaucht. Einfach nur rumsitzen und aufs Meer gucken macht er normalerweise nie. Die Nordsee ist sein Arbeitsplatz, ein besonderer zwar, aber auch da hat man irgendwann Feierabend und kann gerne mal was anderes sehen. Heute ist eine Ausnahme.

Den Kutter hat er nach seiner Großmutter benannt. Seine lebenslustige, immer optimistische Oma Jette war knapp unter eins sechzig groß und wurde von allen «Lille Mor» genannt, die «kleine Mutter». Die Brodersens gehören zur dänischen Minderheit auf der Insel Föhr, Gonzo ist zweisprachig aufgewachsen. Er hat Lille Mor sehr geliebt, alle Sommer seiner Kindheit verbrachte er in ihrem Reetdachhaus, während seine Mutter im Fischrestaurant nebenan mit Kellnern ihr Geld verdiente. Lille Mor ist leider längst verstorben, auf der Brücke seines Kutters hängt ein gerahmtes Foto von ihr, das er in Ehren hält. Er ist fest überzeugt davon, dass sie ihm Glück bringt, wenn er rausfährt.

An Bord läuft er meist mit Schürze und Gummistiefeln herum. Heute trägt er das erste Mal seine neue hellblaue Jeans, dazu ein weißes T-Shirt. Hat er in Husum besorgt, vier Nummern kleiner als sonst – und beides passt wie angegossen!

Geangelt hat er das letzte Mal, als er fünfzehn war. Wenn er die Fische einzeln aus dem Wasser holen würde, würde er nichts verdienen: Gonzo ist Fischer, kein Angler. Heute aber will er gar nichts fangen, sondern einfach nur dasitzen und auf die Nordsee gucken. Sie liegt sanft und harmlos vor ihm wie ein Gartenteich. Er weiß, das kann ganz anders sein. Einmal ist er nach einem Ruderbruch in schwerer See fast untergegangen. Gegen die haushohen Wellen konnte er nichts ausrichten, sie rasten von allen Seiten auf die Lille Mor zu und spielten ein böses Spiel mit ihr. Gonzo hatte sich und sein Schiff schon aufgegeben, nur durch großes Glück erreichte er den sicheren Wyker Hafen. An jenem Tag beschloss er, nie wieder rauszufahren. Nicht einmal sehen wollte er das Meer noch, schon bei dem Gedanken wurde ihm übel. Er wollte sich einen Job auf dem Festland suchen, weit weg von der Küste, am besten auf einem hohen Berg. Zwei Tage lag er im Bett und schlief praktisch durch, zwischendurch wurde er gar nicht richtig wach. In seinen Träumen kämpfte er gegen die Fluten und ertrank jedes Mal aufs Neue. Das Meer war stark und er zu schwach.

Nur weil mein Großvater und mein Vater Fischer waren, muss ich es nicht auch sein, sagte er sich. Ich bin ein freier Mensch und kann tun und lassen, was ich will.

Tags darauf reparierte er das Ruder und fuhr doch wieder raus. Bis heute weiß er selbst nicht richtig, warum. Die Kollegen, insbesondere eine Kollegin, hatten ihm dringend dazu geraten. «Du musst sofort wieder raus, sonst frisst die Angst dich auf.»

Auf dem Tischchen neben seinem Klappstuhl steht eine Flasche Flens. Er hat sie aus dem kleinen Bordkühlschrank geholt und ein paar Minuten neben sich stehen lassen, damit sie einen Tick wärmer wird. Gonzo legt die Angelrute über die Reling und greift zu der Flasche. Das erste Bier seit einem Jahr! Mit dem Zeigefinger prüft er am Metallbügel des Verschlusses die Temperatur. Der ist für ihn das Maß aller Dinge: Bier sollte kalt sein, aber nicht *eis*kalt, dann ist es für ihn genau richtig. Ein Lächeln huscht ihm übers Gesicht, das Flens ist auf den Punkt! Gleich wird es ölig seinen Rachen hinuntergleiten. Der erste Schluck ist immer der schönste, er löscht den großen Durst. Der Rest ist zum Nachspülen.

Vor einem Jahr wäre die Buddel spätestens nach fünf Minuten leer gewesen, dann hätte er die zweite geöffnet. Von seinem regelmäßigen Feierabendbierchen und zu fettem Essen wurde er immer runder. Inselarzt Dr. Webersen bezeichnete das als «übergewichtig». Für Gonzo war das viel zu höflich ausgedrückt, er war fett geworden, anders konnte er das nicht nennen. Der Druck im Bauch nach jeder üppigen Mahlzeit wurde immer schlimmer. Er probierte mehrere Diäten, zunächst alle erfolgreich, die Pfunde purzelten nur so. Wenn er sein angepeiltes Gewichtsziel dann erreicht hatte, aß er wieder «normal». Die Folge war, dass er mehr zunahm als je zuvor – der berüchtigte Jo-Jo-Effekt. Dabei ist das Wenigerwerden im Prinzip simpel: Du musst weniger Kalorien zu dir nehmen, als du verbrauchst. Punkt, aus, keine Ausnahmen!

Die unangenehme Wahrheit war, dass er sich *auf Dauer* umstellen musste, wie Dr. Webersen ihm freundlich klarmachte. Damit machte er ihm große Angst, denn «auf Dauer» bedeutete das ganze Leben, und das sollte doch noch möglichst lange dauern.

Er hat es trotzdem geschafft, gegen alle inneren Schweinehunde. Fünfzehn Kilo weniger in einem Jahr sind dreißig halbe Liter, das ist keine Kleinigkeit. Wenn du die schleppen willst, musst du dich ziemlich ins Zeug legen. Ein großer, breiter Kerl ist er immer noch, so ist er nun mal gebaut. Trotzdem ist er jetzt schlank und hat keinen Bauch, nicht mal einen Ist-ja-nicht-schlimm-den-hat-doch-jeder-Bauch.

Seine Ernährung besteht seitdem ausschließlich aus Gemüse und Fisch, auf Festen trinkt er keinen Alkohol, auch nicht nach Feierabend mit den Kollegen. Es war nur zu Anfang schwer gewesen, schon bald hatten er und seine Umgebung sich daran gewöhnt. Es kamen nicht mal Sprüche, und wenn, nur zu Anfang ein paar harmlose. Spaß hatte er genauso viel wie zuvor.

Er stellt die Flasche kurz zur Seite, zieht den Köder aus dem Wasser und wirft ihn wieder hinein. Dann fährt er sich durch seine widerspenstigen blonden Haare, auch sein Vollbart sieht ziemlich wild aus. Unter seiner dichten Mähne fällt kaum auf, dass sein Gesicht deutlich schmaler geworden ist. Da muss Inselfriseur Johnny dringend ran. Ein bisschen angeben möchte er mit seiner neuen Form schon, ist doch klar.

Die Sonne scheint von einem wolkenlosen blauen Himmel auf ihn herab. Er schließt die Augen und atmet, wie es ihm seine gute Freundin Gesine empfohlen hat: vier Sekunden ein und sechs aus. Dabei hört er tief in sich hinein. Dort ist es nicht dunkel oder hell, groß oder klein, es ist eine ganz eigene Welt. Alles ist gut.

Nach einer Weile taucht er wieder auf und blinzelt in die Sonne. Mit dem Daumen drückt er den Bügel der Flasche auf. Plopp! Die Meeresoberfläche kräuselt sich, über das Wasser kommt eine kleine Windbö auf ihn zu, die will er noch mitnehmen. Kühl streicht sie ihm über die Haarspitzen. Er setzt die Flasche an den Mund.

Der erste Schluck perlt durch seine Kehle – herrlich! Mit fünfzehn Kilo weniger fühlt sich alles besser an. Na ja, *fast* alles.

Er und die Frauen – das bleibt ein heikles Kapitel, daran hat sich nichts geändert. Jedes zweite Inseldorf ist für ihn mit einer Absage verbunden: Maren in Oldsum, Sandra in Midlum, Katja in Utersum. Die unglücklichen

Teeniegeschichten sind lange her, aber nicht vergessen. Das Schlimmste war, wenn eine Frau wiederholte, was seine Klassenkameradin Keike aus Midlum zu ihm sagte, als er ihr unter Zuhilfenahme seines gesamten Mutes gestanden hatte, dass er in sie verliebt sei: «Du bist einfach von Natur aus der Kumpeltyp, es wäre schön, wenn wir gute Freunde sein könnten.» Es wurde der Refrain eines Liedes, der in seinem Leben immer wieder erklang, egal, wie die Strophen dazwischen waren.

Mit siebzehn geschah dann ein Wunder, vollkommen aus dem Nichts. Er kam mit der fünf Jahre älteren Steffi aus Hamburg zusammen und wurde mit achtzehn Vater. Seine Tochter Maike ist ein tolles Mädchen, er liebt sie über alles. Ein Jahr hat er zusammen mit ihr und ihrer Mutter in Hamburg gewohnt. Aber er und Steffi standen sich im Weg, sie waren nicht richtig füreinander. Nach der Trennung zog er zurück nach Föhr und fing bei seinem Vater als Krabbenfischer an. Von seiner kleinen Maike wegzugehen, tat ihm unendlich weh. Immerhin kommt sie jedes zweite Wochenende und die halben Schulferien zu ihm auf die Insel, auch heute noch. Und er fährt, sooft es geht, nach Hamburg, übernachtet in einer Pension, verbringt die Tage mit ihr. Inzwischen ist sie fünfzehn, zurzeit macht sie ein Austauschjahr auf Long Island bei seinem Cousin Peter und dessen Frau Enke, beide ausgewanderte Föhrer. Bei ihnen kann sie neben Englisch sogar noch ihr Friesisch verbessern, das sprechen Peter und Enke zu Hause immer noch.

Nach Steffi passierte bei Gonzo in der Liebe gar

nichts mehr. Dazu muss man wissen, dass die Möglichkeit, jemanden kennenzulernen, auf einer kleinen Insel wie Föhr engen geografischen Grenzen ausgesetzt ist. Egal, in welche Richtung du dich bewegst, landest du sehr bald an der Wasserkante. Mit anderen Worten: Wenn du alle Frauen auf der Insel kennst und mit keiner zusammengekommen bist, war es das. Doch damit hat Gonzo sich nie abgefunden. Hin und wieder fährt er auf Ü-30-Partys nach Husum oder Leck. Was immer ein Riesenaufwand ist, mit Fähre und Hotelübernachtung. Er möchte nicht jedes Mal einen Kurzurlaub machen, nur weil er mal in einer Disco oder einem Club rumstehen will. Ergeben hat sich da sowieso nie etwas. Die meisten Leute kannten sich, und die Musik war viel zu laut, um reden zu können. Wie man eine Frau in einer Disco kennenlernt, hat er nie kapiert.

Aus Frust hat er dagegen angefressen, was alles nur schlimmer machte. Als er dicker und dicker wurde, konnte er sogar verstehen, dass ihn keine mehr wollte. Obwohl es auch wehtat. Er fand sich ja auch nicht gerade schön. Vielleicht waren auch seine schwarzen Cordhosen schuld an allem, schlabbrig und weit. Die trug er auch nach seiner Diät, aus reiner Gewohnheit. Bis seine gute Freundin Gesine ihm vorgestern den freundschaftlichen Tipp gab: «Wenn du als Mann mit dreiunddreißig schwarze Cordhosen trägst, hast du dich aufgegeben.»

Er schaute sie missmutig an. «Wieso das denn?»

«Dass du schlank bist, sollen die Frauen doch auch sehen.»

«Die Büxen sind bequem!», gab er zu bedenken.

Sie verdrehte die Augen. «Aber so was von unerotisch!»

«Sagt wer?»

«Alle Frauen, die sich für dich interessieren könnten.»

«Wenn das eine von meinen Hosen abhängig macht, kann die mich mal.»

Sie ließ nicht locker. «Deinen Charakter sieht man aber nicht auf den ersten Blick.»

«Vielleicht wird Cord ja wieder modern. Das ist doch mit allem so! Die Mode ändert sich.»

«Frühestens in dreißig Jahren, und dann bist du Mitte sechzig. Wenn du so lange warten kannst …»

Die Gewissheit, mit der Gesine ihm das vortrug, machte ihn fuchsig. Da trägt man jahrelang Cordhosen, ohne groß drüber nachzudenken, und dann muss man sich so was anhören! Wieso hat sie ihm das nicht früher gesagt?

Vorsichtshalber hat er aber dann doch auf Gesine gehört und sich in Husum eine Levi's 501 gekauft. Probeweise, mal sehen, ob das wirklich etwas ändert. Dabei tauschte er auch seine zeltähnlichen Hemden im Holzfällerstil, die den Bauch kaschieren sollten, gegen schmal geschnittene einfarbige aus. Als er sich das erste Mal im Spiegel sah, fühlte er sich seltsam: War das noch Gonzo Brodersen? Den hatte er anders in Erinnerung.

Wenn sein Pech bei den Frauen nur an der falschen Hose lag, soll es daran nicht scheitern. Er wird es herausfinden.

2

Gonzo spielt nachdenklich mit der Flens-Buddel in seiner Hand herum. Morgen will er wieder auf Krabbenfang gehen. Die Lille Mor ist bestens in Schuss, zusammen mit seiner Bootshelferin Dörte pflegt und hegt er den alten Kutter.

«Na?», hört er eine raue Stimme am Hafenkai hinter sich.

Gonzo starrt unbeirrt aufs Wasser.

«Hey, hallo …?»

Ist er gemeint? Gonzo dreht sich um. Oben am Kai steht eine mittelgroße Frau und lächelt ihn an. Auf der Nase, die mit hübschen Sommersprossen übersät ist, trägt sie eine modische Sonnenbrille. Ein rotes Basecap bändigt ihre Locken, dazu hat sie ein rosa T-Shirt mit einem Motto an, das er vom Deck aus nicht entziffern kann. Sie ist ein paar Jahre jünger als er, vielleicht Mitte zwanzig.

«Na?», grüßt er zurück.

«Sieht gut aus!», ruft sie und steckt sich die Sonnenbrille auf das Basecap. Jetzt sieht er ihre großen blauen Augen, die ihn anlächeln.

«Wer? Ich?», fragt er grinsend zurück. Im nächsten

Moment findet er seinen Spruch dämlich, kann ihn aber nicht mehr rückgängig machen.

«Auch», sagt sie und lacht. «Aber eigentlich meinte ich den Kutter.»

«Schade.»

«Deiner?», fragt sie.

«Jo.»

«Bist du ein echter Fischer?»

Was erwartet sie? *Nein, den spiele ich nur für Feriengäste?*

«Hmm, und selber?»

«DSW.»

Klingt nach Fußballverein aus der unteren Liga, da kennt er sich nicht aus. «Kreisklasse?»

Sie lacht wieder. «Fußball?»

«Handball? Eishockey?»

Sie schüttelt den Kopf. «Dortmunder Stadtwerke.»

«Was machst du da?»

«Ich schaukele die Straßenbahn durch die Stadt.»

«Verstehe.»

«Lust auf 'nen Kaffee, Käpt'n?»

Flirtet die gerade mit ihm? Oder spinnt er sich das nur zurecht?

«Warum nicht?»

«Was für einen?»

«Latte macchiato», antwortet er spontan. Normal trinkt er seinen Kaffee schwarz. Aber vielleicht überrascht er sie mit seiner Antwort, weil sie Latte macchiato nicht unbedingt mit einem Fischer verbindet.

«Bin gleich wieder da.» Sie geht rüber zu *Peter Petersens Tüdelkramladen*. In dem Kiosk am Hafenrand gibt es neben Schokolade und Bier die schönsten Schneeschüttelkugeln der Insel Föhr – und einen anständigen Kaffee. Gonzo grübelt: Hat er richtig verstanden? Sie will ihm einen ausgeben? Einfach so? Vielleicht ist er zu pessimistisch gewesen, nur weil nicht unmittelbar nach dem Abnehmen gleich ein Wunder passiert ist. Aber wer weiß, in der neuen Jeans kommt das Leben anscheinend mit ein paar schönen Überraschungen um die Ecke.

Kurze Zeit später ist sie mit zwei Pappbechern in der Hand zurück. Sie reicht sie ihm über die Reling und springt an Bord, was sehr sportlich aussieht. Ihm fallen ihre weißen Sneakers auf, deren Sohlen ziemlich hoch sind. In solchen Dingern würde er sich die Haxen brechen, aber sie kommt gut zurecht. Jetzt stehen sie sich direkt gegenüber, und er kann auch das Motto auf ihrem T-Shirt lesen: *Wie gut, dass mir niemand beim Denken zuhören kann.*

«Schön hast du es hier», sie schaut sich neugierig um.

«Ja, es gibt schlimmere Arbeitsplätze.»

«Als Touristin sehe ich Krabbenkutter immer nur von Weitem. Ich wollte schon immer mal einen betreten. Deinen finde besonders schick, Rot ist meine Lieblingsfarbe.»

Er grinst. «Letztes Jahr habe ich den Oscar für den schönsten Kutter des Jahres gewonnen.»

«Echt?»

«Leider nicht, aber verdient hätte ich ihn – oder etwa nicht?»

«Dein Humor gefällt mir.» Sie schaut ihm tief in die Augen.

Ihm wird ganz anders – meint sie wirklich ihn, Gonzo Brodersen? Könnte das der Beginn einer Beziehung werden? Und später erzählen sie auf Familienfeiern von ihrer ersten Begegnung auf dem Kutter und lachen darüber? Und ihre Kinder danach auch?

Ganz ruhig, Brauner, nun fang dich mal wieder ein, ermahnt er sich, sonst vergurkst du es, bevor es überhaupt angefangen hat.

«Du gefällst mir auch», sagt er und findet das im nächsten Moment viel zu direkt.

«Wie meinst du das?»

«So, wie ich es sage.»

«Wie heißt du eigentlich?»

«Gonzo.»

«Ernsthaft? Spielst du auch Saxofon wie Gonzo in der *Muppet Show*?»

«Nee, in meiner Band bin ich Gitarrist, und ich singe, außerdem spiele ich Mundharmonika.»

«Wie abgefahren, du bist in einer Band? Was spielt ihr denn so?»

«Folk und Heavy Metal.»

«Folk und Metal? Willst du mich auf den Arm nehmen?»

«Es ist so. Genau die Mischung kommt auf der Insel am besten an.»

Sie zuckt mit den Schultern. «Friesen ticken irgendwie anders.»

«So ist das.» Er räuspert sich. «Und wie heißt du?»

«Jana.»

«Schöner Name.» Obwohl er früher eine Jana kannte, die ihn ziemlich übel abblitzen ließ. Egal, deswegen kann Jana aus Dortmund trotzdem die große Liebe seines Lebens werden. Theoretisch ist alles möglich. Vielleicht wird er bald die Insel verlassen und mit seinem Kutter auf dem Dortmund-Ems-Kanal schippern.

Jana schaut sich an Deck um. «Darf ich mal in den Kommandostand gucken?»

«Das ist doch kein Kriegsschiff!» Er lacht.

«Wieso?»

«Wir sagen dazu ‹Brücke›. – Aber gerne.»

Sie folgt ihm hinein, stellt sich hinter das Ruder und bestaunt die technischen Geräte. «Wow.»

«Fast wie deine Straßenbahn, oder?»

Sie deutet auf den kleinen Bildschirm. «Kann man damit auch Fernsehen gucken?»

«Das Echolot zeigt die Wassertiefe an.»

«So etwas brauche ich zum Glück nicht. Mit meiner Bahn bleibe ich immer schön auf dem Boden der Tatsachen.»

«Während ich ein ernstes Problem habe, wenn ich im Wattenmeer den Grund berühre.»

«Schon mal stecken geblieben?»

«Klar.»

«Und wieder rausgekommen?»

«Würde ich sonst hier stehen?»

Sie lacht erneut.

«Wie ist das Leben auf der Insel denn so?», will sie wissen.

«Was soll ich dazu sagen? Ich lebe da, wo andere Urlaub machen.»

«Nie woanders gewohnt?»

«Doch, ein Jahr in Hamburg. – Und selber? Einmal Dortmund, immer Dortmund?»

«Nee, ursprünglich komme ich aus einem Bergdorf in Bayern.»

«Hört man gar nicht.»

Sie nickt. «I koan a goanz and'rs red'n. – Meine Eltern sind in den Pott gezogen, als ich zehn war.»

«Zieh doch einfach weiter Richtung Norden, nach Föhr.» Das meint er mehr im Scherz, aber heimlich schwingt ein bisschen Hoffnung mit. Vielleicht hat er ja Glück.

«Super Idee, sucht ihr zufällig noch Straßenbahnfahrerinnen?»

«Händeringend! Die Inseldörfer sollen demnächst mit einer Bahn verbunden werden.»

«Ach ja?»

«Die Strecken müssten unterirdisch verlaufen.»

«Eine U-Bahn unter der Marsch?»

«Mit Umsteigemöglichkeit nach Sylt und Amrum.» Er hält sich die Nase zu und macht eine Ansage: «*Utersum Hauptbahnhof, Reisende haben Anschluss an den Zug nach Westerland und nach Norddorf.*»

«Du bist echt ein Spinner!»

Dann dreht sie am Ruder und schaut durch die Scheibe in den Hafen. Gonzo nimmt all seinen Mut zusammen und fragt: «Hast du Lust, kurz rauszufahren?»

Sie schaut auf ihre Armbanduhr, auf dem Ziffernblatt entdeckt er Daisy Duck mit rosa Schleife im Haar. «So viel Zeit habe ich leider nicht.»

«Ganz kurz, du kannst auch das Ruder übernehmen.»

«Ernsthaft?»

«Wer eine Straßenbahn durch Dortmund steuern kann, kommt auch auf dem Wasser zurecht.» Es ist ziemlicher Unsinn, was er da behauptet, aber es schmeichelt ihr sichtlich.

«Vielleicht ein anderes Mal.»

«Du weißt ja, wo du mich findest.»

Es wäre auch zu schön gewesen.

«Falls du nicht gerade irgendwo auf der Nordsee Krabben fängst.»

«Klar.»

Sie verlassen die Brücke und gehen hinaus in die Sonne.

«Ist das Wetter nicht herrlich?», sagt sie. «Ich lebe im Sommer richtig auf.»

Und ich lebe mit dir auf, denkt Gonzo. Er befindet sich in einer Art Schwebezustand. «Geht mir genauso», sagt er.

Das ändert sich eine Sekunde später, als oben am Kai ein Typ in knallgelbem Muskelshirt mit dem Emblem von Borussia Dortmund erscheint. Er trägt die typische

Fußballerfrisur mit ausrasierten Schläfen. Seine Augen funkeln feindselig.

«Na, Anschluss gefunden?», motzt er Jana an.

Dass der Typ ohne Einladung an Bord springt, gefällt Gonzo gar nicht.

«Hey, Meister!», protestiert er.

Der Kerl ignoriert ihn. «Was läuft hier?», faucht er Jana an.

«Der Typ da hat mich angequatscht und mir einen Kaffee ausgegeben. Viel mehr war da nicht», sagt Jana leise und zeigt auf Gonzo.

«Was heißt ‹Viel mehr war da nicht›?», fragt ihr Macker.

«Jana!», sagt Gonzo, «kannst du das bitte richtigstellen?»

Aber von ihr kommt nichts.

Und wegen der hat er eben noch davon geträumt, in den Ruhrpott zu ziehen?

«Was willst du von meiner Verlobten?» Der Kerl rückt jetzt so nahe an Gonzo heran, dass er seinen Atem riechen kann, eine Mischung aus Knoblauch und Mintkaugummi. Auf der Wange hat er beim Rasieren ein paar Barthaare vergessen, die dort wie Distelbüschel wuchern.

«Nichts ist passiert», sagt Gonzo ruhig.

«Ach ja?», der andere holt zum Schlag aus, aber er rechnet nicht mit Gonzos Reaktion. Gonzo tritt blitzschnell auf Tuchfühlung an ihn heran, sodass der Winkel für den Schlag zu kurz wird. Er reckt sein Kinn nach oben, die Situation steht auf der Kippe.

«Männer ...», zischt Jana und verdreht die Augen. Dann springt sie von Bord und schlendert auf dem Kai Richtung Kiosk, als hätte sie mit der Situation nichts zu tun.

«Warte!», ruft der Typ. Dass sie ohne ihn verschwindet, ärgert ihn offensichtlich. «Wir sehen uns», ruft er Gonzo noch zu. Dann springt er über die Reling auf den Kai und läuft seiner Freundin hinterher.

Arme Wurst.

Als die beiden außer Sichtweite sind, lässt Gonzo sich wieder auf seinen Klappstuhl fallen. Vielleicht sollte er in die Altstadt gehen und in der *Taverne Akropolis* auf den Schreck einen Ouzo trinken. Vor einem Jahr hätte er das getan. Immer, wenn was war, haben er und seine Fischerkollegen bei Jannis einen genommen. Stattdessen schnappt Gonzo sich wieder seine Angel.

Was für ein Tag! Da trägt er das erste Mal seine neue Jeans und das schicke T-Shirt, passt alles wie angegossen und sieht gut aus. Und was hat es gebracht? Nichts als Ärger!

Missmutig wirft er den Köder ins Hafenwasser und blickt auf die Nordsee, die immer noch still und friedlich vor ihm liegt. Er schließt die Augen und versucht, bewusst zu atmen, wie es ihm Gesine empfohlen hat: vier ein, sechs aus. Aber es funktioniert nicht mehr, sein Herz hämmert, und er möchte vor Wut schreien.

«Mannomann», flucht er laut. «Wer soll da noch durchsteigen?»

3

Gesine nähert sich mit dem Rad Peter Petersens Tüdelkramladen. Sie fährt nicht irgendein Fahrrad, sondern einen rosafarbenen Cruiser mit weit nach außen gebogenem Lenker und elegant geschwungener Querstange. Sie liebt das Rad, obwohl es eigentlich unpraktisch ist, vor allem weil es cool aussieht. Gesine trägt heute die goldene kurze Hose, die sie auch bei ihren Auftritten am Schlagzeug am liebsten anzieht.

Der Kiosk liegt ungefähr hundert Meter von Gonzos Liegeplatz entfernt. Ab dort tritt sie voll in die Pedale und nimmt Fahrt auf. Sie wird schneller und schneller. Das ist ihr Ritual, wenn sie ihn im Hafen besucht. Ungebremst rast sie auf die Kaikante zu. Sie weiß, dass Gonzo jedes Mal Angst um sie hat, aber bisher kam sie immer genau an der Kaikante zum Stehen. So auch heute.

Irgendwie braucht sie diesen Nervenkitzel, sie muss sich ihre Körperbeherrschung immer wieder beweisen. Bei Ebbe liegt die Lille Mor tief unterhalb des Kais. Sie staunt, als sie hinunterschaut: Heute sieht es dort anders aus als sonst. Gonzo sitzt auf einem Campingstuhl an Deck seines Krabbenkutters – aber was macht er? Er angelt! Dabei ist er doch Fischer und kein Angler. Was sie noch mehr stutzig macht, ist seine Jeans. Sie sitzt perfekt, das weiße T-Shirt auch. Hat er also tatsächlich auf sie gehört und endlich die unförmigen Cordhosen entsorgt. Das hat sich gelohnt, aber so was von!

«Wow!», ruft sie. «Knackiger Hintern!»

Er schaut kurz zu ihr hoch. «Moin», brummt er, ohne zu lächeln. «Wie willst du das sehen, wenn ich drauf sitze?»

«… und auch obenrum …!»

«Was ist da?»

«Alles chico, wie es im besten Fall sein sollte.»

«Hey, das ist sexistisch», beschwert er sich, wirkt aber geschmeichelt. «So sollte ich mal über dich schnacken!»

«Aber wenn es doch die Wahrheit ist.»

Kennengelernt hat Gonzo Gesine in Kostüm, weißer Bluse und mit Perlenkette. Da war sie noch Kreditbeauftragte einer Bank und er ihr Kunde. Als Bankangestellte waren Rechnen und Kalkulieren eine Freude für sie, der Umgang mit unterschiedlichsten Kundinnen und Kunden ebenfalls. Die Kreditvergabe war eine Art Spiel, bei dem sie die Schiedsrichterin war, das hat ihr gefallen. Gonzo war einer ihrer schwierigsten Kunden, an Sturheit nicht zu überbieten. Er saß finanziell in der Klemme, lehnte aber alles ab, was sie zu seiner Rettung vorschlug. Sie wiederum war beleidigt, weil er sich nicht auf ihre gut gemeinten Vorschläge einlassen wollte. Alles, was sie sagte, hielt er für Schikane. Als Folge seiner Ignoranz musste Gonzo zwischenzeitlich sein kleines Häuschen in Oldsum verpfänden, sonst wäre sein Kutter weg gewesen. Das schob er natürlich allein ihr in die Schuhe: allerbeste Aussichten für eine lebenslange Feindschaft!

Ohne die Insellage wäre das auch so geblieben. Aber dann brauchte Julia vom kleinen Friesencafé dringend Musiker, die bei einer Silberhochzeit sowohl Folk als auch Heavy Metal spielen konnten. Und das waren auf Föhr nur Gonzo und sie. Sie am Schlagzeug und Gonzo als Sänger, Mundharmonika- und Gitarrenspieler. Dazu kam Keyboarder Jens, der Organist der St.-Laurentii-Kirche in Süderende.

Natürlich lehnten es beide zunächst strikt ab zusammenzuspielen. Warum sollte sie ausgerechnet mit ihrem schlimmsten Kunden proben, der sie für eine raffgierige Heuschrecke hielt? Vollkommen absurd! Auch Gonzo wollte unter keinen Umständen mit seiner verhassten Kreditberaterin zusammen Musik machen, allein die Anfrage war eine Frechheit.

Der ungewohnte Stilmix reizte beide aber sehr. Unabhängig voneinander beschlossen sie, zwar mitzumachen, aber nicht miteinander zu reden. Auf der ersten Probe im kleinen Friesencafé war die Spannung zwischen ihnen mit Händen zu greifen. Keyboarder Jens stand unglücklich dazwischen. Anfangs redeten Gesine und Gonzo tatsächlich kaum ein Wort. Das führte dazu, dass sie sich beim Spielen extrem genau zuhören mussten, und es stellte sich heraus, dass sie sich musikalisch ganz nahe waren, ihr Schlagzug und seine Mundharmonika verschmolzen quasi zu einem Instrument. Hinterher musste Gesine sich eingestehen, dass sie nie zuvor mit einem derart sensiblen Musiker zusammengespielt hatte. Sie hätte sich lieber die Zunge abgebissen, als das zuzugeben.

Das selbst auferlegte Redeverbot brach schon bei der zweiten Probe in sich zusammen, weil es Quatsch war. Wenn man zusammen Musik macht, muss man sich absprechen oder kann es gleich sein lassen.

Es war der Beginn einer ganz besonderen Freundschaft und ihrer gemeinsamen Band, den Fering Scorpions. Zur Entspannung hat natürlich beigetragen, dass Gesine seit einem halben Jahr nicht mehr bei der Bank arbeitet. Wenn sie sich heute streiten, wissen beide, dass sie beste Freunde sind und es auch bleiben möchten. Gonzos Tochter Maike vergöttert Gesine, sie hat sich auf Long Island sogar eine goldene Turnhose gekauft, wie sie ihr Idol gerne trägt.

«Was ist mit der Lesung?», fragt Gesine und klettert an Bord. In drei Wochen soll der Autor Momme Jansen im kleinen Friesencafé aus seinem neuen Roman vorlesen, Gonzo und sie sollen die Veranstaltung musikalisch umrahmen. Der aus Hamburg stammende Jansen schreibt Romane, die auf Föhr spielen. Seine Beschreibungen von der Insel und vom Wattenmeer sind wie Kopfkino. Gonzo und Gesine sollen seine Worte in Töne umsetzen, was immer das heißt. Da Keyboarder Jens zu der Zeit in Antwerpen bei einem Orgelworkshop ist, müssen sie das zu zweit hinbekommen.

«Wollte Greta uns nicht das neue Buch von Jansen zuschicken?», fragt sie.

Greta führt die Inselbuchhandlung am Südstrand.

«Ich dachte, das kriegen wir direkt vom Verlag», meckert er. «Alles Vollidioten.»

«Oha, schlechte Laune?», fragt sie.

«Wie kommst du darauf?»

«Du musst dringend raus aus dem Stress», flötet sie.

«Was mache ich hier wohl gerade?»

«Du angelst.»

«Und was ist daran Stress?»

Sie lächelt. «Manchmal steckt die Unruhe ja mehr in einem drin.»

«Da steckt nichts bei mir!»

Irgendetwas Schlimmes muss passiert sein, sonst ist Gonzo nie so. «Ich kann dir nur raten, zu meinem Yogakurs zu kommen.»

«Mein Yoga ist Angeln», brummt er.

«Yoga ist viel mehr als das.»

Bevor sie damals zur Arbeit in der Bank fuhr, hat sie morgens immer eine Stunde Yoga gemacht, in der Mittagspause ebenfalls und abends wieder. An den Wochenenden hat sie Trainerinnenkurse absolviert. Es war ein Jahr im Ausnahmezustand. Daneben gab es nur die Fering Scorpions mit Gonzo und Jens, alle paar Wochenenden einen Auftritt. Ihr Schlagzeug ist für sie Entspannung, fast wie Yoga. Ein Übermensch ist Gesine deswegen nicht, zwischendurch lässt sie sich gerne auch mal gehen, vor allem bei Schokolade und Rotwein.

In der Bank wurde ihr klargemacht, dass ihre eigenen Einschätzungen bei Kreditvergaben nicht gefragt seien. Sie habe die Interessen der Bank durchzusetzen und nicht die der Kundinnen und Kunden. Als Gesine finanztechnisch wenig erfahrenen Frauen Möglichkeiten aufzeigte, wie sie ihr Geld optimal anlegen konnten, bekam sie deswegen von ihren Vorgesetzten Ärger. Die wollten, dass sie nur die Produkte der Bank verkaufte, auch wenn die Mist waren. Da lag die Kündigung für sie auf der Hand. Worauf sie bis heute stolz ist, das trauen sich nicht viele.

Sie wusste, dass Yogalehrerin das Richtige für sie war. Ihre Kurse auf der Insel laufen gerade erst an, sie braucht dringend noch mehr Teilnehmerinnen und Teilnehmer. Zurzeit leitet sie einen Yogafastenkurs im kleinen Friesencafé, der auch Gonzo viel Spaß bringen würde.

«Morgen früh um acht?», fragt sie lächelnd.

«Hör auf!»

«Nicht vergessen, beim Yoga lernst du jede Menge Frauen kennen.»

«So sehr habe ich es auch nicht nötig.»

Sie lässt sich nicht beirren: «Aber genau das machen die meisten Männer falsch!»

«Was?»

«Du musst da hingehen, wo viele Frauen sind, am besten dorthin, wo *nur* Frauen sind.»

«Und wo ist das?»

«Näh- oder Kochkurse, Pilates, Yoga – da hast du keine Konkurrenz.»

«Blöd ist nur, dass Männer genau diese Sachen am schlechtesten können.»

«Ich glaube, da täuschst du dich. Und ich meine es nur gut mit dir. Mein Yogakurs zum Beispiel ...»

«Können wir auch ohne Yoga befreundet bleiben?»

Sie atmet tief ein. «Ganz ruhig.»

«Ich bin ruhig!», ruft er.

«So hörst du dich auch an.»

«Es ist so!»

Sie lächelt ihn zuckersüß an. «Mach doch bitte mal wieder den wortkargen friesischen Fischer mit Blick zum Horizont. Nur für mich, deine gute alte Freundin Gesine.»

«Häh?»

«Im Ernst, ich sehe doch deine verspannte Körperhaltung, ich spüre, wie falsch du atmest.»

«Wie atme ich denn?»

«Flach und oberflächlich.»

Er zuckt mit den Achseln. «So bin ich nun mal, flach und oberflächlich!»

Sie lacht. «Ach so.»

«Was hast du denn gedacht? Tiefgründig und sensibel?»

«Ja.»

«Quatsch, das wäre mir viel zu anstrengend.»

«Stimmt, das ist es», kichert sie.

Er rollt die Angelschnur zurück auf die Spule. «Bist du das denn?»

«Was?»

«Tiefgründig und sensibel?»

«Aber ja doch! Spürst du das nicht?»

Er kratzt sich am Kinn. «Darüber müsste ich nachdenken.»

Immerhin merkt er noch, dass er kurz davor ist, zu weit zu gehen.

«Mein Angebot steht: morgen früh um acht im kleinen Friesencafé.»

«Föl thoonk.»

«Love it or leave it.»

Andere Single-Männer würden bei einem solchen Angebot vor Glück halb in Ohnmacht fallen, Gonzo beeindruckt das nicht.

«Und jetzt lass mich weiter angeln, ja?», sagt er.

«Tschüssing.»

«Tschüss.»

Gesine springt von Bord, schnappt sich ihren Cruiser und radelt in gemächlichem Tempo davon. Gonzo ist manchmal schwierig, aber wer ist das nicht? Hinter seiner schroffen Fassade spürt sie immer eine schonungslose Ehrlichkeit. Auf die ist Verlass. Und das kann sie nicht über viele Menschen sagen.

4

*E*s hat alles keinen Zweck. Statt tief zu atmen und zu angeln, würde er lieber auf einen Boxsack eindreschen. Gonzo schließt die Angel in der Kajüte ein und springt in seinen Wagen, den er am Kai geparkt hat. Es ist ein Ford-Pick-up aus den USA, den er in monatelanger Eigenarbeit mit einem E-Motor ausgestattet hat. Für die kurzen Fahrten auf der Insel muss er nur alle paar Tage den Akku in seiner Garage nachladen.

Er fährt Richtung Nieblum, vorbei an dem leicht verwitterten Denkmal, das an den Besuch König Ludwigs III. auf der Insel erinnert. In der Schule musste er mal ein Referat darüber halten, jedes Mal, wenn er hier vorbeifährt, denkt er daran. Es war eine seiner seltenen Einsen.

Sonne und Wolken lösen sich ab, der Wind pustet ihm von Westen entgegen. Gonzo lebt in Oldsum, einem ehemaligen Bauerndorf am westlichen Ende der Insel. Er bewohnt dort ein kleines Reetdachhaus mit vier Zimmern, das er von seinen Eltern geerbt hat. Bei der Einrichtung hat er darauf geachtet, dass in den niedrigen Räumen mit den offenen Deckenbalken nicht zu viele Möbel stehen. Selbstverständlich gibt es einen Musikraum mit zahlreichen Instrumenten und einem Misch-pult für Aufnahmen. Das gesamte Dachgeschoss gehört vollständig seiner Tochter Maike, sie soll sich bei ihm zu Hause fühlen. Vorhin hat sie eine WhatsApp von Long Island geschickt. Sie schreibt, dass es dort Gegenden gebe, die sie an Föhr erinnern. Das freut ihn. In der amerikanischen Schule kommt sie gut zurecht, auch das beruhigt ihn.

Im Wohnzimmer lässt er sich in die große Sitzland-schaft fallen. Er bedient sich aus dem Lufthansa-Ser-vierwagen, den er mal auf einem Hamburger Flohmarkt erstanden hat und der jetzt direkt neben seiner Couch steht, mit Datteln und Nüssen.

Was für ein nutzloser Tag, denkt er.

Immerhin, dass Gesine sein Outfit gelobt hat, hat ihm gefallen. Ihr kann er glauben, weil sie mit Komplimen-ten nicht gerade verschwenderisch umgeht. «Für einen grobschlächtigen Fischer wie dich bemerkenswert», hat sie einmal gesagt, nachdem sie auf einer Probe einen wunderbaren halbstündigen Blues zelebriert hatten. So ist sie nun mal, sie fährt einem gerne mit dem Waschlap-pen durchs Gesicht, selbst wenn sie lobt. Aber dahinter steckt echte Freundschaft, das weiß er. Umgekehrt soll-te er Gesine vielleicht mal sagen, dass sie die sensibelste Schlagzeugerin ist, mit der er je zusammengespielt hat.

Die Sonne macht sich bereit zum Untergehen, der Himmel glüht rot auf. Gonzo geht in den Garten zu dem verwitterten eisernen Räucherofen, der so groß ist wie ein Kleiderschrank und den schon seine Oma benutzt hat. Er entzündet einen Stapel Erlenholz, dann tunkt er ein halbes Dutzend Fische vom gestrigen Fang in eine Salzlake und steckt sie auf ein Metallgestell.

Das Abnehmen hat viel Kraft und Disziplin gefordert, und er hat es durchgestanden. Weil er sich verändern wollte, und das nicht nur äußerlich. Anscheinend hat es bisher aber nur äußerlich geklappt. Am besten sollte er mal etwas total Absurdes ausprobieren, was er noch nie in seinem Leben gemacht hat. Das führt ihn zu einer naheliegenden Idee. Ob sie zum Ziel führt, weiß er nicht, weit genug hergeholt ist sie auf jeden Fall.

Am nächsten Morgen fährt Gonzo gegen halb acht mit dem Pick-up von seinem Haus die paar Meter zum kleinen Friesencafé. Von dort aus will er gleich zum Hafen weiter. Die Morgensonne steht tief am östlichen Himmel, aus den Marschwiesen steigt ein durchsichtiger Nebel. Darin tanzen magische Wesen, nicht Mensch, nicht Tier, die sich schnell wieder verflüchtigen. Für den Krabbenfang muss er sich nach den Gezeiten richten, und die ändern sich täglich. Zu seiner neuen Jogginghose trägt er ein schwarzes T-Shirt und eine dünne Lederjacke.

Julias kleines Friesencafé ist für Gonzo ein zweites Zuhause, dort isst er oft zu Mittag oder trinkt einen Kaffee. Der Garten ist ein Paradies, er liegt in einem Innenhof, der von alten Reetdachhäusern umgeben ist. Hier ist es immer windstill und somit ein paar Grad wärmer als draußen. Die Kräuter des Hochbeets duften intensiv, über den Pflanzen flattern Schmetterlinge und Libellen. Zwischen den Tischen und Stühlen hat Julia zwei Staffeleien sowie Ölfarben, Pinsel und Spachtel zur Verfügung gestellt. Wer will, kann sich dort als Maler ausprobieren. Für andere gibt es Liegen mit weichen ockerfarbenen Bezügen, auf denen man sich hervorragend sonnen kann, viele machen hier ein Nickerchen, ohne gestört zu werden. Das Haus gegenüber dem Café hat Julia seit Neuestem zu einer Pension ausgebaut, und nachdem sie zu ihrem Freund Finn-Ole gezogen ist, auch ihre ehemalige Wohnung neben dem Gastraum. Julias Oma Anita, eine ehemalige Floristin aus Gelsenkirchen, wohnt mit Kapitän im Ruhestand Hark Paulsen in dem jahrhundertealten Reetdachhaus direkt neben dem Café. Die beiden haben letztes Jahr im Alter von achtundsechzig geheiratet. Auf ihrer Hochzeit sind die Fering Scorpions ebenfalls aufgetreten, auf Julias Initiative hin. Harks sympathischer Neffe Jack aus New York, der Trauzeuge, arbeitet im Sommer wochenweise als Kellner im Café, zwischendurch spielt er gerne für die Gäste Gitarre und singt dazu.

Gonzo klopft an der Tür und wirft einen Blick die Straße hinunter. Ein Austernfischer hüpft auf dem Asphalt und pickt mit seinem roten Schnabel in eine Haselnuss, die dort liegt. Drinnen tut sich nichts. Er drückt die Klinke, es ist nicht abgeschlossen. Er geht hinein und schlendert durch den menschenleeren Gastraum weiter zur Terrassentür.

«Moin?», ruft er.

Gesine hatte recht, er muss dahin gehen, wo Frauen sind, und die sind nun mal eher beim Yoga als in einer Autowerkstatt. Er ist gespannt.

«Wir sind hier draußen», hört er Gesine rufen.

Er tritt hinaus ins Licht. Auf dem Rasen stehen drei ältere Frauen in lockerer bunter Sportkleidung vor Gesine, die ihre obligatorische goldene Turnhose trägt, dazu ein enges T-Shirt mit ausgefransten Ärmeln. Das Alter der Kursteilnehmerinnen kann er schwer schätzen, irgendetwas um die sechzig. Er hat gehört, dass sie bei Gesine eine Fastenkur machen, Yoga ist ein Teil davon. Sie wohnen in dem Reetdachhaus gegenüber dem Garten.

Julias Pension ist die schönste der Insel, das finden alle. Für ihren Fastenkurs ist Gesine die Nähe zum Café eigentlich gar nicht recht, sie fürchtet, dass die Düfte von Julias Speisen die Fastenden in Versuchung bringen könnten. Aber wo soll sie sonst ihre Kurse geben? Auf Föhr ist in der Hauptsaison alles belegt. Manchmal geht sie mit den Frauen an den Strand, aber dort werden sie allzu oft von herumstreunenden Feriengästen und Hunden gestört.

Gesine empfängt Gonzo strahlend und stellt ihn vor: «Das ist mein Freund Gonzo, wir spielen zusammen in einer Band.»

Die Frauen geben ihm die Hand. Die dunkel gelockte Maren, die fast so groß ist wie er, die blonde Beate und die kleine Suse mit dem grauen Kurzhaarschnitt und der großen Metallbrille.

«Was für ein Instrument spielst du denn?», erkundigt sich Maren.

«Gitarre, Mundharmonika und Flöte.»

«Schön.»

«Und er ist unser Sänger», ergänzt Gesine.

Gonzo weiß nicht, ob ihm ihre Ansage recht ist. Musik macht er ja nur nebenbei, dass er Fischer ist, hat sie nicht einmal erwähnt. Zudem kann Gesine das Gefrotzel nicht lassen: «Heute will Gonzo lernen, seine Vorurteile gegenüber Yoga abzubauen», sie reicht ihm lächelnd eine Matte. «Falls das möglich ist als Mann.»

«Ich bin sehr gespannt, ob du es schaffst, mich zu überzeugen», gibt er ebenfalls lächelnd zurück. Aber sie ist schon dabei, die erste Übung anzusagen.

«Stellt euch bitte auf eure Matten und streckt euch erst einmal lang aus», sagt Gesine.

Bisher hat Gonzo sie nur privat und am Schlagzeug erlebt – und als strenge Kreditberaterin in der Bank, aber das ist vergeben und vergessen. Als Yogalehrerin ist sie ein vollkommen anderer Mensch. Sie ist völlig entspannt, redet klar und deutlich, und das in einer sonoren, tiefen Tonlage, die er nicht von ihr kennt. Er fühlt sich sofort aufgehoben.

«Erde dich auf der Matte, und nun heb deine Fußgewölbe leicht an, mach deine Zehen dabei lang.»

Wie macht man seine Zehen lang, bitte sehr? Gonzo versucht, sich das vorzustellen, und guckt nach unten, aber da wird nichts länger. Komischerweise fühlt sich allein der Gedanke so an, als könnte es gelingen.

«Zieh die Kniescheiben ein wenig nach oben, um die Oberschenkelmuskulatur zu dehnen, versuche, Steißbein und Schambein zusammenzubringen. Atme dabei tief ein und aus. Und nun beug dich nach unten, lass dich fallen, deine Knie dürfen eine leichte Mikrobeuge haben.»

Zufällig macht er eine ähnliche Übung regelmäßig an Deck seiner Lille Mor. Nicht so vorsätzlich wie hier, bei ihm kommt das intuitiv. Schon als kleiner Junge hat er sich regelmäßig mit gestreckten Beinen nach vorne gebeugt und den Boden mit der flachen Hand berührt. Das schafft er heute noch.

Oft hält er sich an Bord seines Kutters am Ausleger für die Netze fest und dehnt sich dort. Oder er macht Sit-ups vor dem Krabbenkocher, «Kutterturnen» nennt er das. Auf hoher See muss er dabei immer den Seegang ausgleichen, was es noch schwieriger macht, aber das Gleichgewicht trainiert. Währenddessen überlässt er Dörte das Ruder, auch wenn das eigentlich nicht erlaubt ist. Hinterher fühlt er sich jedes Mal wie neu!

Die Frauen neben ihm sehen auf den ersten Blick vielleicht nicht besonders sportlich aus, aber das erweist sich schnell als Irrtum. Gegen sie macht er mit seinen dreiunddreißig Jahren höchstens eine mittelprächtige Figur.

Gesines Singsang setzt sich ohne Pause fort. «Spür die natürliche Wölbung deiner Wirbelsäule und bring deine Halswirbelsäule damit in Einklang.»

Bei vielen der Übungen entdeckt Gonzo Regionen

seines Körpers, von denen er zwar wusste, dass es sie gibt, die er aber ewig vernachlässigt hat. Gesine behält die Gruppe genau im Blick, sie sieht alles. «Das Becken neutral halten, Gonzo! – Nicht die Schultern hochziehen, Beate, und zieh dein Kinn ein, so ist es gut!»

Gonzo gibt alles, um die Übungen hinzubekommen. Immerhin ist es die erste Yogastunde seines Lebens. Auch wenn nicht alles auf Anhieb perfekt klappt, spürt er, wie gut ihm jede Dehnung tut. Es folgt der «herabschauende Hund», man legt die Hände auf den Boden, streckt Arme und Beine, sodass zwischen Oberkörper und Beinen ungefähr ein rechter Winkel entsteht. «Lasst die Handflächen am Boden verwurzelt», rät Gesine. «Das ist gut für den Stütz- und Bewegungsapparat, es dehnt die ischiocrurale Muskulatur.»

Ischio…was?

Keine der Frauen fragt nach, für sie scheint das ein alltäglicher Begriff zu sein, wie «Türklinke» und «Kaffeefilter». Die Übung erweist sich für ihn als äußerst schwierig. Beate neben ihm korrigiert ihn vorsichtig: «Der Hintern muss höher, junger Mann.»

Im Gegensatz zu ihm sind die Frauen immer genau auf den Punkt. Sie sind dreißig Jahre älter und derartig gut, da würde er gerne mithalten können.

«Wenn du das täglich machst, kriegst du es auch bald hin», ermutigt Beate ihn. «Als ich angefangen habe, war ich noch lange nicht auf dem Level wie du jetzt.»

Das hört sich an wie ein Kompliment.

Abschließend möchte Gesine mit ihnen die sogenannte «Uttanasana»-Übung machen. Dabei soll er sich erneut mit weitgehend gestreckten Beinen vorbeugen und die Hände flach vor sich auf den Boden ablegen oder alternativ die Ellenbogen fassen und die Arme schaukeln lassen. Herrlich.

«Erlaube der Schwerkraft zu wirken und entspann jetzt Arme und Kopf. Das ist gut für Leber, Galle, Magen und beruhigt das Nervensystem. Und es ist eine Verbeugung vor uns selbst und dem Universum.»

Hinterher kommt es ihm so vor, als würden ihm all seine Körperzellen applaudieren. Die blöde Straßenbahnfahrerin und ihr Gorilla – hat es die überhaupt gegeben?

5

Nach der Yogastunde rollen sie ihre Matten zusammen und bedanken sich bei Gesine. Als sie gemeinsam den Raum verlassen, kommt ihnen aus der Pension eine Frau in rotem Trainingsanzug mit HSV-Emblem entgegen. Sie ist ungefähr in Gonzos Alter.

«Geht's schon los?», fragt sie.

«Hey, Claudia, du bist eine Stunde zu spät», klärt Beate sie auf.

«Echt?» Sie schaut verwirrt in die Runde. «Das habe ich mir wohl falsch notiert. Dann frühstücke ich erst mal.»

Offensichtlich fastet sie nicht. Sie verschwindet wieder im Haus. Die anderen Frauen schütteln den Kopf. «Claudia wieder …»

Nach dem Yoga wollen die Frauen am Strand spazieren gehen. «Kommst du mit?», lädt Maren Gonzo ein.

«Ja, gerne», sagt er und fühlt sich geschmeichelt. «Aber in spätestens in zwei Stunden muss ich zur Arbeit.» Er will nachher auf Krabbenfang gehen, dazu muss er die Flut abwarten. «Sollen wir an den Utersumer Strand fahren?»

«Gute Idee, unsere Räder stehen hinter der Pension», sagt Beate.

«Dann nehme ich euch mit dem Wagen mit», sagt Gonzo.

Als Suse vor der Haustür seinen alten Pick-up sieht, grinst sie. «Kannst du uns hinten auf der Ladefläche mitnehmen?»

Die beiden anderen sind ebenfalls begeistert. «Das habe ich bisher nur in amerikanischen Filmen gesehen!», ruft Maren. «Ist das überhaupt erlaubt?»

«Nur, wenn man nicht fragt», entgegnet Suse.

«Also rauf!», ruft Beate.

Gonzo öffnet die hintere Klappe, und sie klettern auf die Ladefläche.

«Musikwünsche?», fragt er.

«*Wonderful World*», schlägt Maren vor.

«Sehr gerne!»

Gonzo steigt vorne ein, sucht den Titel auf seinem Handy und dreht die Anlage auf, die Fenster sind weit offen. Louis Armstrong singt in die Marschlandschaft hinaus, die gerade genau so aussieht, wie er es in seinem Song beschreibt: *I see skies of blue and clouds of white …* Die Frauen singen leise mit, beim Refrain drehen sie dann voll auf: *And I think to myself, what a wonderful world …* Es wirkt fast so, als wollte der Nordseewind das Lied illustrieren, indem er weiße Schäfchenwolken Richtung Horizont pustet. In den Wolkenlücken erscheinen Sonnenstrahlen als leuchtende Spots über Wiesen und Feldern.

In Utersum parkt Gonzo direkt vor dem Kurhaus. Gemeinsam gehen sie über die Dünen zum Strand. Die Flut läuft auf, es weht ein böiger Wind, der warme feine Sand massiert ihre Fußsohlen. Mit dem wohligen Körpergefühl nach dem Yoga kommt Gonzo der Blick auf die gegenüberliegenden Inseln Sylt und Amrum vor wie neu, obwohl er ihn seit seiner frühesten Kindheit kennt. Sie schlendern die Wasserkante entlang, die auflaufende See umspült ihre Beine. Hin und wieder ist eine weiße Muschel zu sehen, die in der Sonne hell leuchtet. Sie bewegen sich Richtung Nieblum, dem Nachbarort. Hin und wieder bleibt eine von ihnen stehen, um einen schönen Stein in die Hand zu nehmen und ihn den anderen zu zeigen.

«Wie haltet ihr es nur die ganze Zeit ohne Essen aus?», will Gonzo wissen. «Fühlt ihr euch nicht total schlapp?»

«Im Gegenteil. Der Körper stellt sich irgendwann komplett um», erklärt Beate. «Man muss nur darauf achten, viel zu trinken.»

«Für mich wäre das nichts», gibt Gonzo zu.

Maren lächelt. «Fasten ist total entspannend für Geist und Körper.»

«Wirklich, es gibt nichts Besseres, um herunterzukommen.» Suse beugt sich zur Wasserkante, um eine Muschel aufzuheben. Sie steckt sie in ihre Blusentasche. «Jedes Mal sammle ich am Strand Miesmuscheln, als wären sie wer weiß wie exotisch. Dabei habe ich zu Hause Hunderte, die genauso aussehen. Aber ich kann es einfach nicht lassen.»

«Wieso bist du eigentlich Single?», fragt Maren ihn plötzlich.

Gonzo ist irritiert. «Äh, wie kommst du darauf?»

Sie schiebt sich die Sonnenbrille ins Haar und lacht. «Keine Angst, ich frage nicht für mich.»

«Hmm», brummt er. «Du kannst hier genauso Glück und Pech haben wie auf dem Festland.»

«Und wieso hat ein gut aussehender Kerl wie du dann Pech?», fragt Maren.

«Wie meinst du das?»

«Würdest du sonst freiwillig mit einem Haufen älterer Frauen wie uns abhängen?», meint sie lächelnd.

Er weiß erst nicht, was er sagen soll, und entscheidet sich für die Wahrheit. «Lebendig und sportlich, wie ihr seid, schlagt ihr die meisten Jüngeren um Längen.»

Maren legt ein mädchenhaftes Lächeln auf. «Oh, danke. Als ich so alt war wie du, hätte ich dich sofort angebaggert. Da hätten wir uns aber eher beim Weinfest an der Mosel getroffen als beim Yoga auf Föhr. Gesundheit war da für mich noch kein Thema, zu der Zeit lag ich bei ungefähr zwanzig Camel am Tag.»

«Schön war das Rauchen ja schon», erinnert sich Suse mit wehmütigem Blick. «Wenn man auf dem Balkon stand und sich mit einem Kerl die Zigarette teilte.»

«Aber auch schädlich», erinnert Maren.

Beate winkt ab. «Das habe ich zum Glück nicht gemerkt, mir hat es immer geschmeckt.»

«Na ja, am Morgen nach der Disco rochen die Haare schon schlimm.»

«Hat mich nie gestört.»

«Heute wäre das undenkbar.»

«Allein die Zigarette danach, wie eklig!», sagt Suse.

«Bei mir kam kein Aschenbecher ins Bett, da war ich konsequent.»

«Und wo hast du dann abgeascht?»

«Auf einer alten Untertasse auf dem Nachttisch.»

Alle lachen. In dieser unvernünftigen Phase ihres Lebens hätte Gonzo sie gerne getroffen.

Jahre später haben die Freundinnen gemeinsam mit dem Rauchen aufgehört, berichtet Maren, was sie ebenfalls zusammengeschweißt hat, inklusive Rückfällen an Silvester oder an runden Geburtstagen nach ein paar Gläsern Sekt.

Die Flut steigt merklich, die Haut an den Füßen fühlt sich ganz weich an. Bei jedem Schritt spritzt ihnen das Nordseewasser bis zum Knöchel. Gonzo war lange nicht mehr am Strand. In der Hauptsaison ist es ihm dort zu voll, und wenn er den ganzen Tag mit seinem Kutter auf der Nordsee war, sieht er gerne mal etwas anderes als das Meer.

«Und wie steht es so bei euch?», fragt er zurück. «Alle glücklich verheiratet, nehme ich an?»

«Ich ja», sagt Beate. «Suse ist glücklich geschieden, Maren Dauersingle.»

«Bis auf ein paar Ausnahmen hin und wieder», Maren lächelt versonnen.

«Suse macht viel Onlinedating», erklärt Beate. «Aber das klappt nicht so richtig, oder, Suse?»

«Alles musst du auch nicht ausplaudern», beschwert die sich leicht pikiert.

«Gonzo sucht ja sowieso eine Jüngere als uns. Also was soll's?»

«Wie läuft das denn so im Internet?», fragt Gonzo beiläufig.

«Hast du das etwa noch nie ausprobiert?», fragt Suse.

«Nein.» Erstaunlich, dass alle das vollkommen normal finden. «Ist es nicht peinlich, wenn man sich dann das erste Mal real trifft?»

«Du kannst dir nicht vorstellen, wen du da so alles kennenlernst», sagt Beate.

«Meinst du das positiv oder negativ?»

«Beides. Du würdest auf jeden Fall eine Menge Frauen treffen. Was nicht heißt, dass es immer passen muss, das weiß man erst hinterher.»

«Warst du denn schon mal länger mit einem aus dem Netz glücklich zusammen?», will Gonzo wissen. Er ist neugierig geworden.

«Doch, ja!»

«Wie lange?»

«Warte, da muss ich überlegen … Einmal fast sechs Wochen.»

Darf er grinsen, oder soll er ernst bleiben?

«Wenn du bei jedem Date denkst, es muss der Partner fürs Leben sein, verkrampfst du», fügt sie hinzu. «Du musst es als Spiel sehen, wie im Urlaub am Pool. Man quatscht am Beckenrand zusammen, dann triffst du dich abends an der Bar wieder. So bleibt es ein Spaß und tut nicht weh. Wenn es ernst wird, passiert das ganz von selbst, das kannst du nicht pushen.»

«Und du darfst nie vergessen, es ist immer ein Gebrauchtmarkt», frotzelt Maren.

«Wie meinst du das?», fragt Suse.

«Na ja, alle, die du triffst, haben ihre Dellen und Macken, wie alte Autos. Außer mir natürlich, das ist ja klar!»

«Du kannst Menschen doch nicht mit Autos vergleichen», empört sich Suse.

«Stimmt, die meisten Kerle haben viel mehr Macken als alte Autos», findet Maren.

«Unfallwagen halt!»

Alle drei prusten laut los.

Gonzo guckt sie amüsiert an, gleichzeitig gerät er ins Grübeln. Anscheinend hat er die ganze Zeit eine Riesenchance links liegen gelassen.

6

Gesine holt das marineblaue Geschirr aus dem Schrank, das die Utersumer Keramikerin Fenja in ihrer kleinen Werkstatt gebrannt hat. Auf allen Teilen ist ein kleines stilisiertes Motorboot abgebildet. Erst hatte Gesine überlegt, ein Segelschiff zu ordern. «Ach, das haben doch alle», hielt Fenja dagegen. «Mit einem Motorboot kannst du einfach Gas geben, wenn du mal schnell wegmusst.» Dieser Gedanke hat Gesine gefallen.

Sie setzt sich an den Küchentisch und bereitet sich ein Müsli zu. Die kleine Einzimmerwohnung in Wyk hat sie möbliert gemietet, die Einrichtung ist nichts Besonderes. Aber es ist alles da, was sie braucht, inklusive kleiner Küche und Schlafcouch. Vor allem kann sie sich glücklich schätzen, dass sie überhaupt eine Unterkunft bekommen hat, obwohl die Mieten auf Föhr erheblich höher sind als in Hannover, wo sie vorher gewohnt hat. Mit Feriengästen ist auf der Insel eben mehr Geld zu verdienen als mit Dauermietern. Aber wer weiß, wenn ihre Kurse gut anlaufen, kann sie sich vielleicht etwas Größeres leisten.

Der heutige Yogakurs geht ihr nicht aus dem Kopf. Ihre Fastenfrauen kennen sich seit der Schulzeit und haben zufällig zur gleichen Zeit gesundheitliche Probleme bekommen, körperlich oder seelisch. Aber sie haben sich nicht unterkriegen lassen, haben sich zusammengetan und angefangen, gemeinsam Yoga zu praktizieren. Höhepunkt ihrer Selbsttherapie ist die zehntägige Fastenkur auf Föhr, inklusive Yogakurs. Gesine weiß, dass sie eine besondere Verantwortung für die Frauen trägt, sie sollen gestärkt nach Hause fahren, dafür wird sie sorgen.

Die Stimmung heute Morgen war noch gelöster als sonst. Was eindeutig an Gonzo lag. Wie charmant und aufgeschlossen er mit ihnen umging, kam gut an, die Frauen waren sichtlich angetan. Weiß er das eigentlich?

Gonzo ist Gesine nach wie vor ein Rätsel. Sie hat ihn als vollschlanken Fischer kennengelernt, mit schaukelndem Gang wie sein Kutter auf hoher See. Dazu war er wortkarg, sein Gesichtsausdruck wirkte auch dann mürrisch, wenn er etwas Nettes sagen wollte. Was in der Bank jedoch nie vorkam, allerdings ebenso wenig von ihrer Seite, da haben sie sich beide nichts genommen. Sein Gespür für Musik war dann eine riesige Überraschung für sie, das hätte sie so einem Kerl nicht zugetraut. Gonzo ist Gonzo, er ist speziell. Aber Yoga?

Sie staunt, was heute an ihm zutage getreten ist. Yoga setzt etwas frei, was er sonst nicht zeigt. Nach seinen genuschelten Moins und Geit-klors kamen heute von ihm Sätze wie: «Lebe, als würdest du morgen sterben, und lerne, als ob du ewig leben würdest.» Wo hat er das nur her?

Und woher kommt seine enorme Beweglichkeit? Als

er heute tatsächlich zum Yogakurs auftauchte, fragte Gesine sich zunächst, ob er sie auf den Arm nehmen wollte. Meinte er das ernst? Sie hätte nie erwartet, dass er wirklich kommt, ihre Einladung war mehr ein Spruch gewesen. Anfangs fürchtete sie, er könne die Übungen mit blöden Bemerkungen sabotieren. Dass er dann aber einfach alles mitmachte, war die erste Überraschung. Die zweite war, *wie* er es tat. Selbst bei sportlichen Männern ist Gelenkigkeit oft eine Schwachstelle, da hilft auch kein Sixpack. Ihre Übungen waren nicht ohne, aber Gonzo war derartig gelenkig, das bekommen die meisten nach Jahren nicht hin. Dahinter muss andauerndes Training stecken, anders geht es gar nicht! Dabei hat Gonzo nicht viel Aufhebens darum gemacht, er führte alle Yogastellungen mit Lässigkeit aus. Wenn sie ihn danach fragte, würde er vermutlich mit den Achseln zucken: «Es ist, wie es ist.»

7

*H*inter Gonzos knallroter Lille Mor hat Fischerkollege Kai mit seiner grünen *Störtebeker II* festgemacht. Er werkelt mit einer lärmenden Schleifmaschine an Deck des Kutters herum. Kai ist zwanzig Jahre älter als Gonzo und hat ein faltiges, sonnen- und salzwassergegerbtes Gesicht. Genauso sehe ich mal aus, wenn ich so alt bin wie er, denkt Gonzo manchmal.

Kai setzt die Schleifmaschine ab, als er ihn sieht. «Moin, Gonzo, hü gongt et?»

«Gud und di?»

«Auch.»

Kai richtet sich auf und grinst. «Sag mal, übst du neuerdings Verbiegen?»

«Wie das?»

«Hauke vom Spar-Markt Rickmers hat dich in Gesines Turnverein gesichtet.»

«Wo?»

«Im kleinen Friesencafé.»

Gonzo lässt ihn einfach auflaufen. «Hat er das?»

«Du sollst richtig akrobatische Verrenkungen gemacht haben.»

Der Garten des Friesencafés ist von einer Seite aus

durch einen winzigen Spalt zwischen den Häusern einsehbar. Genau da muss Hauke gestanden und zugeguckt haben. So etwas ist auf der Insel natürlich sofort rum.

«Gonzo, der Gymnastikfischer», frotzelt Kai. Er tanzt einmal um die eigene Achse. Plötzlich stöhnt er laut auf, stützt sich an der Reling ab und reibt sich eine Stelle am Rücken.

«Hast du was?», erkundigt sich Gonzo.

«Nee, alles gut.» Kai richtet sich auf und lästert weiter: «Oder ging es dir nur um die Deerns?»

«Und wenn?»

«Stehst du jetzt auf Ältere?»

«Und wenn?», wiederholt Gonzo.

«Geht mich ja nichts an.»

«Hmm.»

Gonzo dreht sich um und geht an Bord. Dort bindet er sich seine Gummischürze um und spritzt das Deck mit einem Schlauch ab. Aus dem Augenwinkel sieht er, dass Kai auf dem Nachbarkutter einen Riesenschluck Schnaps nimmt, die Flasche hält er hinter dem Krabbenkocher versteckt. Gonzo kratzt sich am Kopf.

«Um diese Uhrzeit schon am Feiern?», ruft er rüber. Obwohl klar ist, dass der Schnaps am Morgen nichts mit Fröhlichkeit zu tun hat.

Kais Gesicht sieht schmerzverzerrt aus. «Das ist Medizin.»

«Wogegen?»

«Rücken.»

«Nimmst keine Tabletten?»

Sein Kollege winkt ab. «Schnaps ist billiger.»

Gonzo verlässt seinen Kutter und geht zu Kai an Bord. «Runter auf die Knie!», weist er ihn an und geht vor ihm in den Vierfüßlerstand. «Los, auf alle viere, wie ich.»

Kai sieht ihn irritiert an. «Was soll das werden?»

«Nicht lang schnacken, machen!»

«Voodoo, oder was?»

«Ja.»

«Hör doch auf.»

«Und wenn es hilft?»

Gonzo sieht, dass Kai zögert, aber sein Schmerz im Rücken muss schlimm sein. Ächzend lässt Kai sich zu Boden sinken. Gonzo hockt ihm gegenüber und streckt gleichzeitig den linken Arm und das rechte Bein aus.

«Mach mir das nach», fordert er Kai auf.

Der bekommt es anfangs nicht hin, verliert immer wieder den Halt. Irgendwann wird es besser. Dann zeigt Gonzo ihm ein paar weitere Übungen, die er heute bei Gesine gelernt hat.

«Besser?», fragt er Kai.

«Was?»

«Na, der Rücken.»

Kai blickt ihn erstaunt an. «Tatsächlich.»

«Siehste.»

«Aber bestimmt nicht wegen deinem Voodoo!»

«Sondern?»

«Wegen Köm.»

Gonzo verdreht die Augen. «Geschadet hat es aber auch nicht, oder?»

«Weiß man's?»

Gonzo grinst sich einen, Kai ist eine harte Nuss. Ob er weitererzählen wird, dass er Yoga gemacht hat? Und schlimmer noch: dass es geholfen hat?

«Denn man dicke Büdels», wünscht ihm Kai. So nennen Krabbenfischer volle Netze.

«Dir auch.»

Über den Steg schlendert Gonzos Bootshelferin Dörte heran. Auch an Land bewegt sie sich schaukelnd wie auf dem Meer bei Seegang. Gonzo dreht sich zu ihr. «Moin, Dörte.»

«Moin, Chef.»

Zwei Jahre hat Gonzo versucht, ihr die Anrede «Chef» auszureden, ohne Erfolg. Dörte ist eine kleine Frau mit kurzen blond gefärbten Haaren, die wenig redet und ordentlich zupacken kann. Es gibt nichts, was sie zum Thema Krabben nicht weiß und was sie an Bord nicht kann. Dörte wohnt in Oldsum zwei Häuser weiter, sie ist achtzehn und lebt immer noch bei ihren Eltern. Als Gonzos Bootsmann Hinrich, der noch mit seinem Vater gefahren war, aus Altersgründen abmusterte, hat Gonzo Dörte eingestellt. Zunächst gab es von allen Seiten Bedenken, denn Schreiben und Lesen hat Dörte nicht gelernt. Gonzo fand trotzdem nicht, dass eine Behindertenwerkstatt ihre einzige berufliche Perspektive sein musste. Schon als Kind ist Dörte mit ihrem Fischer-Opa ständig rausgefahren, sie kennt alle Handgriffe an Bord. Warum sollte sie nicht bei ihm arbeiten? Gonzo zahlt ihr über Tarif, bei längeren Fangpausen meldet er sie beim Arbeitsamt an. Problematisch findet er nur, dass Dörte ihr Gehalt nicht ausgibt, sondern auf einen eigenen Kutter spart. Davon ist sie nicht abzubringen. Auch wenn Gonzo ihr wer weiß wie oft erklärt hat, dass man für das Kapitänspatent lesen und schreiben können muss. Ansonsten verstehen sich Gonzo und Dörte bestens, vor allem lachen sie viel zusammen.

Gonzo schaltet die elektronische Seekarte und das Echolot ein, dann startet er die Maschine. Die Flut läuft weiter auf, der Wetterbericht sieht gut aus. Heute Nacht werden sie mit Körben voller Krabben zurückkommen. Die Fangquote im Wattenmeer ist unterschiedlich, sie hatten Jahre, in denen die Krabben fast ausgestorben waren und sie nichts fangen durften. Heute ist das Gott sei Dank anders. Er steuert auf das Gebiet zwischen Amrum und Norderoogsand zu, dahinter liegt die offene See. Die Tür der Brücke hat er geöffnet, um die frische Nordseebrise hereinzulassen. Dörte sitzt in ihrem Ölzeug am Bug und schaut über das Wasser zum Horizont.

Er muss an das Gespräch mit den Yogafrauen denken. Könnte Onlinedating vielleicht etwas für ihn sein? Auf Föhr wäre das albern, dafür ist die Insel zu klein: Welche Föhringerin sollte er im Internet finden, die er nicht schon mal bei Rewe oder an der Promenade getroffen hätte? Auf der Insel bliebe außerdem kein Treffen anonym, ginge es schief, sähe man sich überall wieder. Realistisch gesehen kann er hier nur auf Scheidungen hoffen oder sich an weibliche Feriengäste halten.

Wie die tolle Jana zum Beispiel, na vielen Dank!

Nein, er muss sich Richtung Festland orientieren, da ist der Suchradius unendlich. Auch wenn es für ihn jedes Mal ein Riesenaufwand ist, für ein Date die Insel zu verlassen. Aber deswegen will er nicht veröden und ein merkwürdiger Kauz werden. Das hat er sich geschworen.

Nach einer guten halben Stunde fährt Gonzo die Maschine runter auf Schleppgang.

«Geit los!», ruft er Dörte zu.

Dörte springt auf. Ohne dass er etwas sagen muss, weiß sie, was zu tun ist. Mit gekonnten Griffen bringt sie die beiden langen Ausleger mit den zehn Meter langen Schleppnetzen außenbords in Stellung. Daran sind Bodenrollen aus Hartgummi befestigt, die über den Meeresgrund laufen und die Krabben aufwirbeln. Sie gleiten wie die Kufen eines Schlittens. Gonzo fährt in langsamem Gang weiter und überlässt Dörte nach einer Weile wortlos das Ruder.

Auf dem Vorderdeck setzt er sich auf einen Fangkorb und zückt sein Handy. Skeptisch starrt er auf den Bildschirm: mit ein paar Mausklicks soll er zum Glück seines Lebens gelangen können? Eine Frau im Internet zu suchen kommt ihm künstlich vor. Dass das Ganze auch noch saftige Gebühren kostet, schmeckt ihm nicht – aber was willst du machen? Immer noch besser, als wenn gar nichts passiert. Laut Werbung verliebt sich auf seiner App alle elf Minuten ein Single. Wenn das stimmt, rechnet er hoch, könnten die innerhalb eines Sommers eine

Kette um ganz Föhr bilden. Wieso sollte er sich da nicht einreihen?

Beate und Maren haben ihm Mut gemacht. Er sollte es als Spiel sehen! Erst jetzt fällt ihm ein, dass er sogar welche kennt, die Glück hatten. Raik aus Nieblum zum Beispiel hat mit seiner Frau aus dem Internet inzwischen drei Kinder. Geht doch!

Bevor es aber auf die Suche geht, soll er ein Profil von sich anfertigen. Auch das noch! Was er da eingibt, kann sein ganzes Leben verändern. Leider ist er kein Mann des geschriebenen Wortes. Wenn du es versaust, passiert gar nichts, fürchtet er. Er holt sich Hilfe auf Google: Dort findet er Tipps, wie man als Anfänger auf einer Dating-App am besten vorgeht und Fehler vermeidet. Nicht zu schnell Interesse zeigen, Komplimente machen, aber nicht zu plump. Kurz fassen und Neugierde wecken. «Nicht zu früh emotional äußern», steht da des Weiteren. «Tabuthemen umgehen, aber verstellen Sie sich nicht. Reden Sie nicht nur von sich selbst, zeigen Sie sich auch an der anderen Seite interessiert. Und fixieren Sie sich nicht zu sehr auf ein Date, bleiben Sie geduldig.»

Sonst noch was?

«Vor allem müssen Sie locker bleiben», steht da. Ein Supertipp! *Los, Gonzo, es geht um alles oder nichts – aber bleib locker!* Sein Alter trägt er ein und dass er Nichtraucher ist. Schuhgröße ist Quatsch, die lässt er weg. *Ernährung?* Er isst alles, vor allem Fisch und Gemüse. *Hobbys?* «Musik machen und reiten», tippt er. Dabei hat er sein Islandpony verkauft, als seine Tochter nach Long Island gezogen ist. Maike ist eine hervorragende Reiterin und hat ihn beim letzten Ringreiten auf Föhr fast geschlagen. Was sie mit ihren fünfzehn Jahren auf dem Pferd drauf hat, ist unglaublich. Aber weiter im Text: «Neuerdings mache ich Yoga», fügt er hinzu. Soll er das wirklich angeben? Kommt das bei Frauen gut an, oder macht es sie misstrauisch?

Eine Stunde später stellt Gonzo die Ruderanlage auf Autopilot. Dörte und er holen die Netze wieder ein. Sie öffnen sie am Ende, und eine nasse Masse ergießt sich in einen riesigen Bottich. Biologisch gesehen sind Krabben eigentlich Garnelen, aber so werden sie von niemandem genannt. Den Beifang aus kleinen Fischen und Miesmuscheln werfen sie über Bord. Sie nehmen die Messermuscheln aus, die ihren Namen daher haben, dass sie scharf wie Messer sind und oft die Netze zerschneiden. Eine Siebtrommel, die den Fang hin- und herrüttelt, sortiert zu kleine Krabben und anderes Getier aus. Doch dies macht sie nur nach Größe, nicht nach Tierart. Dörte und er sortieren zusätzlich noch per Hand aus. Sehr zur Freude der Möwen, die krächzend über ihnen kreisen und auf Futter warten.

Die verbliebenen Krabben werden zehn Minuten in Meerwasser gekocht, um sie haltbar zu machen. Dadurch erhalten die grauen Tiere erst die Farbe, die alle kennen. Anschließend packen Dörte und er ihren Fang in Kisten. Während Dörte das Deck mit einem Schlauch abspritzt, steht Gonzo am Ruder und hält weiter auf Husum zu. Nebenbei wendet er sich wieder seinem Handy zu, das ihn anzieht wie ein Magnet: Er kann es kaum abwarten weiterzumachen. Auch wenn er sich auf unsicherem Terrain bewegt. Im Profil versucht jeder, imagemäßig Gas zu geben und sich wer weiß wie toll zu präsentieren. Er ja auch. Nur dass er nicht so richtig weiß, wie.

Beruf? «Kapitän» – soll er das weiter ausführen? Nicht, dass eine von ihm erwartet, zum *Captain's Dinner* aufs Traumschiff eingeladen zu werden. Oder dass sie denkt, er sei dann mehrere Monate im Jahr auf hoher See. Gegen «Krabbenfischer» sträubt sich aber auch etwas in ihm. Er ist das gerne, aber vielleicht fürchten dann einige, dass er nach Fisch riecht. Vorsichtshalber bleibt er beim Kapitän, ohne die Krabben.

Größter Traum? Da muss er nicht lange überlegen. «Diejenige zu finden, die zu mir passt», schreibt er. Das ist ihm wichtiger als eine Weltreise oder einmal im Leben einen weltberühmten Promi zu treffen. Letzteres schreiben einige Frauen tatsächlich, die klickt er gleich weg.

Dein Lebensmotto? «Det skal nok gå!», schreibt er in seiner Muttersprache und liefert die Übersetzung gleich hinterher: «Läuft sich alles zurecht.» Nein, das klingt zu passiv. «Butter bei die Fische!», das ist auf den Punkt. Als Fischer, der anpacken kann, und jemand, der gerne kocht.

Wie sollte sie aussehen? Er hat noch nie systematisch

darüber nachgedacht, was er äußerlich an einer Frau mag oder sich von ihr wünscht. Aber das akzeptiert die App nicht, sie will, dass er mehr dazu schreibt. Einer seiner Fischerkollegen steht nur auf Dunkelhaarige mit braunen Augen, so etwas Spezielles würde ihm nie einfallen. Dick, dünn, Haar- oder Hautfarbe: egal. Sie müssen sich verstehen, mit anderen Worten: Humor sollte sie haben! Das ist am wichtigsten.

Als er sein Profil fertig angelegt hat, klickt er sich umschlüssig durch all die Annas, Alinas, Melanies und Sandras. Sie sind nur einen Wisch von ihm entfernt, aber bei keiner bleibt er hängen.

Dörte kommt zu ihm auf die Brücke. «Fertig, Chef!»

«Alles klar.»

«Bei dir auch, Chef?»

«Ja.»

«Ich mein nur, wegen der ganzen Frauen.» Sie deutet auf sein Handy.

Dörte kann zwar nicht lesen, hat aber mit einem Blick auf die App sofort erkannt, worum es geht.

Gonzo winkt ab, als seien die Fotos vollkommen unwichtig. «Ach die …»

«Kennst du die alle?»

Da muss Gonzo lachen. «Noch nicht.»

Sie wirft ihm einen skeptischen Blick zu. «Verheb dich nicht, Chef.»

Sie meint den Spruch ernst, das weiß er.

«Ich pass schon auf», brummt er.

Am späten Abend landen sie die Krabben im Husumer Hafen an. Die Sonne geht bereits unter. Der Kühllaster, der die Ware zum Pulen nach Marokko bringen soll, wartet am Kai. Dörte packt beim Umladen ordentlich an, das ist ihr Lieblingssport. Gonzo und sie essen im Husumer Hafen Süßkartoffelpommes, was im Lauf der Zeit ein Ritual geworden ist.

Als sie zurück nach Föhr fahren, ist es dunkel. Die Nacht ist erstaunlich warm. Gonzo konzentriert sich auf das Echolot, sie haben ablaufendes Wasser, da kommt er nicht überall durch und muss genau navigieren. Dörte hockt sich in eine Ecke auf der Brücke und schläft wenig später ein. Kurz vor Mitternacht erreichen sie den Wyker Hafen. Am Kai sitzen ein paar Touristen mit Bierflaschen in der Hand. Er checkt instinktiv, ob Jana und ihr Macker dabei sind. Sind sie nicht, gut so! Vorm Anlegemanöver fasst er Dörte sanft an der Schulter, denn die schläft immer noch tief und fest. Er muss sie leicht rütteln, bis sie die Augen aufschlägt.

«Wi san erann, Dörte», flüstert er auf Fering. *Wir sind zu Hause.*

«Oh», murmelt sie, kommt blitzschnell hoch und springt auf den Kai.

Gonzo wirft ihr die Leine zu, sie macht den Kutter fest. Ihr Fahrrad, das sie am Kai angeschlossen hat, legen sie auf die Ladefläche seines Pick-ups und fahren die paar Kilometer nach Oldsum.

«Guter Job, Dörte, vielen Dank», sagt Gonzo, als sie vor ihrer Tür stehen. «Schlaf gut.»

«Selber auch», murmelt Dörte und huscht ins Haus.

Gonzo nimmt sein Handy. Vielleicht ändert sich bald sein ganzes Leben. Einerseits aufregend, andererseits löst das ein flaues Gefühl im Magen aus: Was kommt da auf ihn zu? Ein Windstoß fährt ihm durch die Haare, es fängt an zu regnen. Schnell ins Haus.

8

Draußen prasselt der Platzregen auf die dicken Blätter der Rhododendronbüsche um Gonzos Reetdachhaus. Eigentlich ist Gonzo nach dem Tag auf dem Kutter hundemüde. Trotzdem kann er nicht einschlafen. Er schnappt sich seinen Laptop und setzt sich auf die Couchlandschaft im Wohnzimmer. Auf der Dating-Plattform segelt er von einer Welt in die nächste. Von Postbotin Angelina klickt er sich zu Schlangenzüchterin Tamara, von Kassiererin Caren-Alexa zur «verrückten Marina». «Truckerbabe Josi» bietet ihm an, ihn auf große Fahrt durch Europa in ihrem Lkw mitzunehmen. Er stößt auf eine Frau, die als Beruf «Kuratorin» angibt. Was das wohl sein könnte, muss er erst einmal googeln.

Die Erste, bei der er hängen bleibt, ist Sina. Sie arbeitet im Kieler Einwohnermeldeamt und präsentiert sich als «ganz normale Frau», die gerne tanzt, auf Konzerte und ins Kino geht. Es gefällt ihm, dass sie sich nicht so überkandidelt gibt wie die meisten anderen. Sina und er mailen ein bisschen hin und her, aber irgendwann wird es zu spät, und ihm fallen die Augen zu.

Am nächsten Morgen tauschen Sina und er Fotos aus, die darf man erst auf Anfrage freigeben. Sie sieht sympathisch aus, freundliches Lächeln, blonde, mittel-lange Haare, grüne Augen. Insgesamt nicht aufge-hübscht, sondern natürlich. Umgekehrt mag sie seine Mähne, die er immer noch nicht bei Inselfriseur Johnny hat schneiden lassen. Er schickt ihr eine Tonaufnahme der Fering Scorpions, auf der er Mundharmonika spielt, was er sofort nach dem Abschicken bereut: Nicht gerade ein angesagtes Instrument, was wird sie davon halten? Mit Glück findet sie es gut, ebenso wie das Bild von seinem Krabbenkutter. Sie meldet sich daraufhin erst einmal nicht.

Was nichts heißen muss, immerhin arbeitet sie tags-über im Kieler Einwohnermeldeamt. Er malt sich aus, wie es weitergehen könnte. Am Sonnabend hätte er Zeit, um mit seinem Pick-up nach Kiel zu fahren. Da kann ihn dann alles erwarten: Wohnt sie alleine in einer Vierzimmerwohnung mit Blick auf die Förde? Oder in einem Einzimmerapartment? Hat sie vielleicht drei Kin-der, die sie noch nicht erwähnt hat? Und wenn, wie wür-de er dazu stehen? Umgekehrt stellt er sich vor, wie es wäre, wenn sie das erste Mal zu ihm nach Föhr käme. Natürlich würde er sie im Fährhafen abholen. Sie er-kennen sich sofort, er weiß aber nicht, oder er ihr die Hand geben oder sie kurz umarmen soll. Das nimmt sie ihm ab, indem sie ihn einfach in den Arm nimmt. Oder auch nicht.

Im besten Fall fühlt sich Sina von Anfang an so ver-traut an, als würden sie sich schon eine Ewigkeit ken-nen. Er zeigt ihr seine Lille Mor. Hoffentlich ist sie keine

Veganerin und erschreckt nicht beim Anblick des Krab-
benkochers. Überall lauern Fallen, sein Kutter ist etwas
anderes als ein Einwohnermeldeamt.

Abends ruft sie dann das erste Mal an, sie hat eine
tolle Stimme, rau und aufregend. Sekunden später hat
es sich schon wieder erledigt: als sie ihn beiläufig fragt,
ob er auch auf Fesselspiele mit Handschellen steht. Er
ist total perplex, so etwas hat er überhaupt nicht erwartet.

Tut er nicht.

Schade.

Oder auch nicht.

Er muss einsehen: Was er sich im Kopf zusammenge-
bastelt hat, hatte mehr mit ihm zu tun als mit ihr. Aber
was hat Suse vom Yogakurs gesagt: «Wenn du bei jedem
Date denkst, das wird die Partnerin fürs Leben, verkrampfst du.»

«Deine Dates sind wie ein Urlaub, in dem du viele
verschiedene Leute kennenlernst», schreiben die Betrei-
berinnen der App. Nur sucht Gonzo keinen Urlaubsflirt,
sondern eine Frau, mit dem er sein Leben teilen kann.

Am nächsten Tag fährt er erneut raus zum Krabbenfang. Und hat Glück, heute bekommen Dörte und er
besonders «dicke Büdels». Wenigstens das läuft. Die
Dating-App ist nichts für ihn, das hat er letzte Nacht
kapiert. Für wen sollst du dich unter so vielen Frauen
entscheiden? Da kannst du Monate dran sitzen! Und
so ganz nebenbei muss er ja auch noch Geld verdienen.

Auf der Fahrt nach Husum übt er an Deck Uttanasana, das umgedrehte «V», bei Windstärke sechs und ziemlichem Geschaukel, danach praktiziert er den herabschauenden Hund. So ganz bekommt er ihn heute nicht hin, aber hier draußen sieht das ja niemand. Bis auf Dörte, und die hält die Klappe.

Leider muss der nächste Yogakurs mit Gesine und den Fastenfrauen für ihn ausfallen. Morgen läuft die Flut um vier Uhr in der Früh auf, das wird seinen Tagesrhythmus komplett auf den Kopf stellen. Sobald es mit den Gezeiten passt, will er auf jeden Fall wieder hin.

Abends sitzt er ein letztes Mal zu Hause am Laptop. Hinter den Dünen rauscht das Meer. Es bleibt dabei, mit der Dating-Plattform kommt er nicht weiter. Er hat keine Lust, sich bei einem Dutzend Frauen zu melden und dann nacheinander mit allen auf dem Festland essen zu gehen. Zudem ist er wirklich nicht der große Redner. Nein, diese App ist nicht für ihn gemacht! Deshalb beschließt er, das Ganze zu beenden und einfach mit sich zufrieden zu sein. Seine gute Freundin Gesine lebt seit Jahren alleine, und es geht ihr bestens. Warum sollte das nicht auch für ihn gelten? Er geht zum Kühlschrank, holt sich ein alkoholfreies Bier und setzt sich damit auf die Terrasse. In den Sternenhimmel zu schauen beruhigt ihn.

Das fühlt sich auch am nächsten Morgen noch richtig an. Bis er beim Frühstück ein allerletztes Mal die App anklickt, um seinen Account zu löschen, und Larissa dort erscheint.

Da ereignet sich ein echtes Wunder. Das Irreste ist ihr Lebensmotto: *Butter bei die Fische!*

KANN DAS SEIN?

Wie ein Besessener hackt er in die Tastatur: «Hallo, Larissa, ich bin total begeistert, schau mal auf *mein* Motto!»

«Das gibt es doch nicht», kommt es eine Sekunde später zurück. «Wer bist du?», will sie wissen.

«Gonzo von Föhr.»

«Oh, ein Adeliger?»

«Im Herzen auf jeden Fall.»

«☺»

«Bist du auch adelig?»

«Man nennt mich Princessa Larissa.»

Er muss lachen, Humor hat sie schon mal.

«Was machst du auf der Insel?», will sie wissen.

«Kapitän mit Fischereibetrieb.» Zugegeben, das klingt etwas nobler, als es ist.

«Wow!»

«Wo steht dein Schloss, Prinzessin Larissa?», erkundigt er sich. Was soll er mit einer Frau in München oder im Ruhrpott, selbst wenn sie hochsympathisch ist?

«Schon mal vom Château Niebüll gehört?»

Er lacht, Niebüll ist keine besonders schöne Stadt, ein Schloss gibt es dort schon gar nicht. Trotzdem kann es für ihn kaum besser kommen: vom Fährhafen Dagebüll bis nach Niebüll sind es ganze zwölf Kilometer! Rein geografisch gesehen ist Larissa ein Volltreffer.

Sie zeigen sich ihre Porträtfotos. Larissa hat schulterlange mittelblonde Haare. Sie blickt über die Gläser ihrer Sonnenbrille hinweg in die Kamera, ihre Augen sind nicht zu erkennen. Das gefällt ihm, sie biedert sich nicht an. Das erscheint ihm ehrlicher als all die gezwungen Lächelnden, die er sonst auf der App gesehen hat. Hobbys hat Larissa keine spezifischen, schreibt sie, sie interessiere sich mal für dies, mal für das. Sie liest gern, Bücher seien für sie wie Atmen. Lesen würde sie aber nicht als Hobby bezeichnen, das laufe bei ihr unter «Grundnahrung».

Gonzo lächelt, Larissa ist keine Tussi, das passt!

Er freut sich schon auf ihr erstes Treffen, und das wird kommen, da ist er sicher. Telefonieren will sie erst mal nicht, warum auch immer. Hat sie schlechte Erfahrungen gemacht, oder ist sie einfach vorsichtig? Ihrer Begeisterung tut das keinen Abbruch, sie schreiben wild hin und her. Viel belangloses Zeug, was sich eigentlich nur Menschen mitteilen, die sich schon lange kennen. Das setzt Vertrauen voraus, findet Gonzo.

Am Morgen darauf regnet es in Strömen. Sein erster Griff nach dem Aufwachen geht zum Handy.

«Moin», schreibt er mit verschlafenen Augen an Larissa. «Ich wünsche dir einen wunderschönen Tag.»

Anscheinend hat sie ihr Handy gerade neben sich liegen, sie antwortet innerhalb einer Sekunde.

«Hi, guten Morgen!»

«Wie sieht es heute bei dir aus?»

«Ich mag das graue Wetter», schreibt sie.

«Wieso?»

«Dann ziehe ich mich immer so bunt wie möglich an und bin der hellste Punkt in der Landschaft.»

Er lacht. «Schöne Idee.»

Und revanchiert sich mit einer Beschreibung der besonderen Lichtstimmung im Wattenmeer.

Die findet sie beeindruckend.

Deswegen traut er sich jetzt auch, es zuzugeben: «Ich bin Krabbenfischer.»

«Genau so, wie man sich das vorstellt?»

«Aber ja, ich rede kaum ein Wort und habe den Blick immer am Horizont.»

«☺»

«☺»

«Hast du nicht erwähnt, dass du Musik machst?»

«Ja, das stimmt.»

«Und wie passt das in das Bild des schweigsamen Fischers?»

«Musik ist für mich wie Essen und Trinken.»

«Wollen wir vielleicht mal telefonieren?», schreibt sie daraufhin.

Sein Herz pocht etliche Takte schneller – endlich! Sie tauschen Nummern aus, er ruft sie kurz darauf an.

«Hi.» Larissas Stimme ist voll und tief, wie bei einer Soulsängerin.

«Moin.»

«Hey, so hört sich also der Fischer von der Insel an.»

Allein, wie sie das sagt, klingt für ihn wie Musik.

«Wie geht's dir?», fragt er.

«‹Hummelig› würde ich es nennen», gibt sie zu.

«Was bedeutet das?» Er spielt nervös mit einem Kugelschreiber in der Hand.

«Nun ja, ich telefoniere nicht jeden Tag mit einem Mann aus dem Internet, den ich interessant finde», bekennt sie. «Genauer gesagt ist es das erste Mal.»

Das ist sehr offen.

«Meins auch», sagt er.

Dann kommen sie ins Quatschen, über Gott und die Welt.

«Du hast mir noch gar nicht gesagt, was du beruflich machst», sagt er.

«Das verrate ich dir, wenn wir uns treffen. Ist aber nichts Besonderes.»

«Bei mir ja auch nicht.»

Da ist sie anderer Meinung. «Krabbenfischer ist nichts Alltägliches.»

«Bist du zufällig Sängerin?», fragt er.

«Wie kommst du darauf?»

«Deine Stimme klingt danach.»

«Echt?»

«Aber ja!»

«Nein, das bin ich nicht, leider. Aber danke für das Kompliment.»

«Gerne.»

Hoffentlich denkt sie jetzt nicht, er sei auf der Suche nach exaltierten Frauen, die ins Rampenlicht drängen.

«Also Butter bei die Fische?», fragt sie.

Er bekommt Bauchkribbeln, dass es fast wehtut.

«Will sagen?»

«Treffen oder nicht treffen?»

Da muss er keine Zehntelsekunde überlegen. «Wann?», schießt es aus ihm heraus, sein Herz beginnt zu rasen.

«Übermorgen, 18 Uhr?»

Da wäre die letzte Fähre zurück nach Föhr nach dem Essen schon weg, die geht um acht, wie alle Insulaner wissen. Also fährt er mit der Lille Mor rüber, das ist sowieso schöner. Auf der Fähre trifft er immer Leute von der Insel, mit denen will er garantiert nicht über sein Date schnacken.

«Wo treffen wir uns?»

«Im Dagebüller *Austernfischer*?»

«Kenne ich.»

«Also okay?»

«Jetzt bekomme ich ein bisschen Angst», gesteht sie.

«Wieso?»

«Es ist mein erstes Date über eine App.»

«So wie bei mir.»

«Echt?»

Es scheint ihr zu gefallen, dass sie beide keine erfahrenen Vollprofis sind.

«Ja.»

«Und du spinnst auch nicht?»

«Ich schwöre es.»

Sie kommt ins Zweifeln. «Meinst du, es könnte unter Umständen auch schiefgehen mit uns?»

Das kann es immer, aber das würde er bei Larissa und ihm inzwischen ausschließen.

«Ich habe ein total gutes Gefühl», sagt er und meint es ernst.

«Geht mir genauso.»

So rasant und unkompliziert ist ihm noch keine Frau nähergekommen. Larissa nimmt ihm mit ihrer offenen Art jede Unsicherheit, sie ist einfach wunderbar.

«Jaaaaa», brüllt er, als sie aufgelegt hat, und klatscht vor Freude in die Hände. Von da an lebt er im Ausnahmezustand.

9

*G*esine kommt vor Gonzo im Garten des kleinen Friesencafés an. Der Innenhof wird zu dieser Tageszeit vollständig von der prallen friesischen Sonne ausgeleuchtet. Sie setzt sich auf eine Liege, zieht ihren kurzen Wickelrock und das dunkelrote T-Shirt aus. Darunter trägt sie ihren rosa Lieblingsbadeanzug. Sie cremt sich sorgfältig an Schultern und Beinen ein. Der Duft ihrer Kokossonnenmilch versetzt sie fast genauso in Ekstase wie die Sonne selbst, sie liebt ihn. Ihre Freundin Julia stellt ein Glas eiskalte Brause auf das kleine Tischchen neben der Liege. Über ihrer hellblauen Bluse trägt sie eine sandfarbene Schürze mit der Aufschrift «Das kleine Friesencafé».

«Einmal die Limettenlimo, my Darling», flötet sie.

«Danke, Julia, die ist jetzt genau richtig.» Gesine lächelt und nimmt gleich einen Schluck.

Julia und sie haben sich kennengelernt, als Julia noch recht neu auf Föhr war und in ihrem kleinen Friesencafé eine Silberhochzeit veranstalten wollte. Dafür brauchte sie eine Band, und so kam es, dass Julia Gesine mit Gonzo zusammenbrachte, weil niemand sonst auf der Insel Folk *und* Metal spielen konnte, wie es der dringende Wunsch des Brautpaars gewesen war. Aus der Silberhochzeit entwickelte sich überraschenderweise eine Scheidungsparty, weil sich die Jubilare nach 25 Jahren dann doch lieber trennen wollten. Aber wie das Leben manchmal so spielt, versöhnten sie sich am Ende wieder ...

«Und sonst?»

«Ich warte auf Gonzo.»

Julia beugt sich näher zu ihr. «Sag mal, habe ich das letztens richtig gesehen? Gonzo macht Yoga mit deinen Fastenfrauen?»

Die gegenüber dem Café in ihrer Pension wohnen.

«Ja.»

«Hättest du das gedacht?»

«Nie im Leben! Und ich muss sagen, er ist sehr beweglich. Anscheinend macht er regelmäßig Dehnübungen.»

«Wirklich erstaunlich.»

Julias Border Collie läuft zu ihr und stupst sie an. Edda ist ein wunderschönes Tier mit knallblauen Augen, die Gesine jedes Mal wieder aufs Neue faszinieren. Sie streicht ihr über den Kopf. Edda gehört eigentlich Julias Freund Finn-Ole, aber seit die beiden ein Paar sind, ist diese Unterscheidung überflüssig geworden.

Gesine blinzelt Julia zu. «Willst du nicht auch bei uns mitmachen?»

Julia winkt ab. «Lieber nicht.»

«Wieso? Was ist schlimm an Yoga?»

«Zu früh zu viel. Mein Lieblingssport um diese Zeit ist Tiefschlaf.»

«Daran verdiene ich aber nichts.»

«Ach, fast hätte ich es vergessen», sagt Julia. «Das sind die Bücher für die Lesung.» Sie zieht zwei Paperbacks aus ihrer Schürze, auf dem Cover ist der Leuchtturm Olhörn in Wyk zu erkennen. «Eins ist für Gonzo, gibst du es ihm?» Julia ist zusammen mit Buchhändlerin Greta Mitveranstalterin.

«Klar. Ich bin gespannt.»

Bei gutem Wetter soll die Lesung, die Gonzo und sie musikalisch begleiten werden, im Garten stattfinden, das wäre ein Traum.

Julia erhebt sich, um ein paar Bestellungen aufzunehmen. Gesine blättert neugierig durch die ersten Seiten. Sie muss den Inhalt von Momme Jansens Roman kennen, wenn sie ihn auf seiner Lesung begleiten soll. Weit kommt sie nicht, da hetzt Gonzo in den Garten. Sie staunt: Sonst ist sein Tempo eher bedächtig. Als er sie sieht, steuert er direkt auf sie zu und setzt sich ans Fußende ihrer Liege. Heute trägt er eine schlabbrige alte Jeans und ein schwarzes T-Shirt, was beides gerade noch geht, wie sie findet.

«Moin, Gonzo.»

«Moin, Gesine.»

Sie umarmen sich kurz. Er hat sie vorhin angerufen und von einem Notfall gesprochen.

«Bevor ich es vergesse, das ist das Buch für die Lesung», sagt sie.

Er winkt ab. «Später.»

«Was ist los?»

«Ich brauche dringend deinen Rat.» Das klingt ungewohnt dramatisch. Normalerweise bringt Gonzo nichts so schnell aus der Ruhe.

«Nach deinem Tonfall zu schließen, geht es nicht um Kochrezepte?» Die tauschen sie öfter mal aus.

Julia kommt mit einem leeren Tablett vorbei. «Moin, Gonzo, kann ich dir was Gutes tun?»

«Einen Beruhigungstee, bitte.»

«Ernsthaft?»

Er reibt sich den Bauch. «Ich hab es mit dem Magen.»

«Bekommst du.»

«So schlimm?», fragt Gesine.

Gonzo zückt wortlos sein Tablet und schaltet es ein. Auf dem Bildschirm erscheint das Bild einer Frau: schmales Gesicht, schulterlanges Haar, skeptischer Blick knapp über die Sonnenbrille hinweg, ihre Augen sind kaum zu erkennen.

«Wer ist das?», erkundigt Gesine sich.

«Larissa.»

Äußerlich ist Gonzo ruhig wie immer, aber innerlich vibriert er, das spürt sie. Hat er eine Frau kennengelernt? Das wäre das erste Mal, seit sie zurückdenken kann.

«Sag schon, Gonzo, wer ist sie? Wo habt ihr euch getroffen?»

«Im Netz.»

«Ah, sie war Beifang auf deinem Kutter?», scherzt Gesine.

Gonzo scheint gerade nicht in Stimmung für Scherze zu sein. «Sehr witzig.» Er zeigt ihr ein Foto auf seinem Handy. Sie schaut es sich noch einmal genau an. «Ich erkenne kaum etwas von ihr. Hast du noch ein anderes Bild?»

«Nein.» Er schaut ihr in die Augen. «Findest du sie schön?»

Auf dem Foto sieht man genau genommen gar nichts. Gesine weiß aber natürlich, dass sie jetzt keinen Fehler machen darf. In seinem angespannten Zustand würde er das nicht verkraften.

«Wie gesagt, man sieht wenig … aber doch, sie sieht apart aus …», murmelt sie.

«Was heißt ‹apart›?»

«Dass sie gut aussieht!» Sie senkt die Stimme. «Aber pass bloß auf: Online kann man vieles manipulieren. Wie sie wirklich ist, erfährst du es erst, wenn du sie triffst.»

Gonzo verzieht das Gesicht, als hätte er in eine Zitrone gebissen. «Du kannst einem aber auch alles madig machen.»

Gesine hebt abwehrend die Arme. «Ich bin nur vorsichtig, mein lieber Gonzo.»

Ihr Freund soll sich nicht kopfüber ins Unglück stürzen, nur weil er sich nach einer Frau sehnt. Die erste aus dem Internet muss nicht die letzte sein.

Julia bringt den Tee. «Einmal die Beruhigung», sagt sie und stellt die Tasse mit Untersetzer neben Gesines Limettenbrause auf das Tischchen.

«Danke, kann ich gut gebrauchen», sagt Gonzo.

«Wohl bekomm's!»

Julia verschwindet wieder.

Gonzo zeigt Gesine Larissas Profil auf der App, das sie überfliegt.

«Keine Hobbys, aber sie liest gern», meint sie. «Das klingt doch gut. Und Niebüll liegt nicht am Ende der Welt.» In Wirklichkeit findet sie diese Frau, die nicht einmal ihr Gesicht zeigen mag, eher nichtssagend. Aber ihr Eindruck muss ja nicht stimmen. Wunder gibt es immer wieder. «Wie klingt ihre Stimme?», fragt sie.

Gonzo strahlt übers ganze Gesicht. «Purer Soul.»

«Eine Sängerin?»

«Es hört sich so an.»

«Stimmen sind wichtig, kein Mensch will mit einer quietschenden Micky Maus zusammen sein. Wann trefft ihr euch?»

«Übermorgen in Dagebüll.»

«Und? Gutes Gefühl?»

«Schon!», meint er leise.

«Das ist alles?»

«Wie meinst du das?»

«Na, nach wilder Leidenschaft klingt das nicht.»

Gonzo verschränkt die Arme vor dem Bauch. «Ich bin nun mal Friese und kein Minnesänger.»

Sie nickt. «Gut, der zweite Schritt ist getan, ihr habt ein Date. Aber was ist mit dem Schritt davor?»

Gonzo sieht sie verwirrt an. «Häh? Was meinst du?»

«Du kannst doch nicht einfach so nach Dagebüll fahren und sie treffen.»

«Wieso das denn nicht?»

Sie verdreht die Augen. «Wann war dein letztes Date?»

«Gefühlt 1875.»

«Damals gab es noch kein Handy und keine Autos, richtig?»

«Heißt?»

«Was willst du anziehen?»

«Was weiß ich, das sehe ich dann.»

Genau diese Antwort hat Gesine befürchtet. «Sei mir nicht böse, Gonzo, aber das klingt nicht gut.»

«Klamotten werden überschätzt.»

«Trotzdem soll der erste Eindruck überzeugen, oder nicht?»

«Ja.»

«Umgekehrt schätzt du es unter anderem doch auch, wenn eine Frau gut gekleidet ist, oder?»

«Aber nicht nur.»

«Natürlich nicht! Deswegen sagte ich ja auch, ‹unter anderem›.»

«Mach es nicht zu kompliziert, da werde ich noch nervöser, als ich sowieso schon bin.»

Gesine holt tief Luft. «Wir kaufen einfach ein paar gute Sachen, die ziehst du dann an – was ist daran kompliziert?»

«Ich muss mich darin wohlfühlen!»

«Ganz genau. Was hältst du von einer kleinen Shoppingtour in Wyk?»

«Im Ernst?»

Sie lächelt ihm aufmunternd zu. «Ich mache dich in einer Stunde zum Topmodel.»

«Sehe ich von Natur aus nicht gut genug aus?»

So, wie er das sagt, klingt es vollkommen ernst. «Aber ja doch, Gonzo, es war ein Witz …»

Er schaut sie immer noch zweifelnd an.

«… ein *schlechter* Witz!»

Er lächelt nicht einmal.

Das bedeutet: Es ist wirklich ernst.

10

*K*eine halbe Stunde später geht Gesine mit einem sichtlich angespannten Gonzo durch die Wyker Altstadt. Belustigt stellt sie fest, dass auf Föhr, wie jedes Jahr um diese Zeit, die schwäbischen Wochen begonnen haben: Baden-Württemberg hat gerade Ferien, überall wird mit «Grüß Gott» gegrüßt (selbst wenn Schwaben mit «Moin» grüßen, klingt es vom Sound her immer noch wie «Grüß Gott»). Gonzo hat im Gegensatz zu ihr keinen Sinn dafür. Als sie an der kleinen Inselbuchhandlung vorbeigehen, bleibt er kurz stehen, um sich die Neuerscheinungen anzusehen, aber Gesine zieht ihn weg.

«Bücher sind gerade nicht dein Thema.»

«Bücher sind *immer* ein Thema.»

«Heute nicht.»

Er peilt die Strandboutique von Erika Hansen an.

Sie weiß, dass sie sich den Gang sparen können, lässt ihn aber gewähren. Er hält sich ein Sweatshirt mit *I-love-Föhr*-Aufschrift vor den Oberkörper.

«Und?», fragt er.

«Du bist doch kein Tourist!» Auch die großzügig ausgestattete Camp-David-Abteilung findet bei ihr keinen Gefallen: «Das passt nicht zu dir.»

«Dann gehe ich eben so.» Er deutet auf seine alte Jeans.

«Lieber nicht.»

«Finn-Ole hat seine Julia kennengelernt, obwohl er nur in alten Trainingsanzügen rumgelaufen ist.»

«Julia hätte ihn wegen seiner Klamotten fast stehen gelassen. Seine dunkelblaue Trainingshose aus den Siebzigern und sein scheddriger Parka sprachen absolut gegen ihn. Hat sie mir selber mal erzählt.»

«Echt? Oder denkst du dir das nur aus?»

Sie lacht. «Inzwischen hat sie ihn natürlich nach und nach umgestylt.»

«Dass mir Mode nicht so wichtig ist, kann Larissa ruhig wissen. Es ist ehrlich.»

Gesine sagt dazu nichts und führt ihn behutsam zu *Hans Hansens Berufsbekleidung & mehr*.

Gonzo staunt, den Laden kennt er offenbar.

«Was willst du hier? Bei Hansen kaufe ich für mich und Dörte unser Ölzeug.»

Sie lotst ihn in einen Raum weiter hinten, den er anscheinend noch nie betreten hat.

«Die führen auch Jeans und Modekram?», stellt er verblüfft fest.

«Ja.»

«Aber ich habe doch schon eine neue Jeans.»

«Denk dich bitte mal in sie hinein. Deine Larissa trifft sich mit einem Fischer – was erwartet sie da wohl für ein Outfit?»

«Keine Ahnung.»

«Tendenziell Jeans und Fischerhemd, würde ich vermuten, auf jeden Fall feste, grobe Stoffe.»

Gonzo kratzt sich am Nacken. «Kann sein, und?»

«Umso schöner ist es doch, wenn du sie überraschen kannst, oder?»

«Willst du mich in eine Anzughose stecken, oder was?»

«Nein, das wäre zu dicke. Die Zwischenlösung heißt Chinohose, elegant und lässig. Dazu kannst du alles tragen.» Aus einem Stapel zieht sie ein paar Chinos in verschiedenen Farben heraus, dazu nimmt sie ein Hemd von der Kleiderstange.

«Was soll ich damit?», fragt Gonzo.

«Anprobieren.»

«Und die Größe?»

«Stimmt.»

«Woher weißt du das?»

«So was sehe ich.»

Kurze Zeit später kommt er in lässiger dunkelgrüner Hose und blauem Hemd heraus. Wie erwartet passt alles perfekt.

Sie jauchzt auf. «Zum Anbeißen!»

Er stellt sich vor einen Ganzkörperspiegel und betrachtet sich misstrauisch. «Findest du?»

«Zeig mal deinen Hintern!»

«Also …», protestiert Gonzo.

«Nun hab dich nicht so.»

Er dreht sich einmal vor ihr um die eigene Achse.

«Besser geht's nicht!», jubelt sie. «Das ist locker, und

gleichzeitig betonst du deine elegante Seite. Das beeindruckt jede Frau.»

«Was für eine elegante Seite?»

«Die, von der du selber noch nichts weißt.»

«Der Kragen schubbert am Hals», beschwert er sich.

«Kann nicht sein, das ist ein ganz normales Hemd.»

«Davon bekomme ich bestimmt Hautausschlag.»

«Gonzo, du bist schwierig.»

«Weil es mich würgt?»

«Das ist schon die größte Kragenweite.» Sie prüft den Sitz mit dem Zeigefinger. «Der sitzt total locker.»

«Nicht für mich. – Vielleicht lieber doch ein T-Shirt?»

«Wenn du eine Frau mit Stil erobern willst, niemals.»

«Aber ich muss mich wohlfühlen, hast du selber gesagt.»

«Du ahnst nicht, wie toll du in dem Hemd aussiehst.»

«Ich bin kein Büromensch.»

«Sei nicht so störrisch!»

«Vielleicht sollte ich das Date einfach absagen.»

Sein Lampenfieber muss unermesslich sein.

«Worum geht es dir denn letztlich?», sie sieht ihm in die Augen. «Doch darum, dass du geliebt werden willst, oder?»

Dazu sagt er nichts.

«Und das geschieht Schritt für Schritt, von außen nach innen.»

«Ich überlege es mir», meint er und legt Hose und Hemd zurück.

«Hoffnungslos», murmelt Gesine. Sie nimmt ihn kurz in den Arm und verlässt dann den Laden.

Als sie die Promenade erreicht, grinst sie in sich hinein. Er wird sich nicht trauen, *nicht* auf ihren Rat zu hören, da ist sie sicher.

Komisch nur, dass Gonzo sie noch nie nach ihrem Liebesleben gefragt hat, immerhin ist sie auch Single. Nur genießt sie im Gegensatz zu ihm ihr Alleinleben in vollen Zügen. Jede Sekunde kann sie machen, was sie will, und niemand kritisiert das. Ohne jemanden an ihrer Seite lernt sie viel mehr Menschen kennen, Männer und Frauen, weil sie offener und mobiler ist als viele Paare. Sie kann reisen, wann sie will, sie kann zu Hause auf der Couch liegen und einen schlechten Film sehen, wenn ihr danach ist. Die totale Freiheit.

Beziehungen werden ihrer Meinung nach überschätzt. Nach dem ersten Verliebtsein ist Gesine bis jetzt immer auf den Punkt zugesteuert, an dem sie mit ihrem Partner wegen lauter unwichtiger Sachen aneinandergerät. Menschen sind nun mal komplett verschieden, das ist eine Tatsache. Damit es zusammen einigermaßen hinhaut, muss man Kompromisse eingehen. Das wäre ja grundsätzlich in Ordnung. Aber zu viele Abstriche von dem zu machen, was wirklich wichtig ist im Leben, dazu ist sie nicht bereit. Jedenfalls noch nicht.

Trotzdem halten viele an der Überzeugung fest, dass eine Partnerschaft das Höchste im Leben ist – warum nur? Aus Angst vor Einsamkeit? Ist das Grund genug, sich an jemanden zu klammern? Die meisten ziehen eine Beziehung selbst dann noch durch, wenn sie nur noch streiten. Überall wimmelt es von Paaren, die sich im Restaurant schweigend gegenübersitzen, vor sich hin starren und sich nichts mehr zu sagen haben. Soll das das Ziel sein?

Dabei werden Alleinsein und Einsamkeit oft gleichgesetzt, was grundfalsch ist. Gesine ist umgeben von guten Freunden, so existiert ihre Mädelsclique aus der Hannoveraner Schulzeit immer noch. Sie nennen sich «Die Connis», nach einer Kinderbuchreihe, die sie damals verschlungen haben. Dort werden alle Probleme eines Mädchens namens Conni innerhalb eines Buchs gelöst, zugegeben, danach sehnt sie sich bis heute. Fast alle «Connis» sind Single geblieben, oder sind es nach ihrer Scheidung wieder. Sie feiern zusammen Weihnachten und Geburtstag, manchmal fahren sie gemeinsam in die Ferien. Oft treffen sie sich bei Gesine auf Föhr, das bietet sich auf der Urlaubsinsel ja an. Auf ihre Connis kann sie sich immer verlassen und sie umgekehrt auf sie. Auch auf Föhr hat sie neue Freundinnen und Freunde gefunden, obwohl doch viele behaupten, mit den Friesen sei das schwierig. Gonzo ist einer davon.

Ihren inneren Halt sucht Gesine weitgehend in sich selbst. Zugegeben gelingt das nur mit einer gewissen Disziplin – vor allem mit Yoga. Das ist für sie mehr als nur ein Sport, es ist eine Lebenseinstellung. Dazu gehören gesunde Ernährung, Aufmerksamkeit anderen Menschen gegenüber und ein gesundes Selbstbewusstsein. Das ist Arbeit, man braucht Geduld, aber es lohnt sich. Jedenfalls ist das ihre Erfahrung.

Trotzdem ist sie gespannt, wie sich ihr guter Freund Gonzo in Dagebüll schlagen wird, und sie wünscht ihm von Herzen alles Gute. Er ist eine Seele von Mensch, wenn diese Frau aus dem Internet das nicht erkennt … Aber man weiß nie.

Irgendetwas an dieser Larissa kommt ihr seltsam vor. Sie kann nicht sagen, was genau, es ist nur ein Gefühl. Hoffentlich täuscht sie sich.

11

Nachdem Gesine fort ist, geht Gonzo endlich zu seinem Friseur an der Wyker Hauptpromenade. Er betritt den Salon, setzt sich auf einen freien Stuhl und blickt in den Spiegel. Ein leicht verwildeter Typ mit verwuselten Haaren und Vollbart blickt ihm entgegen. Da erscheint Johnny hinter ihm.

«Na, Gonzo, wird Zeit, was? Bevor du ganz zuwucherst ...»

«Hmm.»

«Wie immer? Oder mal was anderes?»

«Sag du.»

«Vielleicht 'ne raspelkurze Fußballerfrise?»

«Um Gottes willen!»

«Also wie immer.»

Gonzo nickt. «Insgesamt 'n büschen weniger.»

Als Erstes stutzt Johnny den Bart, der ziemlich kurz gerät. «Der restliche Kopf muss auch so werden», meint er. «Sonst passt das nicht.»

«Untersteh dich!»

«Willst du gut aussehen, oder willst du gut aussehen?»

«Von mir aus, dann mach!»

Tatsächlich ist Gonzo hinterher ein ganz anderer Typ,

er wirkt offener und präsenter, vielleicht auch etwas – städtischer? Jedenfalls behauptet Johnny das. Jetzt sieht man auch deutlich, wie schlank Gonzo geworden ist. An den neuen Look muss er sich allerdings noch gewöhnen. Gesine wäre begeistert. Hoffentlich sieht Larissa das genauso.

Zurück in Oldsum, sieht Gonzo seinen Kleiderschrank durch. Das hat er ewig nicht gemacht. Eigentlich war für ihn bis vor Kurzem das meiste noch völlig in Ordnung. Nach der Shoppingtour mit Gesine schaut er genauer hin und versucht, die Klamotten mit ihrem Blick zu betrachten. Da geht dann vieles nicht mehr durch. Kurzerhand verlässt er die Wohnung und rast knapp vor Ladenschluss mit seinem Pick-up zurück nach Wyk. Gott sei Dank, Hans Hansens Berufsbekleidung & mehr hat noch offen. Er greift nach dem Hemd, das Gesine für ihn ausgesucht hat. Nimmt gleich zwei davon, falls etwas schiefgeht und er sich bekleckert oder an Bord Öl heruntertropft. Morgen muss alles perfekt aussehen. Die Hose, die sie gut fand, lässt er gleich an.

Vor dem Laden ruft er Gesine an. «Ich habe mir das Hemd und die Chinabüx doch geholt.»

Sie lacht. «‹Chino› heißt die, aber egal. Wenn du die trägst, wird alles gut gehen.»

«Sicher?»

«Zu 101 Prozent!»

«Ich weiß nicht, was ich mache, wenn es danebengeht.»

«Wieso sollte das passieren?»

Er betrachtet sich in der gut sitzenden Hose im Schaufenster, spiegelt sich vor Wattenmeer und Hallig Langeneß und grient in sich hinein. Seit wann ist er eigentlich so eitel geworden?

Nachts fängt es an zu schütten, aber wie! Dazu streicht der Nordseewind launisch um Gonzos Häuschen hinter den Dünen. Sein Schlafzimmer liegt im Westen, wo die Sonne untergeht, deswegen wird er morgens nicht vom Sonnenlicht geweckt. Sein Bett ist seine Höhle, dort fühlt er sich immer aufgehoben, egal, was sonst passiert.

Normalerweise schläft Gonzo wie ein Stein. Bis auf wenige Ausnahmen, und so eine ist heute – ausgerechnet! Dabei will er morgen unbedingt ausgeschlafen sein, wenn er Larissa trifft. Er versucht, ein paar Seiten in seinem Krimi zu lesen, um müde zu werden. Hendrik Berg ist sein Lieblingsautor, der Roman spielt in Nordfriesland, die Story ist hoch spannend. Gonzo ist an einer entscheidenden Wendung angelangt, er möchte unbedingt wissen, wer der Mörder ist. Aber im Kopf ist er woanders. Seine Gedanken drehen sich im Kreis und werden bei jeder Runde pessimistischer. Argwöhnisch schaut er auf seinen Wecker – schon Mitternacht! Wenn es mit Larissa nicht klappt, bleibst du ewig einsam und alleine: Davon ist er überzeugt. Sie oder keine.

Ein paar Minuten später überwiegt wieder das gute Gefühl. Larissa und er haben einen ähnlichen Humor.

Wenn du über die gleichen Dinge lachen kannst, wird der Rest auch klappen.

Er hört die Wellen an den nächtlichen Strand schlagen. Dazu der knatternde Seewind. Er sackt leicht weg und durchschreitet im Traum eine wuchernde Pflanzenwelt mit überdimensionalen Blüten in kräftigen Farben. Seine Tochter Maike kommt auf ihn zu und wendet sich abrupt ab. Er steht vor einem silbernen Stacheldrahtzaun, der sich bis zum Himmel auftürmt. Alle Menschen, die er kennt, befinden sich dahinter, er kann nicht zu ihnen gelangen.

Erschöpft wacht er auf und starrt auf den Funkwecker auf seinem Nachttisch. Erst halb zwei, Mist! Die Nacht wird immer kürzer. Wenn er nicht zur Ruhe kommt, wird sein Date in die Hose gehen. Vielleicht zwischendurch etwas Fernsehen gucken? – Zehn Minuten schaut er sich eine Reportage über ungelöste True-Crime-Fälle in den USA an, dann fünf Minuten eine Dokumentation über Chamäleons. Das macht ihn nur wacher.

Auf keinen Fall will er gerädert bei Larissa aufschlagen. Dass er vor Aufregung nicht schlafen konnte, möchte er auch nicht offenbaren. Es ist dasselbe Gefühl wie auf hoher See bei Windstärke zwölf, haushohe Wellen rasen auf ihn zu und drohen ihn zu verschlingen. Auf ein geheimes Kommando hin wird die Nordsee ruhig wie ein Gartenteich. Sein Kutter schafft es trotzdem nicht weiter, er gibt Vollgas, aber das Meer ist eine klebrige Masse und lässt ihn nicht vorwärtskommen.

Am nächsten Tag fährt Gonzo mittags zum Hafen und geht an Bord der Lille Mor. Das Wetter könnte nicht besser sein: Über der Nordsee spannt sich ein blauer Himmel mit weißen Schäfchenwolken. Er trägt seine neue Chino, den obersten Knopf des blauen Hemds hat er geöffnet, der Saum hängt locker über dem Ledergürtel. Alles, wie Gesine es ihm empfohlen hat. Sonst trägt er immer eine Taucheruhr, aber heute muss es die alte Seiko seines Großvaters sein. Er hat sie aus einer Kommodenschublade gekramt, sie auf die aktuelle Zeit eingestellt, am kleinen Rädchen aufgezogen und sie dann ums linke Handgelenk gebunden. Es ist ein gutes Gefühl, etwas von seinen Vorfahren an sich zu haben, außerdem passt die Uhr perfekt zu seinem Hemd.

Seine Kollegen sind alle ausgelaufen, bis auf Kai. Der werkelt auf der Brücke und betrachtet ihn amüsiert.

«Meinst du, in dem schicken Aufzug fängst du mehr Krabben?»

Darauf gibt es nur eine mögliche Antwort: «Jo!»

Da schlendert Gesine über den Steg zu seinem Kutter, sie trägt eine weiße Jeans zu türkisfarbener Bluse.

«Was machst du denn hier?», fragt er erstaunt.

«Ich lege gleich ab.»

Gonzo schaut sich um. «Mit wem?»

«Mit *Ella*», sie deutet auf ein kleines zweisitziges Motorboot ein Stückchen weiter.

«Das ist deins?» Davon hat sie ihm noch gar nichts erzählt.

«Ja», verkündet sie stolz.

Er kratzt sich am Kinn. «Mit diesem Spielzeug willst du in See stechen?»

«Was dagegen?»

«Für so was braucht man einen Führerschein», erinnert er sie.

«Hab ich!»

«Seit wann?»

«Letzte Woche.»

Sie hat ihm auch davon nichts gesagt!

«Aber mit dieser Nussschale kannst du nicht rausfahren.»

«Warum nicht?»

«Mensch, Gesine, du kannst nicht mal richtig schwimmen!»

Das hat sie ihm irgendwann mal gebeichtet.

Sie zuckt mit den Achseln. «Deswegen nehme ich ja das Boot.»

«Und wenn das untergeht?»

«Schnappe ich mir die Schwimmweste.»

«Du spinnst! Wo willst du überhaupt hin?»

«Nach Sylt.»

Er möchte das gerne verhindern. «Was willst du da?»

«Beruflich weiterkommen.»

«Bitte, Gesine, im Wattenmeer kann sich das Wetter schnell ändern.»

«Wie gesagt, ich habe eine Schwimmweste dabei.»

«Und deine Fastenfrauen?»

«Die haben heute Nachmittag frei.»

«Meldest du dich, wenn du angekommen bist?»

«Ja, Papa, ich fahre vorsichtig.»

Statt einer Antwort schnaubt Gonzo.

«Viel Glück mit deiner Internet-Frau», ruft sie.

«Danke.»

Er schaltet die Maschine seines Kutters an. Wohl ist ihm nicht bei dem Gedanken, dass sie mit ihrer Nussschale nach Sylt übersetzt, aber Gesine ist erwachsen, das Wetter bleibt laut Vorhersage stabil, es wird schon gut gehen.

Larissa ist das größere Problem.

12

Das mit Ella und ihr begann genau genommen mit dem marineblauen Keramikgeschirr, das Fenja aus Oldsum in ihrer kleinen Werkstatt für Gesine gebrannt hat. Genauer gesagt, mit dem stilisierten kleinen Motorboot darauf. Während des Essens begann Gesine immer ernsthafter darüber nachzudenken, sich eins anzuschaffen. Schnell wurde ihr klar: Auf Föhr brachte ihr ein Motorboot mehr Freiheit als ein Auto. Wenn sie mal runter von der Insel wollte, musste sie auf der Fähre immer einen Platz für ihren Wagen bekommen. Mit dem Boot konnte sie jederzeit losfahren, vorausgesetzt, die Tide stimmte.

Erst hat sie einen Bootsführerschein gemacht, für den sie richtig büffeln musste. Anschließend hat sie einer Zweitwohnungsbesitzerin aus Dunsum deren Boot abgekauft. Ella ist eigentlich zu klein für die Nordsee, mit ihr kann Gesine höchstens bis Windstärke vier rausfahren, sonst wird es zu gefährlich. Aber ein größeres war finanziell nicht drin.

Ihr Traum ist es, bei gutem Wetter abends für ein oder zwei Stunden in das Revier zwischen Föhr und Amrum zu tuckern und sich in den Sonnenuntergang treiben zu lassen. Während ihrer Zeit bei der Bank hat sie etwas Geld zurückgelegt, aber das neigt sich langsam dem Ende zu. Immerhin hat sie damit die Anzahlung für ihren gebrauchten Mini geleistet, auf den sie nicht verzichten kann. Um ein bisschen Geld dazuzuverdienen, macht sie für verschiedene kleine Unternehmen die Buchhaltung, aber sie möchte zusehen, dass sie mit ihren Yogakursen immer mehr verdient und irgendwann davon leben kann. Deswegen Sylt.

Sie springt an Bord und löst die Leinen. Ella hat einen weißen Rumpf, die Fläche vor der Windschutzscheibe ist knallorange lackiert. Das Ruder ist auf der linken Seite, dahinter befinden sich nur die notwendigen Instrumente. Vorne gibt es zwei beigefarbene Ledersitze, hinten eine gepolsterte Bank mit wasserabweisendem Bezug. Gesine startet den Außenborder. Dass man Skippern eine Handbreit Wasser unter dem Kiel wünscht, ist im Wattenmeer kein bloßer Spruch, sie hofft, dass sie nicht auf einer unsichtbaren Sandbank aufsetzt. Laut Gezeitentabelle bekommen sie erst in drei Stunden wieder ablaufendes Wasser, das müsste klargehen.

Sie zieht den Gashebel bis zum Anschlag hoch, der Außenborder heult auf, das kleine Boot fährt schnell an. Es ist alles noch ungewohnt, sie hält das Ruder etwas krampfhaft fest. Der Fahrtwind tut gut, er riecht nach Nordsee. Gischt spritzt ihr ins Gesicht, dazu kommen die unendliche Weite des tintenblauen Himmels und das üppige Sonnenlicht. Zügig flutscht sie zwischen Föhr und Amrum hindurch. Vor ihr liegt die Südspitze von

Sylt, backbord schaut sie auf die offene See. Dort entlang gelangt man in alle Weltmeere. Auf ihrem neuen Motorboot, bei bestem Sonnenwetter auf der Nordsee, fehlt ihr nichts! Schon bald kommt sie in tiefere Gewässer. Es ist kühler als erwartet, sie hätte eine Jacke mitnehmen sollen.

Niemand hat ihr befohlen, mit ihren Yogakursen auf der Insel Föhr zu bleiben. Die will sie auch auf Sylt anbieten, mit ihrem neuen Motorboot wäre das problemlos möglich. Vor Kurzem hat sie im Zug aus Hamburg zufällig eine Unternehmensberaterin kennengelernt, die Gesine in ihre Villa eingeladen hat. Zu der fährt sie jetzt. Toscha Jürgensen liebt Yoga, hat aber kaum Zeit dafür – außer an den Wochenenden, an denen sie in ihrem Haus auf Sylt ist. Und da braucht sie eine Privatlehrerin, die sie exklusiv anleitet. Gesine war sofort einverstanden.

Leicht bibbernd zückt sie ihr Handy und ruft Gonzo an. Sie weiß ja, dass er auf dem Weg zu seinem Internet-Date ist. Als er rangeht, hört sie im Hintergrund das Pütt-pütt-pütt seines Kutterdiesels.

«Moin, Gonzo!», ruft sie gegen den Wind. «Wie ist die Stimmung?»

«Angespannt, wie vor jeder Sturmflut.»

Sie hätte ihm durchaus zugetraut, dass er im letzten Moment einen Rückzieher macht.

«Sau dir an Bord bloß nicht die neuen Klamotten ein», mahnt sie ihn und ärgert sich sofort darüber. Sie hört sich an, als wäre sie seine Mutter.

Gonzo lacht. «Ich habe Ersatzjeans und ein zweites Hemd dabei.»

«Dann kann ja nichts passieren.»

«Sagst *du*.»

So nervös hat sie ihn noch nie erlebt.

«Das wird, Gonzo.»

«Bedankt.»

«Bis bald!», sagt sie und fügt hinzu: «Wenn wir uns das nächste Mal sehen, bist du vielleicht schon in festen Händen. Ich drück dir die Daumen!»

«Bis bald! Und meld dich, wenn du da bist, okay?»

«Okay.»

Sie legt auf.

Der Hörnumer Hafen kommt schneller näher als erwartet, sie geht runter mit dem Gas und legt am Besuchersteg an. Toscha wartet am Kai in einem schwarz glänzenden SUV, der wie ein eckiger Riesenkoffer aussieht. Gesine öffnet die Seitentür. Toscha hat schwarz gefärbte Locken, ist stark geschminkt.

«Hallo, meine Liebe», grüßt sie.

Gesine steigt ein. Die beigen Ledersitze riechen nagelneu.

«Tag», antwortet sie.

Toscha beugt sich zu ihr für die obligatorischen Luftküsschen links und rechts. Den Gurt löst sie dafür nicht.

«Dass du dich das mit dem kleinen Boot traust!»

«Notfalls schwimme ich weiter», scherzt Gesine. Obwohl sie das ja nur schlecht kann.

«Das habe ich leider nie gelernt», bekennt Toscha.

«Ernsthaft?» Gesine ist erstaunt, außer sich selbst kennt sie keine Erwachsene, die nicht richtig schwimmen kann.

«Und nun ist es zu spät, um es zu lernen.»

«Ach was, das ist es nie!»

Toscha winkt ab. «Soll ich zusammen mit Vierjährigen mein Seepferdchen machen? Nee, danke.»

Sie fahren über die lang gezogene Inselstraße mit den sanften Hügeln. Links und rechts breiten sich bewachsene Dünen aus. Sylt ist merklich größer als Föhr, die Inseln kann man kaum miteinander vergleichen. Toscha besitzt in Rantum eine große Reetdachvilla. Es ist einer der schönsten Orte auf Sylt, mitten in einem großen Naturschutzgebiet mit einer faszinierend vielfältigen Vogelwelt.

Toscha parkt vor der Doppelgarage, sie steigen aus und gehen ins Haus.

«Ich zeige dir erst mal, wie ich wohne», sagt sie.

Widerspruch zwecklos, aber Gesine ist auch neugierig. Die Zimmer sind geschmackvoll und teuer eingerichtet, eine Mischung aus alten Bauernmöbeln und modernen Glasregalen und -tischen. Das Schlafzimmer lässt Toscha aus, was Gesines Fantasie prompt anregt: Gibt es dort vielleicht Spiegelwände oder Schaukeln, die von der Decke baumeln? Vom kleinen Schwimmbad im Untergeschoss kann man durch ein riesiges Fenster auf den japanischen Garten blicken. Die frisch geharkten Wege sehen makellos aus, an den Bäumen hängen Lampions mit japanischen Schriftzeichen. Auf der kleinen Rasenfläche Yoga zu machen wäre perfekt, denkt Gesine, das sollte sie Toscha vorschlagen.

«In ein paar Tagen feiere ich hier eine kleine Party. Dazu möchte ich dich einladen, gerne auch mit Begleitung.»

«Sehr nett, danke.»

Toscha hakt sich bei ihr ein. «Genauer gesagt, wollte ich dich ganz offiziell engagieren.»

«Wofür?»

Toscha lächelt. «Wäre es nicht schön, wenn wir den Gästen, bevor die Party richtig losgeht, auf der kleinen Rasenfläche vor dem Zen-Garten eine Yogaeinheit anbieten? Unter deiner Anleitung?»

«Und bei Schietwetter?»

In Nordfriesland muss man immer mit allem rechnen.

«Notfalls stellen wir Zeltlinge auf.»

Mit Sylter Zweitwohnungsbesitzerinnen Yoga machen? Einen besseren Einstieg kann es nicht geben.

«Okay. Einverstanden.»

«Du bekommst den Kurs natürlich bezahlt.»

Das allein ist schon beglückend, aber dann kommt Toscha plötzlich mit einem Angebot, das Gesine stark verunsichert:

«Lebst du alleine?», fragt sie.

Eigentlich findet Gesine, dass sie das nichts angeht, andererseits, warum soll sie nicht dazu stehen?

«Ja.»

«Ich kenne jemanden, der sich jedes Mal freuen würde, wenn du nach Hause kommst. Ohne je schlechte Laune zu haben.»

«Tja, wenn es so einen gäbe …», seufzt Gesine und grinst. «Her damit!»

Toscha lächelt geheimnisvoll. «Er wartet oben in meinem Schlafzimmer auf dich. Falls du ihn willst – er ist noch zu haben.»

Gesine wird ganz anders.

«Verstehe ich das richtig? Du willst mir jemanden andrehen, der bei dir im Schlafzimmer wartet?», wiederholt sie.

Toscha bleibt ungerührt. «Ja.»

Gesines Herz schlägt ihr bis zum Hals. So gut kennt sie Toscha nicht, sie möchte auf keinen Fall in dubiose Spielchen hineingezogen werden. Am liebsten würde sie sofort das Haus verlassen.

«Soll ich ihn holen?», fragt Toscha.

«Brauchst du nicht.»

«Schau ihn dir doch erst einmal an.»

Was passiert hier gerade? Sie befindet sich in einem fremden Haus und verliert gleich die Kontrolle über die Situation?

«Bin sofort wieder da», kündigt Toscha an und geht nach oben. Gesine steht auf, geht auf und ab und starrt dabei in den japanischen Garten. Wer kommt da gleich? Noch kann sie einfach gehen. Notfalls bestellt sie sich ein Taxi und lässt sich zurück zum Hörnumer Hafen fahren.

Aber da ist Toscha schon wieder zurück.

Auf dem Arm trägt sie einen kleinen Hund, setzt ihn auf den Boden und lässt ihn laufen. Der schönste aller Welpen hoppelt auf Gesine zu, weiß und tapsig. Auf dem glatten Steinfußboden rutschen ihm immer wieder die Beine weg. Aber er lässt sich nicht von seinem Ziel abbringen und steuert Gesine direkt an.

«Darf ich dir Taru vorstellen?», sagt Toscha lächelnd.

Gesine hält dem Tier ihre Hand entgegen, die es zärtlich anstupst, immer wieder von Neuem. Als sie den Welpen am Hals krault, wirft er sich zu Boden und hält ihr voller Vertrauen seinen Bauch hin.

Gesine schmilzt dahin, sie ist schockverliebt.

In diesem Moment beginnt ihr neues Leben zu zweit. Dabei hatte sie sich doch gerade darauf eingestellt, dass sie alleine am besten zurechtkommt …

13

Gonzo löst die Leinen der Lille Mor und startet die Maschine. Es ist 13 Uhr, bis zum Treffen mit Larissa sind es noch fünf Stunden. Das schöne Sommerwetter nimmt er auf der Überfahrt kaum wahr. Äußerlich reglos sitzt er hinterm Ruder, aber in ihm tobt ein Gewitter. Was wird wohl nachher auf dem Festland passieren? Bei aller gebotenen Vorsicht, das Treffen mit Larissa kann der entscheidende Wendepunkt seines Lebens werden. Zwischen ihnen entwickelte sich am Telefon eine ganz besondere Energie, er fühlte sich wie ein anderer Mensch, witziger, attraktiver – soll das kein gutes Zeichen sein?

Dagebüll ist ein Fährhafen, da kann er nicht festmachen, also legt er im benachbarten Schlüttsiel an. Da er viel zu zeitig losgefahren ist, kommt er entsprechend früh an. Er setzt sich in die Brücke und hört Radio, NDR Welle Nord, dabei starrt er aufs Wasser. Als sie *Your Song* von Elton John spielen, fühlt er sich Larissa sehr nahe und gerät ins Träumen.

It's a little bit funny, this feeling inside …

So ist es nun mal, was soll's.

Um Punkt halb sechs schließt er die Kajüte ab. Für

Landgänge hat er einen E-Roller an Bord, er hievt ihn auf den Kai und überprüft den Akkustand. Alles in Ordnung, damit käme er bis nach Dänemark und zurück. Er wirft sich einen Pullover über die Schultern und verknotet die Ärmel vor der Brust. Dann tuckert er vom geteerten Hafenvorplatz auf den Deich. Die Sonne leuchtet das Schilfmeer auf der anderen Seite aus wie eine Filmkulisse. Das alte geklinkerte Sielgebäude, in dem geregelt wird, wie das Wasser aus den Kögen abfließen kann, erinnert entfernt an ein Schloss. Mit Vollgas fährt Gonzo über die Landesstraße hinterm Deich die paar Kilometer nach Dagebüll. Die Luft riecht nach Salzwasser und feuchtem Gras.

Dagebüll hat sich in den letzten Jahren zu einem attraktiven Urlaubsort mit vielen Ferienwohnungen und -häusern entwickelt, von dort aus kann man Schiffstouren auf die Inseln und Halligen unternehmen oder das nordfriesische Hinterland erkunden. Der *Austernfischer*, in dem Larissa und er verabredet sind, liegt in der Nähe des Fährhafens. Das Restaurant bietet überwiegend Fischgerichte an. Es ist nicht High End, aber anspruchsvoller als ein Imbiss.

Auf dem Parkplatz fällt ihm ein nagelneuer, protziger Sport-Mercedes mit Leipziger Kennzeichen auf. Das Stahlverdeck ist geöffnet, die hellen Ledersitze riechen sogar beim Vorbeigehen neu.

Fünf Minuten vor dem verabredeten Termin geht er hinein. Drinnen ist es ziemlich voll, das Gemurmel der Gäste ist beachtlich. Sein Herzschlag geht hoch, er atmet schnell wie bei einem Sprint. Etwas unentschlossen setzt er sich auf einen Barhocker am Stehtisch und schaut sich um. Jetzt kommt es drauf an, der erste Eindruck zählt! So unauffällig wie möglich nimmt er sämtliche Frauen ins Visier, die alleine sitzen, und davon gibt es ein paar. Er fragt sich: Ist es die da, oder die da?

Larissa ist definitiv nicht dabei. Vielleicht steht sie im Stau, oder es ist etwas dazwischengekommen. Er ruft an. Direkt hinter ihm klingelt es.

Er dreht sich um.

Sie auch.

Beide müssen lachen, sie haben Rücken an Rücken gesessen! Das entspannt die Situation gleich, und wie heißt das berühmte Dichterwort? *Jedem Anfang wohnt ein Zauber inne.* Larissa sieht etwas älter aus als auf dem Foto, aber das ist ihm egal. Ihre Augen sind grau, das konnte man auf dem App-Profil nicht erkennen. Was bedeuten schon Fotos, es zählt der Mensch dahinter, oder?

«Hey, du bist Gonzo?», fragt sie.

«Jo!»

«Ich bin Larissa.»

«Habe ich mir gedacht.»

Trotz des lustigen Anfangs stockt das Gespräch. Was auch daran liegt, dass Larissa von sich aus nichts weiter sagt. Wahrscheinlich ist sie genauso aufgeregt wie er.

Ein Kellner kommt, jung, braun gebrannt. «Was kann ich euch Gutes tun?»

«Zwei Aperol», bestellt Larissa, bevor er selbst etwas

ordern kann. «Essen bestellen wir dann später», fügt sie hinzu.

«Ist in Arbeit», der Kellner begibt sich Richtung Bar.

Dann schweigen sich Larissa und Gonzo einen weiteren langen Moment an.

«Schön, dass wir uns endlich sehen», stellt er fest.

«Ja.»

«Ist doch ganz anders als am Telefon, oder?»

«Finde ich auch.»

«Dein Profil fand ich sehr ansprechend.»

Mensch, klingst du bemüht, Gonzo!

«Ich deins auch.»

In Fluss kommt ihr Gespräch immer noch nicht.

«Und du wohnst in Niebüll?», fragt er, obwohl er die Antwort ja weiß.

«Ja.»

«Schöne Stadt, da bin ich gerne.»

Niebüll ist wirklich nicht schön, aber es klingt freundlich. Und wenn man sich irgendwo verliebt, ist jede Stadt die schönste der Welt!

«Ich bin dort geboren.»

«So wie ich auf Föhr.»

«Auf einer Insel zu leben stelle ich mir ziemlich romantisch vor.»

Er lächelt. «Ganz so wie bei Robinson Crusoe ist es bei uns aber nicht.»

«Bei *wem*?»

«Das ist ein Typ in einem Roman, der auf einer einsamen Insel gestrandet ist.»

«Ach so.»

Sie sagt wieder nichts.

«Reitest du zufällig?», erkundigt sich Gonzo.

«Nee, Pferde sind mir zu groß und zu schwer. Wieso fragst du?»

«Bis vor Kurzem hatte ich ein Pferd.»

«Dafür bin ich Nichtraucherin.»

Gonzo versteht nicht ganz, was das eine mit dem anderen zu tun hat, aber egal.

«Ich auch.»

«Bist du als Kapitän denn viel weg?», fragt sie.

«Höchstens ein, zwei Tage.»

«Du siehst gar nicht aus wie ein Fischer.»

«Hast du erwartet, dass ich in Gummischürze auflaufe?»

Sie lacht. «Das hätte ich grandios gefunden.»

Dann schweigt sie wieder.

«Was machst du beruflich?», erkundigt er sich. Das hat sie ihm bisher noch nicht verraten, außer dass sie einen Bürojob hat.

«Ich bin Personalchefin bei einem großen dänischen Thermostathersteller in Åbenrå. Das liegt in Jütland, nicht weit von der deutschen Grenze entfernt.»

«Ich kenne Åbenrå», er fügt hinzu: «Så kan vi jo tale dansk med hinanden.» *Dann können wir ja auch dänisch miteinander reden.*

«Häh?»

«Du taler ikke dansk?»

«Was?»

«Musst du in Åbenrå nicht Dänisch sprechen?», fragt er erstaunt.

«Nö, das geht bei uns alles auf Englisch.»

Kaum zu glauben. Wie will sie so einheimische Mitarbeiterinnen und Mitarbeiter einstellen? Aber was weiß er schon von dänischen Thermostatherstellern? Also redet er mit ihr übers Wetter, über die tolle Abendstimmung draußen, über Musik, da haben sie bei ihren Chats viele Gemeinsamkeiten gefunden. Doch all das scheint Larissa nur am Rande zu interessieren. Sie kommt immer wieder auf ihren Beruf zurück, schwärmt von ihrem guten Draht zur Geschäftsführung, ausführlich beschreibt sie, welche Menschen sie eingestellt und welche sie aus voller Überzeugung rausgeworfen hat. Und den Dienst-Mercedes vor der Tür würde sie für nichts hergeben. Soso. Der Angeber-Sportwagen ist also ihrer.

«Und was fährst *du*?», fragt sie.

Er lächelt. «Aktuell einen E-Roller, auf Föhr einen Ford-Pick-up mit E-Motor.»

«Hey, voll öko!»

Sie entschuldigt sich und geht zur Toilette. Auf dem Tisch liegt ihr Handy in einer gehäkelten Hülle, auf der ihr Name steht: Larissa Thoms. Ihre Nachnamen haben sie noch nicht erwähnt, das fanden sie irgendwie uncool. Gonzo zückt sein Handy und googelt Larissas vollen Namen. Über einige Links und ein paarmal um die Ecke gedacht, entdeckt er sie auf Facebook und staunt: Die angebliche Personalberaterin Larissa Thoms arbeitet in Wirklichkeit als Verkäuferin in einer kleinen

Bäckerei in Niebüll! Das Datum des Eintrags mit dem Foto stammt von vorletzter Woche. Wieso steht sie nicht dazu? Für ihn wäre das vollkommen in Ordnung! Wie passt das zu dem neuen Mercedes vor der Tür, der mit Sicherheit sechsstellig kostet? Ist sie eine Betrügerin? Geht es um Geld, das sie ihm abluchsen will? Um echte Gefühle geht es jedenfalls nicht, wenn sie derartig lügt!

Als sie zurückkommt, steht er auf.

«Ich löse dich ab», kündigt er lächelnd an. «Bin gleich wieder da.»

Durch einen Hinterausgang geht er auf den Parkplatz zu ihrem nagelneuen Mercedes. Auf dem Beifahrersitz hat sie ihren Schirm vergessen, an dem prangt das Emblem einer Autovermietung. Der Wagen gehört also vermutlich nicht ihr, aber das muss nichts heißen. Vielleicht ist ihrer in der Werkstatt, und es ist ein Ersatzfahrzeug. Trotzdem wird er misstrauisch. Was würde Gesine ihm raten, wenn er sie jetzt anriefe?

«Hey, Gonzo, wie is?»

«Larissa lügt wie gedruckt.»

«Sicher?»

«Was soll ich tun?»

«Da gibt es nur eins: französischer Abgang!»

«Du hast recht.»

Er schleicht Richtung Gastraum und guckt um die Ecke. Larissa sitzt immer noch am Tisch, sie telefoniert.

Will er wirklich wissen, was dahintersteckt? Einerseits ja, aus Neugier. Andererseits, was soll's? Es ist egal. Sie ist eine Fremde, und er wird sie nicht wiedersehen. Sie müssen nach dem ersten Date nicht mal Schluss machen, jeder kehrt in sein Leben zurück, es ist nichts passiert. Oder jedenfalls kaum etwas.

Frustriert ist er schon, aber daran will er jetzt nicht denken. Ist Larissa verrückt oder nur größenwahnsinnig? Vielleicht wollte sie an diesem Abend einfach eine große Show abziehen, um mal jemand anderes zu sein. Dabei hätte sie ihm so gefallen, wie sie ist! Er drückt einem vorbeikommenden Kellner 30 Euro für die beiden Aperol in die Hand. «Stimmt so.» Was die in Wirklichkeit kosten, hat er keine Ahnung, er will nur weg. Durch einen Nebenausgang eilt er hinaus.

Vor dem *Austernfischer* springt er auf seinen E-Roller und dreht den Gashebel bis zum Anschlag auf. Er will so schnell wie möglich nach Schlüttsiel kommen und mit der Lille Mor zurück nach Föhr. Die Straße hinter dem Deich ist menschenleer. In diesem Moment hätte er gerne ihren Mercedes gehabt. Der Roller schafft leider nicht mehr als 25 km/h. Der Abendhimmel leuchtet zartrot, bald wird die Sonne im Meer versinken. Es wäre ein Traum gewesen, sich das Spektakel mit Larissa vom Deich aus anzusehen – unter anderen Umständen. Er will nicht mehr darüber nachdenken. Hätte er das alles vorher merken können? Aber so ist es wohl manchmal im Internet, da behaupten alle irgendetwas.

Hinter sich hört er einen aufheulenden Motor, der sich schnell nähert. Kurz vor dem Sielgebäude in Schlüttsiel wagt er einen Blick über die Schulter. Es ist wie in einem Krimi. Er sieht ein Mercedes-Cabrio mit hoher Geschwindigkeit heranrasen. Er hält den Gasgriff des Rollers weiter bis zum Anschlag gedrückt. Als er von einem Kreisverkehr zum kleinen Hafen abbiegt, stürzt er fast, weil er die Kurve zu eng nimmt. Im letzten Moment kann er sich abfangen. Dem Herzklopfen in seiner Brust will er nicht nachgeben, und kurz anhalten, um zu Atem zu kommen, würde zu viel Zeit kosten.

Als er vor seinem Kutter am Kai steht, hört er hinter sich Larissas Wagen näher kommen. Das wird knapp!

Er löst die Leinen, wirft den Roller an Bord, springt hinterher und startet die Maschine. Larissa bremst am Kai, reißt die Tür auf und hechtet aus dem Wagen.

«Hey, was soll das?», ruft sie.

Gonzo wendet ihr den Rücken zu und antwortet nicht.

«Blödmann! Feigling!»

In kleinem Gang fährt er aus dem Hafen hinaus und dreht sich nicht um. Sie haben Ebbe, er muss vorsichtig navigieren. Es ist absurd: Da fährt er in einen der schönsten Sonnenuntergänge, die man sich vorstellen kann, und fühlt sich wie bei einer Sturmflut.

Hinter sich hört er sie weiter schimpfen. «Was denkst du, wer du bist, Volltrottel?»

Als er nicht darauf reagiert, wird sie still.

Aber nur einen kurzen Moment, dann klingelt sein Handy. Er hätte dieser Frau nie seine Nummer geben dürfen, das stand sogar in einem der Google-Ratgeber. Sie ruft wieder und wieder an. Schließlich geht er doch ran.

«Lass mich zufrieden!», faucht er.

«Nur weil ich nicht auf dich stehe, bist du beleidigt, du Blödmann?», brüllt sie.

«So ist es», gibt er zurück und drückt sie weg.

Es hat keinen Zweck, er hat einfach Pech gehabt, so etwas kann passieren. Und ganz besonders im Internet. Allerdings taugt seine Menschenkenntnis auch nicht viel. Er ruft noch einmal die Dating-App auf und wirft einen Blick auf die Homepage: *Alle elf Minuten verliebt sich bei uns ein Single*, steht da immer noch. Das sollte seit heute Abend nach oben korrigiert werden! Aus voller Überzeugung löscht er die App, bezahlen muss er laut Vertrag leider noch einige Monate länger.

Er stellt das Handy aus und nimmt Kurs auf seine Heimatinsel. Die Luft ist frisch, die Sonne scheint, was ihn beides nicht tröstet. Unterwegs im Wattenmeer kommt er ins Grübeln: Hätte er Larissa mit ihren Ungereimtheiten konfrontieren sollen? Die Lügengeschichte mit der Personalberatung und dem Dänisch? Wer weiß, was dahintersteckt? War sein Abgang feige? Egal, denkt er. Ich sehe sie sowieso nicht wieder.

14

Toscha bringt Gesine und Taru zurück zum Hörnumer Hafen. Im Westen geht gerade die Sonne unter, sie haben ablaufendes Wasser, es wird Zeit. Gesine sitzt hinten im Wagen und hat das schönste Hündchen der Welt auf ihrem Schoß. Taru hat genießerisch die Augen geschlossen und wirft ihr hin und wieder einen verliebten Blick zu. Hinten auf der Ladefläche liegen ein flauschiges Körbchen, Hundespielzeug, ein Futternapf und eine große Tüte Futter. Das hat Toscha ihr alles mitgegeben.

Taru war der letzte Welpe aus einem Wurf mit drei Hunden. Toscha hatte ihn von einer Freundin zur Pflege bei sich aufgenommen, die auf eine längere Geschäftsreise musste. Natürlich hatte Toscha sich versichert, dass Gesine mit Hunden umgehen kann. Sie hatte als Teenager den Foxterrier ihrer verstorbenen Oma geerbt und kennt sich aus. Außerdem hat Gesine ihr auf der gemeinsamen Zugfahrt immer wieder erzählt, was für ein Hundefan sie ist und wie lange sie schon damit liebäugelt, sich einen Welpen anzuschaffen.

Es ist wie eine Blitzhochzeit, die Gesines ganzes Leben auf den Kopf stellt. Spontan wusste sie von der ersten Sekunde an, dass sie Taru bei sich haben wollte. Sie kann ihr Glück immer noch nicht fassen. Morgens, mittags und abends mit Taru am Meer spazieren zu gehen, was für eine Freude!

Zusammen laden Toscha und sie die Hundeutensilien auf die Hinterbank des kleinen Bootes. Da nichts umsonst ist auf dieser Welt, hat Toscha ihren Preis für Taru genannt, der für sie nicht verhandelbar war: drei Yogastunden, eine auf der Party, zwei hinterher. Was Gesine mehr als großzügig findet. Das Seewetter sieht gut aus, wenig Wind und auf dem Radar ihres Handys kein Regen in Sicht. Die Sonne sinkt allerdings schon, das Wasser läuft seit einer Stunde ab, Gesine muss zusehen, dass sie schnell rüber nach Föhr kommt.

«Danke, Toscha, danke, danke, danke.»

«Ich habe zu danken. Wir sehen uns ja bald.»

«Darf ich Taru zu deiner Party mitbringen?»

«Na klar, ich bitte darum!»

Gesine startet den Motor ihrer Ella, der zuverlässig anspringt.

«Rufst du an, wenn du drüben bist?», bittet Toscha. «Ich mache mir sonst Sorgen.»

«Wird gemacht.»

Toscha ist wirklich süß. Gesine befestigt Taru mit einer Leine am Bootssitz, weil sie Angst hat, dass er von ihrem Schoß aus Versehen ins Wasser springt. Auf hoher See zwischen Sylt, Amrum und Föhr richtet sich Taru auf, schaut sich neugierig um und spitzt die Ohren. Gesine küsst ihn zärtlich auf den Hinterkopf.

Nachts in ihrer Einzimmerwohnung kommt sie kaum zum Schlafen. Natürlich legt sich Taru keinesfalls in sein Körbchen, sondern huscht zu ihr ins Bett. Sie weiß, dass das nicht gut ist, auf Dauer will sie das nicht. Aber erst einmal soll sich der Kleine in der fremden Umgebung eingewöhnen: «Na, komm her, mein Süßer.»

Am nächsten Morgen weckt Taru sie mit zärtlichen Stupsen um sechs Uhr. Okay, es ist früh, aber sie kann froh sein, dass er bereits stubenrein ist. Ungewaschen, wie sie ist, geht sie in Jogginghose mit ihm zur Strandpromenade. Weit kann der Kleine noch nicht laufen, aber er genießt den Strand in vollen Zügen, genau wie sie selbst. Zu Hause bereitet sie sich ein Frühstück zu, das heute üppiger ausfällt als sonst, mit zwei Spiegeleiern und Käsebrot. Gegen acht fährt sie zum kleinen Friesencafé zum Yogakurs. Das erste Mal ist Taru dabei.

Im Garten liegen die Yogamatten bereits quer auf dem Rasen verteilt. Maren, Beate und Suse treten in Gymnastikkleidung aus der Tür der Pension.

«Hallöchen, moin.»

Als Taru fröhlich auf sie zurennt, gehen alle auf die Knie und herzen ihn.

«Wer ist das denn?», ruft Beate mit leuchtenden Augen.

«Taru gehört seit gestern zu mir», antwortet Gesine stolz.

«Wie schön der ist!», ruft Suse.

«Und so flauschig.»

«Er hat mich heute Nacht geweckt», schwärmt Gesine. «Aber nicht, weil er rausmusste. Er wollte zwischendurch nur mal meine Augen sehen und gestreichelt werden.»

«Wie süß!»

Gesine fällt es schwer, zum Yoga überzugehen. Aber es muss sein. «Schnappt ihr euch bitte jede eine Matte?»

«Wo steckt denn Gonzo?», erkundigt sich Suse.

«Auf Vergnügungsreise.»

«Das geht nicht, sag ihm das bitte. Er ist unser Maskottchen.»

Gesine muss sich eingestehen, dass sie in den letzten Stunden wenig an Gonzo gedacht hat, Taru hat sie zu sehr in Beschlag genommen. Es wird schon gut gegangen sein.

Sie stellt sich vor die Frauen.

«Geht es euch gut?»

«Ja!», kommt es im Chor zurück.

«Kein Hungergefühl mehr?»

«Nein.»

«Denkt daran, immer viel zu trinken.»

«Klar.»

Sie startet mit ein paar Lockerungs- und Aufwärmübungen, dann geht es los. «Spür die natürliche Krümmung deiner Wirbelsäule und bring deine Halswirbelsäule damit in Einklang!»

Die Frauen sind hoch konzentriert bei der Sache. Doch dann hoppelt Taru an Gesine vorbei, und sofort sind alle entzückt. «Hach, der Süße …»

«Taru, komm doch mal zu mir …»

Gegen Tarus Welpencharme kann Gesine nichts ausrichten. Soll sie ihn irgendwo festbinden? Das muss wohl sein, sonst kann sie den Kurs vergessen. Also nimmt sie ihn an die Leine und bindet ihn an die gusseisernen Füße einer Sitzbank.

«Also von vorne …» Sie schaut in die Runde. «Spür die natürliche Krümmung deiner Wirbelsäule …»

Da fängt Taru an zu heulen, als würde ihn ein heftiger Schmerz ereilen. Alle Köpfe drehen sich zu ihm, auch Gesines. Daraufhin bellt Taru wieder freundlich, seine Augen scheinen zu lachen. Gesine ist hin- und hergerissen, was soll sie tun? Schließlich folgt sie ihrem Herzen und lässt Taru wieder von der Leine.

«Lasst euch bitte nicht ablenken», sagt sie.

Doch das ist gut gesagt. Auf Dauer muss Taru während der Kurse wohl auch mal zu Hause bleiben. Wie soll sie ihm das beibringen?

Da kommt Julia mit Border Collie Edda in den Garten.

«Hey, ist der goldig», ruft sie, als sie Taru sieht, und lächelt Gesine an: «Ist das etwa deiner?»

«Ja», sagt Gesine.

Die beiden ungleichen Tiere beschnüffeln sich und scheinen sich auf Anhieb zu verstehen. Der Border Collie kümmert sich sofort rührend um den Kleinen. Julia wirft einen Blick auf die drei Frauen, die geduldig auf ihren Yogamatten warten.

«Entschuldigung, ihr wollt bestimmt weitermachen.»

Julia wendet sich an Gesine: «Soll ich ihn mit reinnehmen?»

«Das wäre natürlich perfekt. Gerne.»

«Wie heißt er denn?»

«Taru.»

Julia wendet sich dem Welpen zu. «Dann komm mal mit, Taru, und du auch, Edda!»

Sie verschwindet mit den Hunden im Café.

Heute fließen die Übungen bei Gesine besonders geschmeidig. Für eine Partnerübung tun sich Suse und Beate zusammen, Gesine geht zu Maren. Sie stellen sich Rücken an Rücken, verschränken die Arme ineinander und gehen dann zusammen in die Knie, bis die Oberschenkel einen rechten Winkel bilden. Das sollen sie fünf Atemzüge halten, was nicht einfach ist. Beim ersten Mal löst Maren plötzlich ihre Arme, und sie fallen lachend nebeneinander auf die Matte.

«Ihr seid die Größten», lobt Gesine nach der Endentspannung.

«Danke!», antworten die Frauen.

Gesine strahlt. «Und das alles, ohne zu essen! Spürt ihr inzwischen, wie gut es euch tut?»

«Ich hätte es nie für möglich gehalten», bestätigt Beate.

«Es ist phänomenal. Im Kopf kreisen ganz neue Gedanken», sagt Suse.

So soll es sein. Zufrieden gehen die drei Frauen zurück auf ihre Zimmer.

Julia hat mitbekommen, dass der Yogakurs beendet ist, und lässt Taru in den Cafégarten. Edda tollt hinterher, die Hunde jagen über den Rasen. Wobei Edda natürlich immer auf Taru warten muss. Die beiden Frauen schauen mit leuchtenden Augen zu.

«Ich wusste gar nicht, dass du eine Hundefreundin bist», meint Julia.

«Schon immer.»

«Wollen wir ein Stück gemeinsam gehen?»

«Gerne. Ich weiß aber nicht, wie weit wir mit dem Kleinen kommen.»

Julia winkt ab. «Notfalls lässt er sich ja auf den Arm nehmen, oder?»

«Ja klar.»

«Wie groß wird er denn später mal?»

«Das weiß man nicht so genau.»

Die Sonne leuchtet in die flache Marsch, vom Meer weht ein leichter Wind. Sie schlendern auf den Deich zu, die Hunde tollen vor ihnen. Wobei Taru mit seinen kurzen Beinchen immer ein Stück zurückbleibt.

«Gonzo war heute gar nicht da», bemerkt Julia.

«Ja, er hatte Besseres vor.»

Julia lächelt. «Klingt nach einem Date.»

«Dazu schweige ich wie ein Grab.» Sie zwinkert Julia zu.

«Also ja.»

«Wieso?»

«Wenn es harmlos wäre, könntest du darüber reden.»

«Mag sein.»

«Ich freue mich auf die Lesung mit eurer Musik.»

«Ja, wir auch. Läuft es ansonsten gut bei dir?»

Julia ist vor wenigen Jahren auf die Insel gezogen und hat aus einer leeren Scheune erst ein Atelier, dann das kleine Friesencafé gemacht. Später kam die Pension dazu.

«Ich kann mich nicht beschweren. Aber ich bin auch froh, wenn der Winter kommt und alles etwas ruhiger wird. Dann komme ich endlich mal wieder zum Malen.»

Dann reden sie noch über die Wattwanderungen, die Julia als ausgebildete Führerin leitet.

«Willst du nicht auch mal mitkommen?», fragt Julia.

«Gerne, aber die Zeit …»

«Sag einfach Bescheid.»

«Mach ich. Und sonst?»

Julia bleibt kurz stehen. «Finn-Ole und ich haben gerade etwas Knatsch miteinander.»

«Oje.»

«Stell dir vor, er will auf Föhr Lamas züchten!»

«Lamas?», fragt Gesine. «Ernsthaft?»

Sie nickt. «Ich finde, das ist eine totale Schnapsidee.»

«Tja.»

«Ich wär ja für Kamele, die sind viel einfacher zu pflegen.»

Wenn es sonst keine Probleme zwischen den beiden gibt, muss man sich wohl keine Sorgen machen. Gesine versucht, sich Kamelausritte auf dem Deich vorzustellen – das hätte schon was. Mit Lamas geht das nicht, die kannst du nur am Halfter spazieren führen. Nein, Julia hat recht, sie wäre auch für Kamele.

Zurück im kleinen Friesencafé schnappt sich Gesine ihr Handy und versucht, Gonzo zu erreichen. Sie will wissen, wie es gelaufen ist. Außerdem weiß er noch gar nichts von ihrem neuen Gefährten. Aber er geht nicht ran. Das nimmt sie als gutes Zeichen.

15

*H*inter der Brücke hält Gonzo eine Liege und einen Schlafsack bereit, falls mal etwas ist. Auf halbem Weg nach Föhr hat er vor der Hallig Oland den Anker geworfen und ein wenig geschlafen. Am frühen Morgen fährt er weiter. Er ist frustriert, anscheinend ist er ein hoffnungsloser Fall, wenn selbst das Internet nichts bringt. Und jetzt?

Andere sind nach einer Niederlage hellwach und können nicht einschlafen, da ist Gonzo anders gestrickt. Zu Hause angekommen, legt er sich in Hose und Hemd in sein Bett und fällt ohne Übergang in einen komatösen Schlaf, den er als Gnade empfindet. Am nächsten Morgen fährt er nach dem Duschen zum Sörenswai-Vorland, einem kleinen Strandabschnitt hinter dem Oldsumer Deich. Die Sonne scheint, es weht ein lauer Seewind, der wie immer leicht nach Salz riecht. Regenwetter hätte besser zu seiner Stimmung gepasst, aber man kann nicht alles haben. Er spaziert auf dem Deich und blickt von dort auf die gegenüberliegende Insel Sylt. Beim Gehen schaltet er sein Handy ein und löscht sämtliche Nachrichten von Larissa, die zwölf neuen ungelesen. In diesem Moment kommt eine WhatsApp von Gesine.

Jetzt erzähl mal: Wie ist es gelaufen?

Geht so.

Seht ihr euch wieder?

Wohl eher nicht.

Der Verlauf seines Dates ist ihm im Nachhinein peinlich, vor allem Gesine gegenüber. Er war derartig begeistert von Larissa, und Gesine hat sich so für ihn engagiert – dabei war der ganze Klamottenkauf überflüssig. Er kann es auch nicht sportlich nehmen, nach dem Motto: Du hast es probiert und alles gegeben, aber es kann nun mal nicht jeder die Goldmedaille gewinnen. Eine Frau, die ihr Gesicht auf ihrem Profilfoto nicht zeigen mag, mit der konnte etwas nicht stimmen, das hätte er wissen müssen. Stattdessen hat er ihr alles geglaubt, was sie am Telefon erzählt hat. Allein der Mercedes, den sie sich für das Date geliehen hat, war so was von lächerlich.

Er traut sich nicht, bei Gesine anzurufen. Wie heftig hat er ihr von Larissa vorgeschwärmt! Und wie lächerlich steht er nun da! Alleine zu Hause bleiben hält er aber auch nicht aus.

Auf Föhr geht nichts mehr weiter, jedenfalls kommt es ihm so vor. Am liebsten würde er sich irgendwo aufs Festland verkriechen, wo ihn keiner findet. Ruhig, Brauner!, sagt er sich und beschließt, erst mal im kleinen Friesencafé einen Americano zu trinken. Da ist er wenigstens unter Leuten, und wenn Gesine auch dort ist, umso besser. Er schaut auf seine Armbanduhr, die er seit gestern Nacht nicht abgenommen hat. Es ist fast elf, der Yogakurs ist längst vorbei.

Der Akku seines Pick-ups ist voll aufgeladen. Er lässt es ruhig angehen und schleicht über die Landesstraße, das große Lenkrad hält er locker in einer Hand. Die Marsch sieht aus wie immer, flach, grün und offen, die Sonne scheint immer noch. Nach Oldsum nimmt er die Nebenstraße, die an der alten Süderender Kirche vorbeiführt. Im Grunde ist es nur ein geteerter Feldweg. Auf freier Strecke steht eine Frau neben einem dunkelblauen Hollandrad, das auf dem Boden liegt. Auf den ersten Blick sieht es aus wie ein Unfall. Er hält an. Auf den zweiten Blick erkennt er die Zuspätkommerin aus dem Yogakurs vorgestern im Friesencafé. Der strähnige Pony, die große randlose Brille. Den HSV-Trainingsanzug hat sie gegen ein leichtes Sommerkleid getauscht.

«Moin», grüßt er freundlich. «Kann ich helfen?»

«Hey, wir haben uns doch letztens bei Gesine gesehen, oder?», fragt sie.

«Ja, nach dem Yoga.»

«Ich habe einen Platten», sagt sie. «Blöderweise habe ich kein Flickzeug dabei.»

«Soll ich dich ins kleine Friesencafé mitnehmen?»

«Das wäre genial.»

«Kein Ding.»

Er steigt aus und wuchtet ihr Fahrrad auf die Ladefläche. Sie steigen ein.

«Du rettest mich», sagt sie. Ihr Gesicht ist schweißüberströmt.

«Wie heißt du noch mal?», fragt er, als er losfährt.

«Claudia.»

«Ich bin Gonzo.»

«Ich weiß.»

«Wie das?»

Sie lächelt. «Alle Frauen in der Pension reden über dich.»

«Oh, ich hoffe nur Gutes.»

«Aber ja doch! – Kann ich dich als Dank im kleinen Friesencafé zum Essen einladen?»

«Muss nicht», brummt er.

«Doch. Den ganzen Weg, den wir gerade fahren, hätte ich ohne dich laufen müssen.»

«Danke, das ist nett, aber ich habe gerade erst gefrühstückt.»

Vor dem Friesencafé lädt er das Fahrrad aus, er bietet ihr an, den Schlauch zu flicken. Das bekomme sie ohne Probleme selber hin, sagt sie und winkt ihm zum Abschied zu.

Im Garten des kleinen Friesencafés legt Gonzo sich auf eine Liege in die Sonne.

«Gud dai, my dear Gonzo», begrüßt ihn Kellner Jack, der für seine Mitte sechzig unfassbar gut aussieht. Harks charmanter Trauzeuge aus New York bedient heute. Er spricht eine unvergleichliche Mischung aus Deutsch, Englisch und Fering. Jack tauchte zur Hochzeit von Anita – Julias Oma – und Hark auf und verbringt jetzt mit seiner Freundin Ramona den Sommer auf Föhr.

Gonzo bestellt ein Wasser und döst auf seiner Liege weg. Er hat immer noch eine Menge Schlaf nachzuholen. Als er aufwacht, ist der Cafégarten voll. Kein Wunder, es ist die Zeit für den Mittagstisch. Hark, der nebenan wohnt, winkt ihm von seiner Terrasse aus zu.

«Alles klar an Bord, Gonzo?», erkundigt er sich.

Er war früher Kapitän zur See und fuhr die letzten Jahre die Fähre von Föhr zum Festland.

«Jo, und selber?»

«Auch.»

In diesem Moment sieht er Claudia am Tresen des Cafés stehen. Wirtin Julia packt ihr gerade Riesenpakete mit warmem Essen in eine Thermotasche. Was hat Claudia damit vor? Julia wiederholt ihre Bestellung noch einmal: «Rumpsteak medium, die asiatische Gemüsepfanne, Matjes Hausfrauenart mit Bratkartoffeln, aber ohne Speck, Geschnetzeltes und einen veganen Salat.»

«Hey, großer Hunger?», scherzt Gonzo. Das kann unmöglich alles für sie sein.

«Ach …» Claudia läuft rot an.

«Guten Appetit!»

«Danke.»

Sie verschwindet in der Pension.

Gonzo geht erst zurück in den Garten, will dann aber doch in der Pension nachfragen, ob die Fastenfrauen vielleicht Lust auf eine Kuttertour rund um Föhr haben. Die Idee ist ihm gerade gekommen. Auch, weil er am Tag nach dem verpatzten Date nicht gerne alleine sein will.

Er betritt das alte Reetdachhaus. Im Flur riecht es köstlich nach Essen. Als er den Gemeinschaftsraum betritt, traut er seinen Augen nicht: Dort sitzen Maren, Beate, Suse und Claudia am großen Tisch. Jede hat eins der bestellten Essen vor sich, die Claudia eben bei Julia abgeholt hat. Die Frauen verstummen, als sie ihn sehen.

Fastenkur?

In Wirklichkeit wohl nicht, eher der klassische Fall von «voll erwischt»!

Gonzo weiß nicht so recht, wie er reagieren soll. Er ist weder Richter noch Ankläger und schon gar kein Moralapostel, es geht ihn nichts an.

«Guten Appetit», wünscht er.

«Danke.»

«Schmeckt hervorragend», findet Maren.

Einen Moment schweigen alle.

«Du hältst die Klappe, Gonzo, ja?», fordert ihn Suse auf.

«Wozu?»

«Falls Gesine fragt.»

«Klar», antwortet er.

«Versprich es!»

«Ja.»

«Hoch und heilig!»

Er weiß, dass Gesine ausrasten würde, wenn sie das erführe. Sie nimmt ihre Arbeit sehr ernst, und das ist auch gut so.

«Wir lassen uns die Hälfte für morgen einpacken», erklärt Maren. «Die Kur soll ja was bringen.»

«Aber nicht mit totalem Fasten», sagt Suse. «Dazu essen wir einfach zu gerne.»

«Essen hält Leib und Seele zusammen», fügt Beate hinzu. «Unser Abendessen lassen wir weg, immerhin.»

«Also macht ihr Intervallfasten?»

«Ja, genau: Sechzehn Stunden essen wir nichts, das ist ja schon sehr nah am totalen Verzicht.»

Gonzo reibt sich den Bauch. «Musst du mir nicht sagen, damit habe ich fünfzehn Kilo verloren.»

Gonzo setzt sich zu ihnen, während sie genussvoll weiteressen. Aber nur wenige Sekunden: Da läuft Taru fröhlich bellend in den Raum. Wie aus dem Nichts steht Gesine im Raum. Die Gesichter aller Anwesenden frieren ein. Beate, Maren Suse, Claudia und sogar Gonzo, der mit alldem nichts zu tun hat, bringen keinen Ton heraus.

16

So sauer hat Gonzo Gesine noch nie gesehen: Ihr Gesicht eine Betonwand, kein Muskel scheint sich zu regen.

«Das kann nicht wahr sein!», zischt sie mit mühsam unterdrückter Wut.

«Äh», rutscht es Beate heraus.

Die anderen schweigen betreten und senken den Blick zur Tischplatte, wie Schulkinder, die man beim Abschreiben erwischt hat.

«Wozu habt ihr euch bei einer Fastenkur angemeldet?»

«Es hat nichts mit dir zu tun», meint Maren. «Alles ist gut, aber Fasten ist einfach nicht unser Ding. Haben wir leider erst auf Föhr festgestellt.»

«Euer Kurs ist damit beendet. Ich überweise euch das Geld für die restlichen Tage zurück.»

«Bitte nicht!»

«Kein Yoga mehr?»

Gesine nickt. «Ihr habt mir ausführlich beschrieben, wie entspannt euer Leben ohne Essen ist», sagt sie mit zitternder Stimme. «Das war alles ausgedacht.»

Suse wird blass. «Bitte, Gesine!»

Gesine ist den Tränen nahe, so hat Gonzo sie noch nie erlebt.

«Ich muss Menschen vertrauen können», sagt sie. «Ihr bekommt euer Geld zurück, bis auf die Kosten für die Pension.»

Die Frauen werfen sich betretene Blicke zu.

Aus – vorbei!

Dann wendet sich Gesine an Gonzo. Dass er bei den «Verräterinnen» sitzt, scheint für sie das Schlimmste zu sein.

«Und du spielst da mit, Gonzo? Stillschweigen ist auch eine Lüge.» Sie kann ihre Wut kaum zügeln. «Frag mich nie wieder um Hilfe wegen deiner Frauengeschichten, nie wieder, verstanden?»

Die Frauen sehen ihn fragend an, was ihm unangenehm ist.

«Mensch, Gesine, ich habe damit überhaupt nichts zu tun!», sagt er.

«Verräter.»

«Nein!»

Doch seine gute Freundin befindet sich auf einer ganz anderen Umlaufbahn. «Wieso bringst du die Frauen gegen mich auf?»

«Das habe ich nicht!» Verzweifelt wendet er sich an die Runde. «Bitte erklärt Gesine, dass das nicht stimmt.»

Die Yogafastenfrauen sind gestandene Persönlichkeiten, die mitten im Leben stehen. Doch bevor eine ein Wort zu seiner Verteidigung rausbringt, hat Gesine grußlos den Raum verlassen.

Gonzo eilt ihr hinterher. «Nun warte doch, Gesine!»

Sie reagiert nicht, sondern geht mechanisch wie ein Roboter zu ihrem Mini, öffnet die Tür, lässt den Hund rein und fährt los.

«Bitte, ich habe damit nichts zu tun!», ruft er.

Nichts zu machen.

Natürlich ruft Gonzo sie sofort an, aber es springt nur die Mailbox an. Ausführlich spricht er auf Band, dass er zufällig bei den Frauen gesessen und mit der ganzen Aktion nichts zu tun gehabt habe.

Später macht er sich Sorgen um sie. Er steigt in seinen Pick-up und sucht sie erst bei ihr zu Hause, dann auf der ganzen Insel. Er hört sich überall um. Ihr Auto ist weg, niemand hat sie gesehen, sie ist verschwunden. Wahrscheinlich ist sie aufs Festland geflüchtet, um Dampf abzulassen.

Wie ein geprügelter Hund schleicht Gonzo über die Wyker Hauptpromenade. Ganz am Ende des Südstrands befindet sich Gretas kleine Inselbuchhandlung. Die neuen Bücher stehen in einem Wintergarten, im hinteren Teil des alten Hauses gibt es ein Antiquariat mit bequemen Ledersesseln, dort könnte er Monate verbringen.

Greta trägt heute eine grüne Stoffhose und hat die blonden Haare hochgesteckt. Er grüßt kurz und geht direkt ins Antiquariat. Dort sind die Bücher nach Farben geordnet, was Gretas Putzfrau irgendwann mal eingefallen ist, als sie nach dem Staubwischen die Bücher wieder einsortieren sollte. Der einzige Grund war, dass sie nicht lesen und daher die Bände nicht alphabetisch einordnen konnte. Heute ist das Regal mit den bunten Buchrücken als kleines Kunstwerk in jedem Reiseführer abgebildet.

Nach kurzem Stöbern findet Gonzo ein Buch über die Föhrer Grönlandfahrer früherer Jahrhunderte, von denen er abstammt. Er blättert durch packende Fotos von Iglus, Schlittenhunden und wettergegerbten Inuitgesichtern. Er liebt diese Bilder. Auf Föhr sind sie ja nur der Süden vom Norden.

Greta stellt sich zu ihm und blickt auf das Buch in seiner Hand.

«Na, Gonzo, soll's nach Grönland gehen?»

«Vielleicht.»

«Ich war da mit Florian im Urlaub, wunderschön.»

Gonzo nickt. «Seit dem Ende des Walfangs ist man da auch sicher vor Föhrern.»

«Stimmt, jetzt fahren die meisten nach Gran Canaria.» Greta lächelt. «Weißt du eigentlich, wie sehr ich mich schon auf die Lesung im kleinen Friesencafé freue? Eure Musik wird die Cocktailkirsche auf der Torte.»

Gonzo kratzt sich am Kopf. «Äh, sieht so aus, als müssten wir die Lesung absagen.»

«Was? Wieso das denn?»

Gonzo ist die Sache unangenehm, aber warum soll er lügen? Er kennt Gesine gut genug, so sauer, wie sie ist, wird sie nicht mit ihm auftreten wollen. Auch wenn das Unsinn ist.

«Gesine und ich haben uns gestritten.»

Das lässt Greta nicht gelten. «Dann vertragt euch gefälligst wieder!»

Gonzo hebt abwehrend die Arme. «An mir liegt es nicht.»

«Das sagt sie bestimmt auch.»

«Zu Unrecht.»

«Soll ich mit ihr reden?»

«Nur zu!»

Sie nickt. «Um was geht es? Eifersucht, Liebe, Geld?»

Gonzo holt tief Luft. «Verrat.»

«Hach, ein Klassiker der Weltliteratur. Endet leider oft mit Mord.»

«Sie hat ihre Yogafrauen beim Fastenbrechen erwischt.»

«Aber dazu kommt es doch früher oder später sowieso.»

«Bloß selten ohne Absprache, und das schon nach vier Tagen. Dabei war das Fasten Teil des Kurses, den Gesine für die Frauen vorbereitet hat. Jetzt passt da nichts mehr zusammen. Und Gesine nimmt ihren Job sehr ernst.»

«Und was hast du damit zu tun? Hast du den Frauen heimlich das Essen besorgt, oder wo liegt das Problem?»

Er schüttelt den Kopf. «Wenn es das gewesen wäre. Nein, ich war nur zufällig bei ihnen am Tisch, als sie Mittag gegessen haben. Das war alles.»

«Hm.»

«Gesine müsste wissen, dass ich nichts damit zu tun habe. Aber sie ist einfach zu stur.»

«Würdest du bei der Lesung im Friesencafé notfalls auch ohne sie auftreten?»

«Ich weiß nicht …»

Gesine und er haben keinen schriftlichen Vertrag mit Julia geschlossen, das ist auf der Insel nicht nötig. Hier gilt ein Handschlag noch als verbindlich. Ausnahmen sind größere Immobiliengeschäfte, da sind zu viele Leute von außerhalb im Spiel, und alles wird von Anwälten misstrauisch beäugt. Ein Handschlag wäre bedeutend kostengünstiger.

«Bitte, lass uns nicht hängen», sagt Greta. «Die Lesung wird sowieso eine heikle Nummer.»

«Wieso?»

«Na, der Autor ist Hamburger und schreibt über uns Insulaner. Da sind die Föhrer erst mal misstrauisch, ist doch klar.»

«Warum das? Ist doch Fantasie.»

«Sie wissen ja nicht, was er über sie schreibt. Vielleicht, dass alle Insulaner geisteskrank sind?»

«Ist das Buch so heftig?»

Greta lächelt. «Im Gegenteil, er liebt die Insel.»

«Und unsere Musik soll die Leute besänftigen», schlussfolgert Gonzo, «bis sie es kapiert haben.»

«Genau so ist es.»

«Hm.»

«Darf ich das als Ja werten?»

«Hm.»

Wenn Gonzo ohne Gesine bei der Lesung auftritt, wird sie ihm die Augen auskratzen. Also kann er nur weiter bei ihr auf Freispruch plädieren. Ohne sie geht nichts.

Im Hafen fällt ihm der leere Liegeplatz von Gesines Boot auf, anscheinend ist sie tatsächlich damit weggefahren. Wie soll das weitergehen? Sie kann sich doch nicht ewig über die Fastenfrauen ärgern. Beim nächsten Kurs dieser Art läuft es anders und basta.

Er schiebt den Gedanken beiseite. Schließlich ist er nicht im Urlaub, sondern muss Geld verdienen. Er macht die Lille Mor startklar für den Krabbenfang. Da kommt auch schon Dörte angeradelt, pünktlich wie immer. Sie schließt ihr großes Dreirad ab und kommt an Bord.

«Moin, Chef.»

«Moin, Dörte.»

Sie löst die Leinen, dann laufen sie aus. Die Sonne scheint auf die windstille Nordsee, die wie eine riesige Fläche daliegt. An solchen Tagen träumt Gonzo davon, über Wasser gehen zu können. Er würde bis zu den Halligen laufen und weiter bis Norderoogsand.

Ihr Fanggrund erweist sich wieder mal als ertragreich: Heute gibt es dicke Büdels, es war einer der größten Fänge der laufenden Saison. Auch der Händler in Husum, der ihnen die vollgefüllten Kisten abnimmt, staunt.

Als sie am nächsten Morgen wieder in Wyk einlaufen, ist Gonzo hundemüde. Er zahlt Dörte eine Extra-Prämie, sie hat diesmal besonders hart geschuftet. Gonzo macht klar Schiff und spült das Deck sorgfältig ab. Später am Vormittag ist bei ihm zu Hause eine Probe mit Gesine geplant, aber die wird ausfallen, schätzt er. Ihn ärgert das, weil er für den Streit überhaupt nichts kann. Früher hat sie ihm mal vorgeworfen, der sturste Mensch auf der nördlichen Halbkugel zu sein. Aber sie übertrifft ihn noch um Längen.

17

*E*s regnet den ganzen Morgen Bindfäden. Gesine fährt auf den Vorplatz zur Fähre, ihre Lederjacke hat sie im Wagen nicht ausgezogen. Taru sitzt hinten in seinem Körbchen, das sie mit einem Gurt gesichert hat. Für ihre Fahrt nach Hamburg hätte sie auch den Zug nehmen können, aber an diesem ganz speziellen Tag möchte sie lieber für sich sein.

«Moin, Gesine», grüßt der bärtige Einweiser an der Einfahrt. Der Regen tropft von seiner Kapuze.

«Moin, Hauke.» Sie zeigt ihm ihr Handy mit dem Strichcode für das Ticket. «Insulanerspur wie immer?»

«Jo.»

Eigentlich ist die Fähre ausgebucht, aber für Leute von der Insel gibt es immer ein paar Extraplätze. Wer beispielsweise zum Arzt muss, kann das nicht Monate vorher buchen wie die Feriengäste ihren Urlaub. Außerdem zahlen Föhrer mit NF-Kennzeichen einen ermäßigten Tarif, sie nutzen die Fähre ja viel öfter.

Gesine rollt mit ihrem Mini auf die *MS Uthlande*. Sie ist auf dem Weg nach Hamburg, was sie dort vorhat, geht niemanden etwas an. Sie schließt den Wagen ab und begibt sich mit Taru in den Passagierbereich.

Wegen der Fastenfrauen ist sie immer noch grundgenervt. Und wie feist Gonzo mit ihnen am Tisch gesessen hat! Als sei er vollkommen unbeteiligt. Die letzten Tage hat sie bei Toscha auf Sylt verbracht, in Rantum hat sie sämtliche ihrer Nachbarinnen kennengelernt. Als die herausbekamen, dass Gesine Yogalehrerin ist, wurde sie gleich ein Dutzend Mal gebucht. Das ist ihr Einstieg auf der Nachbarinsel! Toscha hat ihr außerdem weitere Einzelkurse organisiert, und das zu Mondpreisen, die sie auf Föhr nie bekommen würde. Wer ein Wochenendhaus für zehn Millionen besitzt, für den ist ein ganztägiger Yogakurs für ein paar Hundert Euro nicht der Rede wert.

Das versöhnt Gesine gerade wieder mit der Welt. Als sie ins Schiffsrestaurant der *Uthlande* geht, rechnet sie im Kopf aus, auf welche Summen sie zukünftig kommen kann – und läuft prompt in einen breitschultrigen Mann.

«Entschuldigen Sie bitte», sagt sie.

«Moin», brummt der Mann und dreht sich um.

Gonzo? Ausgerechnet! In Jeans, weißem T-Shirt und brauner Lederjacke steht er direkt vor ihr.

«Ach», sagt sie.

«So eilig?», fragt er.

Taru stupst Gonzo mit wedelndem Schwanz ans Bein, der beugt sich sofort nach unten und streichelt ihn hinter den Ohren, was Taru sichtlich gefällt.

«Wer bist du denn?», murmelt er.

«Das ist Taru», stellt Gesine vor.

«Geliehen?», fragt er.

Sie schüttelt den Kopf. «Meiner.»

«Das ist ja eine Überraschung! Glückwunsch.»

«Danke.»

«Wo geht's hin?», erkundigt sich Gonzo, während er Taru weiter streichelt.

«Hamburg.»

«Ich auch.»

«Ich habe deinen Wagen auf dem Autodeck gar nicht gesehen.»

Gonzos US-Pick-up fällt normalerweise auf.

«Ich nehme heute mal den Zug.»

«Geht's wieder zu Tjark Johannsen?», fragt sie.

Dass sein Steuerberater in Hamburg sitzt, weiß sie noch aus ihrer Zeit als Bankangestellte. Er ist ein Schulkumpel von Gonzo, der auch von der Insel stammt. Als sie im Auftrag der Bank seine Kredite bearbeitete, hatte sie öfter mit ihm zu tun.

«Hmm», brummt Gonzo. «Und selber?»

«Yogaseminar», sagt sie.

«Ah ja.»

«Von mir aus können wir zusammen fahren», bietet sie an und bereut es im nächsten Moment. Es klingt wie ein Friedensangebot, so leicht darf Gonzo eigentlich nicht davonkommen.

«Okay.»

«Aber du hältst auf der Fahrt die Klappe. Kein Liebeskummer und kein Frust!»

«Darf ich im Wagen rauchen?»

«Spinnst du?»

«Scherz.»

Zu blöde, reingefallen! Sie weiß doch, dass Gonzo Nichtraucher ist. Sie setzen sich nebeneinander an einen Tisch und daddeln so intensiv auf ihren Handys herum, als müssten damit gerade überlebenswichtige Entscheidungen getroffen werden. Wie haben Menschen solche Situationen bloß überbrückt, als es die Dinger noch nicht gab? Sie ist sich nicht sicher, ob die Fahrt mit ihm gut geht. Aber jeder für sich nach Hamburg fahren wäre albern gewesen.

Eine knappe Stunde später durchfährt Gesine den Hauke-Haien-Koog, für sie eine der schönsten Straßen der Welt. Die Fahrbahn führt hinterm Deich an einem Schilfmeer entlang, in dem Zigtausende Vögel leben. Hier herrscht ein besonderes Licht, bei dem sie jedes Mal Zuversicht tanken kann. Gonzo sitzt auf dem Beifahrersitz und schweigt.

Was sie genau so auch erwartet hat. Wenn ein Friese ankündigt, dass er nichts sagt, sagt er nichts. Ein bisschen befremdlich ist es schon, dass Gonzo und sie eng beieinander in ihrem Mini sitzen. Wenn er die ganze Zeit gewusst hat, dass die Yogafrauen ihr gegenüber nur so getan haben, als würden sie fasten, wäre das wirklich Verrat. Das hätte er ihr sagen müssen. Sie waren doch inzwischen gute Freunde. Oder hat sie ihn zu Unrecht beschuldigt? Und er hat es erst kapiert, als er sich zu den Frauen an den gedeckten Tisch gesetzt hat?

Sie ziehen das Schweigen bis kurz vor Hamburg durch.

«Und?», erkundigt sie sich, als sie sich in den Stadtverkehr einfädelt. «Ärger mit dem Finanzamt?»

«Zweite Mahnung, Tjark muss mir aus der Patsche helfen.»

«Wo ist seine Kanzlei noch mal?»

«Holstenstraße, Ecke Reeperbahn.»

Sie staunt. «Auf dem Kiez?»

«Für Hamburger ist das eine normale Straße.»

Sie grinst. «Vor welchem Etablissement darf ich dich denn absetzen?»

Gonzo geht auf ihren leicht frotzelnden Ton nicht ein. «Egal, mit der U-Bahn komme ich da schon hin. – Wo ist dein Seminar?»

«Blankenese.»

«Ah, Edelyoga?»

«Passt zu mir, findest du nicht?»

«Absolut! – Worum geht's?»

«Wie wir uns noch tiefer in uns versenken können.»

Er nickt. «Wie beim Angeln?»

«Ganz genau, Gonzo, wir setzen uns zusammen an die Elbe und angeln. Wer den größten Fisch gefangen hat, bekommt den goldenen Yogapokal.»

Gonzo zeigt keine Reaktion. «Und dafür bezahlst du Geld?»

«So doof bin ich, stell dir vor.»

Sie setzt Gonzo in der Nähe der Elbphilharmonie ab. «Soll ich dich nicht doch rumfahren?»

«Nee, ich will mir vor meinem Termin noch in der Hafencity die Beine vertreten.»

«Wie du meinst.»

«Viel Spaß», sagt Gonzo.

«Danke. – Und viel Spaß mit den Steuern.»

Er lacht. «Treffen wir uns nachher wieder an der Elphi, oder soll ich nach Blankenese kommen? Von dort aus kämen wir schneller auf die Autobahn nach Norden.»

«Lass uns telefonieren.»

«Wie du willst.»

«Tschüss.»

«Ciao.»

Er streichelt Taru übers Ohr, der brav hinten sitzt und ihm genießerisch den Kopf hinhält. Offensichtlich mag er Gonzo. Der schließt die Beifahrertür, Gesine öffnet das Schiebedach und braust davon. Immerhin haben wir uns mal wieder so richtig zusammen ausgeschwiegen, denkt sie.

18

Nachdem Gesine ihn abgesetzt hat, schlendert Gonzo im schönsten Sonnenschein über die Kais des Baakenhafens. Er war länger nicht hier und kann nur staunen, auf dem Hafengelände ist eine ganz neue Stadt entstanden, mit Supermärkten, Läden und Cafés. Überall am Wasser stehen Wohnblöcke, insgesamt etwas eckig das Ganze, aber es gibt Schlimmeres, auch in Hamburg. Nach der schweigsamen Fahrt tut es gut, sich die Beine zu vertreten. Gesine ist kompliziert, aber er hofft, dass sie ihren Fehler eingesehen hat, was ihn anbelangt. Er ist wirklich der Letzte, der ihr Böses will! Über ihren neuen Hund kann er nur staunen. Bisher war Gesine für niemanden verantwortlich, Taru wird ihre Fürsorge an jedem Tag und bei jedem Wetter einfordern. Er blinzelt in die Sonne. Der Lütte wird ihr guttun, denkt er.

Warum er wirklich nach Hamburg gefahren ist, darf Gesine auf keinen Fall erfahren. Von wegen Steuerberater, das war eine glatte Notlüge. Im Internet hat er sich auf den Ort vorbereitet, zu dem er gleich gehen wird. Die Hamburger Kirche St. Katharinen ist eine der ältesten der Hansestadt. Sie wurde fast zur gleichen Zeit wie St. Laurentii auf Föhr gebaut, um 1250. Johann Sebastian Bach hat sich hier mal als Organist beworben und dafür ein Konzert gegeben. Aber man hat ihn abgelehnt. Unter Napoleon war die Kirche dann ein Pferdestall. Was gar nicht gut für das Gemäuer war, ebenso wenig wie die Sturmflut 1962, als alles überschwemmt wurde. Erst gehörten Schiffbauer und Bierbrauer zur hiesigen Gemeinde, später Kaufleute. Als der Freihafen mit der Speicherstadt errichtet wurde, wohnte in dieser Gegend kein Mensch mehr. Das wurde erst mit der Hafencity wieder anders.

Um Claudia in der Kirche zu treffen, wollte er wenigstens ein bisschen was wissen. Sie war die Frau mit der Radpanne, er hat sie ein paarmal zufällig im Friesencafé getroffen und ihr erzählt, dass er mal in Hamburg gelebt hat und dort öfter seine Tochter besucht.

«Wann bist du das nächste Mal in der Stadt?», hatte sie ihn gefragt.

«Mittwoch», hatte er behauptet, einfach so. Wenn sie drauf ansprang, gut, wenn nicht, auch okay. Die Vorstellung, mal wieder von der Insel wegzukommen und ein Date zu haben, gefiel ihm. Es gab ihm das Gefühl, dass es nach Larissa irgendwie weiterging.

«Dann lass uns doch einen Kaffee zusammen trinken.»

Es hatte funktioniert!

Wer sagt denn, dass es immer gleich die große Liebe sein muss? Die gibt es ohnehin selten. Und wenn sie mal um die Ecke kommt, wird daraus gleich ein Theaterstück oder ein Film gemacht, deswegen denken alle, das sei der Normalfall. Gonzo will gar nichts von Claudia. Er will sie ohne jeden Hintergedanken treffen, einfach, weil es schön ist, einen Kaffee zusammen zu trinken. Was daraus wird, werden sie sehen.

Im kühlen Altarraum der Katharinenkirche steht ein Cembalo, vor dem Claudia gerade einen Mikrofonständer aufbaut. Sie trägt eine graue Stoffhose und eine kurzärmlige Bluse, dazu weiße Sneakers. Ihr Pony fällt wieder über die randlose Brille. Sie blickt ihm freundlich entgegen.

«Hey, schön, dass es geklappt hat! – Moin.»

«Moin, finde ich auch.»

Sie geben sich die Hand. «Was machst du gerade in Hamburg?»

«Steuern eintüten.»

Wieder geflunkert, aber was soll's.

«Unangenehm?»

«Wat mutt, dat mutt.»

Sie nickt zustimmend. «Kaffee oder Tee?»

«Gerne Kaffee.»

«Und das als Friese?»

«Na ja, weder Teeblätter noch Kaffeebohnen werden hinterm Deich gepflanzt.»

Sie lacht. «Ich muss das nur kurz zu Ende machen», entschuldigt sie sich. «Wir haben hier heute Abend ein Konzert.»

«Lasst ihr den alten Bach jetzt doch in eure Kirche rein?»

Claudia kennt die legendäre Begebenheit natürlich. «Das Christentum lebt nun mal von Vergebung.»

«Na ja, nach dreihundert Jahren kann man das auch mal.»

Sie setzt sich ans Cembalo und spielt das C-Dur-Präludium von Bach. Ein schlichtes Stück von eigener Schönheit. Gonzo zieht seine kleine Mundharmonika aus der Hosentasche und setzt sie an den Mund. Er spielt das getragene *Ave Maria* von Charles Gounod dazu, setzt es auf das Bachstück drauf. Es ist schön, eine Frau zu treffen, die Musik schätzt. Wieso kann er sich nicht Hals über Kopf in Claudia verlieben?

Beim Kaffee in ihrem Büro bröckelt das Bild wieder.

«Ich bin ein Kontrollfreak», gibt sie zu.

«Will sagen?»

«Bei mir in der Wohnung gibt es jeden Samstag einen Acht-Stunden-Putztag.»

Er staunt. «Jede Woche?»

«Ja.»

«Wie groß ist denn deine Wohnung?»

«Vierzig Quadratmeter.»

«Und dafür brauchst du einen ganzen Tag?»

«Wenn man es ordentlich machen will, auf jeden Fall! Ich rücke alle Schränke beiseite, die Waschmaschine, jedes einzelne Möbelstück. Eigentlich mache ich jede Woche Frühjahrsputz.»

«Wenn du dich damit besser fühlst …»

«Ich möchte einfach nicht in einem Dreckloch hausen.»

Gonzo hält sich für einigermaßen ordentlich, aber zwischen Claudias «Dreckloch» und seinem «ordentlich» gibt es vermutlich ein paar Nuancen. Das will er jedoch nicht mit ihr diskutieren.

Auch sonst hat sie klare Vorstellungen: keine Haustiere, welche Musik abzulehnen ist, welche Theaterstücke und Bücher man kennen muss. Ihr größtes Laster gibt sie unumwunden zu, und das geht für Gonzo wiederum gar nicht: Sie raucht. Besser, man kennt solche Macken vorher, denkt er. Vielleicht ist sogar das entscheidend bei der Frage, ob es zwischen zwei Menschen klappt oder nicht: Gewohnheiten müssen zusammenpassen, auch die doofen. Claudia ist, wie sie ist, und das ist vollkommen in Ordnung. Aber sie und er, das wäre undenkbar.

Als sie mit dem Putzthema durch sind, zündet sie sich eine an, und sie quatschen witzig über dies und das, die Insel, die Kirche, das Fischen und das Leben in der schönen Hansestadt Hamburg, wo er ja vor einigen Jahren auch mal gewohnt hat. Claudia hat aus Föhr das Nationalgetränk der Insel mitgebracht, eine Flasche fertig gemixten Manhattan. Sonst trinkt Gonzo ja kaum noch Alkohol, aber mit Claudia macht er eine Ausnahme. Sie kommt ursprünglich aus München, was er schön findet. Idealerweise sollte die bayerische Landeshauptstadt für ihn allerdings an die Nordsee verlagert werden:

«Der Viktualienmarkt am Hafenbecken», schwärmt er. «Das hätte was.»

Sie lacht. «Und der Englische Garten als Hallig mitten in der Marsch.»

«Den sollten wir besser eindeichen. Wenn der andauernd überspült wird, wäre schlecht.»

«Dann wäre es aber keine Hallig mehr.» Sie kennt sich aus und weiß, dass Halligen keine Deiche haben.

«So oder so, wir würden die Bayern schon einnorden.»

Mit Claudia fließt die Zeit dahin, nach zwei großen Gläsern ist es plötzlich vier! Beim Blick auf die Uhr zuckt Gonzo zusammen, Gesine und er müssen die letzte Fähre nach Föhr bekommen. Mit dem Zug wäre es dafür bereits zu spät. Er schaut auf sein Handy, das er leise gestellt hat. Gesine hat noch nicht angerufen. Er verabschiedet sich herzlich von Claudia, springt dann in die nächste S-Bahn, um Gesine nach Blankenese entgegenzufahren, so können sie Zeit sparen. Unterwegs ruft er an, dass er auf dem Weg ist. Bei Gesine geht nur die Mailbox ran, aber sie hört ihr Handy regelmäßig ab, das weiß er.

19

Gesine fährt ins sogenannte Komponistenviertel im Hamburger Stadtteil Barmbek-Süd. Die Straßen dort sind nach Beethoven, Mozart, Schubert und weiteren klassischen Musikern benannt. Die Mischung aus Gründerzeitaltbauten und Nachkriegsrotklinkern gefällt ihr, dazu gibt es viel Grün durch die verstreuten kleinen Parks. Sie geht mit Taru an den nahe gelegenen Osterbekkanal, an dessen Ufer eine Allee mit alten hohen Kastanien und Buchen entlangführt. Netterweise ist die Straße für den Autoverkehr gesperrt. Sie hat Zeit.

Mit Taru lernt sie alle Hundebesitzer des Viertels kennen, jedenfalls kommt es ihr so vor: ein Geschichtsprofessor mit einer winzigen Promenadenmischung, eine ehemalige Visagistin mit Bullterrier, ein Student mit zwei Dackeln. Zum Glück versteht sich Taru mit den anderen Hunden, was nicht selbstverständlich ist, mit dem leicht launischen Foxterrier ihrer Oma gab es damals oft Stress. Jetzt ist sie dankbar, dass sie ihre Wartezeit mit belanglosen Hundegesprächen verkürzen kann.

Vor der verabredeten Zeit betritt sie das *Café Paulette*. Es befindet sich in einer charmanten Seitenstraße, die etwas versteckt liegt. In der Gegend gibt es weitere Straßencafés sowie ein kleines mallorquinisches Restaurant. Gesine setzt sich an einen Tisch vor dem Fenster und gibt Taru ein paar Leckerlis. Vor Jahren war sie mal hier in der Nähe auf einem Flohmarkt, wo ihr ein junger Typ einen lebenden großen Fisch verkaufen wollte, der in einer durchsichtigen Plastiktüte schwamm. Sie hätte den Fisch aus Mitleid beinahe mitgenommen, um ihn später im Osterbekkanal freizulassen. Es war jedoch ein Tropenfisch, der zum Überleben warmes Wasser brauchte, wo hätte sie den in Norddeutschland aussetzen sollen? Noch eine halbe Stunde.

Sie weiß, es ist uncool, so früh zu sein. Trotzdem wollte sie nicht die ganze Zeit sinnlos in der Gegend rumlaufen. Von ihrem Platz aus beobachtet sie die Müllabfuhr, die durch die Straße fährt. Die Männer und Frauen in Orange sind unglaublich schnell mit den Tonnen und rufen sich die ganze Zeit irgendwelche Sprüche zu. Beeindruckend. Noch fünfzehn Minuten.

Dass sie ein Yogaseminar besucht, war glatt gelogen. Die Wahrheit darf Gonzo nie erfahren. Unglaublich, aber wahr – sie hat in Hamburg ein Date! Und zwar über dieselbe Plattform, auf der Gonzo Larissa kennengelernt hat. Das Objekt ihrer Begierde heißt Robert. Sie haben zweimal kurz telefoniert, es war locker und nett. Er fand es sehr exotisch, dass sie auf einer Insel wohnt. Robert ist Künstler und macht etwas mit Musik und Malerei, was sie nicht ganz verstanden hat. Nebenbei jobbt er in einem Callcenter für den ADAC-Pannendienst. Die Aussagen in seinem Profil wirken zwar etwas konfus, aber was sagt das schon? Einen knackigen Hintern hat er auf jeden Fall, das konnte man dem Outdoor-Foto, das er eingestellt hatte, entnehmen. Und das ist doch schon mal was. Punkt null, die verabredete Zeit ist erreicht, Robert wird jede Sekunde eintreffen.

Herzklopfen!

Nicht, dass sie ernsthaft jemanden sucht. Sie lebt immer noch gerne allein. Andererseits ist sie keine Prinzipienreiterin, zwischendurch kann es ohne Frage auch zu zweit nett sein. An manchen Tagen hat auch sie den Blues, und dann jemanden an seiner Seite zu haben, tut einfach gut. Da sie schon länger alleine lebt, muss sie auch aufpassen, dass sie nicht nur noch um sich selbst kreist. Sie wirft ein weiteres Leckerli unter den Tisch, das Taru begierig aufschnappt.

Mit Robert möchte sie sich eigentlich nur selbst bestätigen, dass sie weiter alleine leben will. Oder es wird so gut, dass sie das Alleineleben aufgibt, aber dafür müsste schon einiges passieren. Auf irgendeine verdrehte Weise hat Taru das ausgelöst, Gesine weiß selbst, dass das verrückt klingt. Besonders ernst nimmt sie das heutige Treffen nicht, nur mal wieder den eigenen Marktwert testen. Dafür ist sie allerdings erstaunlich aufgeregt. Ihre Erwartung steigt von Minute zu Minute, dagegen kann sie nichts machen. Fünf Minuten über der Zeit.

In einer Großstadt kann alles Mögliche dazwischenkommen, auf die Minute kann es nicht immer klappen. Andererseits könnte man zu einem wichtigen Date auch zu früh kommen, damit man auf jeden Fall pünktlich ist – so wie sie es gemacht hat. Zehn Minuten über der Zeit.

Sie wird unsicher. Robert ist fünfundzwanzig, sucht der wirklich eine Frau über dreißig? Auf dem Foto im Netz sieht er cool und unternehmungslustig aus. Einer, der jederzeit spontan Bungee-Jumping macht, wenn sich die Gelegenheit bietet. Bestimmt ist er bei Frauen sehr begehrt, der könnte alle haben, würde sie denken, jünger und älter. Aber er hat sich mit *ihr* verabredet. Gut so!

Von Taru hat sie ihm nichts erzählt, hoffentlich hat er keine Hundehaarallergie. Robert fand alles gut, was sie über sich geschrieben hat: spontan, offen, spielt Schlagzeug und so weiter. Für ihn ist sie mit dreiunddreißig wahrscheinlich schon eine reife Frau. Aber vielleicht sehnt er sich nach einem echten Gegenüber, was er bei Gleichaltrigen nicht so leicht findet. Aus ihrer Sicht spricht natürlich für ihn, dass er jünger ist als sie. Das findet sie auch deswegen gut, weil sie sich überhaupt nicht wie über dreißig vorkommt, insofern passt das! Und da er weit entfernt von der Insel Föhr wohnt, wird er ihr Leben auch nicht durcheinanderbringen, das gefällt ihr ebenfalls. Sie geht kein Risiko ein. Fünfzehn Minuten drüber, jetzt ruft sie ihn doch an.

Es geht nur die Mailbox ran, die gibt ihr auch keine Antwort auf die Frage, wo er steckt. Sie schreibt ihm eine WhatsApp, auch da kommt nichts zurück. Als Zeichen von Respekt kann sie das nicht gerade werten.

Nach einer halben Stunde wird sie so wütend, dass sie ausrasten könnte. Wenn er nicht wenigstens einen schweren Unfall hatte oder jemand aus seiner WG oder aus seiner Familie …

Nach weiteren fünf Minuten zahlt sie, leint Taru an und geht. Sie hat schon weit mehr Geduld bewiesen, als einem Typen wie diesem Robert zusteht. Die sinnlose Fahrt von Föhr nach Hamburg nicht mit eingerechnet. Wenn sie Gonzo nicht versprochen hätte, ihn im Wagen mitzunehmen, würde sie jetzt direkt zurück zur Insel fahren. Stattdessen läuft sie mit Taru planlos durch die Straßen von Barmbek.

Irgendwann stößt sie erneut auf den malerischen Osterbekkanal. Sie folgt ihm dieses Mal in die andere Richtung und landet in einem wunderschönen kleinen Park an der Außenalster. Für Taru genügt die Strecke, längere Wanderungen schafft er noch nicht. Gesine setzt sich auf eine Bank. Der Ausblick über die Alster versöhnt sie mit der Niederlage. Das Panorama Richtung City zeigt alle Hamburger Hauptkirchen und die Elbphilharmonie. Auf dem Wasser sind unzählige Segelboote und Kanus unterwegs. Für eine Insulanerin aus dem Wattenmeer sieht es allerdings so aus, als seien die Boote auf einer überschaubaren Fläche eingesperrt.

Sie atmet tief durch. Was ist schon groß passiert? Der Typ und sie haben ein paarmal hin- und hergemailt und zweimal kurz telefoniert. Nichts deutete darauf hin, dass er ein Vollidiot ist. Es war ein Versuch, sie hat sich nichts vorzuwerfen.

Ihr Handy klingelt.

Es ist Robert.

Eigentlich möchte sie gar nicht mehr rangehen, macht es aber dennoch.

«Du, es tut mir total leid, ich habe unser Date komplett verschwitzt», sagt er ohne jedes Bedauern in der Stimme.

Verschwitzt? Er ist so desinteressiert an ihr, dass er sich nicht mal eine halbwegs plausible Ausrede ausdenkt?

«Ich mache es wieder gut», flötet er in den Hörer. «Lass uns zur Versöhnung schick essen gehen, ja? Ich lade dich ein.»

Es ist ihr ein Rätsel, warum sich manche Männer so sehr überschätzen. Besser, sie sagt nichts, sonst wird sie noch ausfallend. Schon das wäre zu viel Aufmerksamkeit für diesen Idioten. Sie drückt ihn einfach weg. Er ruft gleich noch mal an und quatscht ihr auf die Mailbox. Sie löscht die Nachricht, ohne sie abzuhören. Seinen Eintrag in ihrer Kontaktliste eliminiert sie gleich mit.

Über ihren Marktwert denkt sie jetzt lieber nicht nach. Schade nur um den Aufwand, einen kostbaren Tag ihres Lebens hat sie für dieses Nichts geopfert! Sie geht ins *Café Hansa*, das über Außenplätze direkt am Wasser verfügt, und bestellt ein Glas schweren Bordeaux, den sie ziemlich schnell kippt. Ein zweites Glas folgt zeitnah. Sonst trinkt sie selten Alkohol, aber heute muss es sein.

Beschwipst wandert sie weiter. Vom Anblick der Außenalster bekommt sie nur noch wenig mit, ihr Blick ist zum Boden gerichtet, damit sie einigermaßen in der Spur bleibt. Blöderweise kann sie sich überhaupt nicht daran erinnern, wo sie ihr Auto abgestellt hat. Sie hätte die Parkposition auf ihrem Handy markieren sollen. Also noch mal zurück!

Erst sucht sie das Café Paulette. Von dort aus geht sie das Komponistenviertel ab, überall stehen Minis herum, sogar einige in ihrer Farbe, aber keins mit NF-Kennzeichen. Sie ist verzweifelt, was soll sie jetzt tun? Viel Zeit bleibt nicht, bald ist die letzte Fähre zur Insel weg. Komischerweise fällt ihr erst jetzt ein, dass sie nach zwei Gläsern Wein sowieso nicht mehr fahren kann, selbst wenn sie den Wagen findet. Sie schnappt sich ihr Handy, das sie auf lautlos gestellt hat, damit Roberts Kontaktversuche sie nicht mehr erreichen. Auf dem Display sieht sie, dass Gonzo fünfmal angerufen hat, und hört ihre Mailbox ab. Er wartet in Blankenese auf sie, wo sie heute gar nicht war – was für ein Chaos!

20

*B*is Gesine endlich zurückruft, läuft Gonzo durchs Treppenviertel auf den Blankeneser Süllberg. Von einem Hügel auf die Elbe zu gucken, hat schon was! Auch die kleinen Kapitänshäuser gefallen ihm, teilweise sind sie mit Reet gedeckt wie auf Föhr. Unter ihm zieht ein riesiger Frachter mit unzähligen bunten Containern vorbei, die in der Sonne leuchten, sie erinnern an überdimensionale Legosteine. Es folgt ein italienisches Kreuzfahrtschiff, das so hoch ist wie ein Häuserblock. Das oberste Deck ist voll mit Passagieren, von denen einige herüberwinken. Alles grandios hier. Nur dass sich der Süllberg nicht auf Föhr befindet, bleibt für ihn ein entscheidender Nachteil. Unruhig schaut er auf die Uhr, es wird Zeit für die Rückfahrt, er hat Gesine bereits mehrmals angerufen, versucht es noch einmal. Endlich erwischt er sie.

«Moin.»

«Und? Hast du deine Steuern klar?», fragt sie.

«Ja, längst! – Ich bin schon in Blankenese und warte auf dich. Wir müssen!»

«Du bist echt in Blankenese?»

«Na klar, die letzte Fähre wartet nicht auf uns.»

«Das Blöde ist nur, dass ich in Barmbek bin und vergessen habe, wo ich mein Auto geparkt habe.»

Lallt sie etwas, oder bildet er sich das ein?

«Und nun?»

«Selbst wenn ich den Wagen noch finden sollte, schaffen wir es nicht mehr pünktlich.»

Für den Zug zum Fährhafen in Dagebüll ist es erst recht zu spät. Das Problem mit der letzten Fähre kennen alle Insulaner. Zum Beispiel, wenn dein Flieger erst am Nachmittag in Hamburg landet, du im Stau stehst oder dein Zug Verspätung hat. Eine Nacht mehr musst du meistens einplanen.

Gonzo bleibt ruhig. «Sollen wir zusammen aus der Stadt rausfahren und uns eine Unterkunft suchen?»

«Ich kann nach zwei Wein nicht mehr fahren. Falls ich den Wagen endlich gefunden habe, musst du ans Steuer.»

«Nach den zwei Manhattan, die ich hatte, wohl kaum.»

«Na, super, und nun?»

«Das frage ich dich.»

Sonst kann er sich auf Gesine verlassen, was ist bloß passiert? Klar ist: Heute kommen sie nicht mehr nach Hause.

«Es tut mir leid, Gonzo. Ich bezahl die Übernachtung auch, ist klar.»

«Ach Quatsch. Also bleiben wir in Hamburg?»

«Ich besorge dir ein Zimmer, wo immer du willst.»

«Lass uns doch in *ein* Hotel gehen», meint er. «Dann kommen wir morgen früh schnell los.»

«Okay.»

«Ich kenne eins in der Nähe vom Hauptbahnhof.»

Eine Dreiviertelstunde später treffen sie sich am Steindamm vor dem *Motel One*. In der Straße gibt es eine
bunte Mischung aus arabischen und türkischen Ge-
müsehändlern, Spielhallen, Rotlichtetablissements und
Touristenhotels. Die Bürgersteige sind so voll wie auf
dem Wyker Sandwall zur Hauptsaison. Sie steuern die
Rezeption an, um zwei Zimmer zu buchen. Gonzo ist
hier öfter abgestiegen, wenn er seine Tochter in Hamburg besucht hat.

Hinter dem Tresen lächelt sie ein freundlicher junger
Mann an, er trägt einen dunklen Anzug mit einem tür-
kisen Hemd im Hoteldesign.

«Moin, Herr Brodersen», sagt er lächelnd.

«Moin, Herr Schmittke.»

«Hatten Sie reserviert?»

«Nein, diesmal leider nicht.»

Sein Blick wandert konzentriert über den Bildschirm.
«Das tut mir leid», sagt er, «wir sind ausgebucht.»

«Macht nichts», sagt Gesine. «Dann suchen wir uns
woanders was.»

«Mit Zimmern ist es heute in Hamburg überall extrem schwierig», erklärt Herr Schmittke. «Wir haben in
der Stadt einen internationalen Kongress der *Lions*.»

«Und da ist nichts zu machen?», fragt Gesine. «Nicht
mal eine Besenkammer?»

«Selbst die ist vermietet.» Der Rezeptionist erhält einen Anruf und wendet sich entschuldigend zur Seite. Gesine und Gonzo schauen sich ratlos an, während sie Richtung Ausgang schlendern.

«Moment!», ruft Herr Schmittke hinterher.

Sie kommen zurück.

«Sie haben Glück», sagt er strahlend. «In diesem Moment wurde ein Zimmer storniert.»

«Nur eins?», fragt Gonzo.

«Ja.»

«Nimm du das!», schlägt er Gesine vor.

«Nein, du! Ich bin ja schuld an dem ganzen Desaster.»

«Ich finde schon irgendwo was.»

«Nein, Gonzo.»

«Vielleicht wird ja noch ein zweites Zimmer frei.»

«Das kann immer passieren», sagt der Mann. «Aber versprechen kann ich es natürlich nicht.»

«Lass uns in der Bar warten und einen Happen essen.»

«Das können Sie gerne tun», sagt Herr Schmidtke mit verlegenem Blick, «nur leider darf der Hund nicht mit.»

«Auch nicht aufs Zimmer?»

«Doch, das schon. Aber nicht in die öffentlichen Räume.» Er beugt sich leicht vor. «Ich kann ihn erst einmal zu mir ins Hinterzimmer nehmen», flüstert er. «Bin selbst Hundebesitzer.»

«Das ist supernett, danke», raunt Gesine zurück.

Sie mietet das Zimmer auf ihren Namen, Taru kostet natürlich extra. Nach dem Bezahlen verschwindet der Hund ohne Probleme hinter einer Tür der Rezeption. Gesine winkt ihm zu: «Tschüss, mein Süßer, bis gleich.»

Sie sitzen am Tresen der Bar, Gonzo scrollt auf seinem Handy nach einem Hotel in Hamburg für sich. Doch es ist tatsächlich alles ausgebucht, bis auf zwei Fünfsternehotels, die noch ein paar 2000-Euro-Suiten anbieten. Gesine bestellt ein Glas Wein, er eine Cola light. Dazu essen sie vollkommen überteuerte Club-Sandwiches, die aber gut schmecken.

«Hast du denn die Steuer klarbekommen?», erkundigt sich Gesine.

«Sagte ich doch schon.»

Sie winkt ab. «Sorry, ich bin ganz durcheinander, mich stresst heute alles.»

«Ich dachte, Yoga entspannt.»

«Tut es auch.»

«Was war heute anders?»

Sie schweigt einen Moment. «Ich war gar nicht da», bekennt sie.

Gonzo ist erstaunt. «Du hast das Seminar geschwänzt?»

«Sozusagen.»

Gonzo nickt. «Ich frage lieber nicht, wo du stattdessen warst.»

«Kannst du ruhig.»

Er schaut sie überrascht an. «Und?»

«Ich habe mich von einem Kerl verarschen lassen, aber so was von.» Sie beißt herzhaft in ihr Sandwich.

«Was für ein Kerl?»

«Ich wollte mal wieder checken, wo ich liebesmäßig so stehe.»

«Aha, und wo stehst du?»

Sie schaut in ihr Glas. «Ganz weit unten, tiefer geht es kaum.»

«Sagt wer?»

«Er ist einfach nicht gekommen!»

Gonzo schaut kurz irritiert. «Woher kennst du ihn?», fragt er.

«Aus dem Netz.»

«Oje, kann ich nicht empfehlen.»

Gesine lächelt müde. «Hättest du vielleicht Lust, dich mit mir zu betrinken?»

«Lieber nicht.»

«Schade.»

«Dann muss ich dir auch was beichten», sagt er.

«So?»

«Das mit der Steuererklärung war auch gelogen.»

«Hast du etwa auch jemanden getroffen?»

«Ja, Claudia aus deinem Fastenkurs.»

«Claudia? Die ist dein Typ?»

«Ach, sie ist wirklich ganz nett.»

«Wieso hast du mir nichts davon sagen wollen?»

Er zuckt mit den Achseln. Auf der Hinfahrt waren sie noch ziemlich zerstritten, wieso hätte er ihr da ein Geheimnis verraten sollen?

«Egal.» Gesine hebt ihr Glas. «Stoßen wir auf unsere Niederlagen an. Auf zu neuen Ufern!»

«Alles, bloß das nicht», stöhnt Gonzo. «Von Dates habe ich erst mal die Nase voll.»

«Viel Energie für nichts!», ruft sie.

Da kann er nur zustimmen. «Das ist wie Heizen bei offenem Fenster.»

Sie kippt ihren Wein runter und bestellt gleich einen neuen. Dabei trinkt sie sonst fast nie, wie Gonzo weiß. Aus Solidarität bestellt er ein kleines Alsterwasser.

«Wie war überhaupt das Treffen mit deiner großen Liebe?»

«Meiner großen Liebe?»

«Larissa.»

Gonzo schießt das Blut in den Kopf, als er nur daran zurückdenkt. «Kompletter Reinfall.»

«Schade.»

«Was hab ich bloß falsch gemacht?»

Das würde er wirklich gerne wissen. Er hat sich an alle Ratschläge der Dating-App gehalten, und trotzdem ist es schiefgegangen.

«Vermutlich gar nichts», seufzt Gesine. «Sie war wohl einfach nicht die Richtige.»

«Nicht mal das schicke Hemd hat mich gerettet», scherzt er. «Wenn ich in Gummischürze aufgelaufen wäre, hätte es vielleicht anders geendet.»

«Sie stand auf Gummischürzen?»

«Hat sie zumindest behauptet.»

«Du kannst doch nicht auf so jemanden gesetzt haben!»

«Ich habe alles geglaubt, was sie im Chat geschrieben hat – wie naiv war ich?» Er hält sich die Hand vors Gesicht.

«Tja, das gute alte Internet hat eben seine Tücken.»

«Nie wieder!»

«Nach einem einzigen Versuch willst du schon aufgeben?»

Er nickt. «Vielleicht gehe ich ins Kloster.»

«Ganz bestimmt, Gonzo.» Sie lacht.

«Wieso nicht? Wenn ich sowieso keine Frau kriege, kann ich da Gutes tun.»

«Du bist nicht mal in der Kirche», erinnert sie ihn.

Gonzo bleibt ernst. «Dafür würde ich es mir glatt noch mal überlegen.»

«Hast du heute überhaupt irgendetwas gegessen, Pater Gonzo?»

«Nee.»

«Vorgestern nach deinem Date hast du doch auf der Lille Mor bestimmt den einen oder anderen Köm genommen, oder?»

«Nicht mal das, ich wollte ja heil zurückkommen.»

Es war schrecklich gewesen, dem wunderschönen Sonnenuntergang entgegenzufahren und sich wie in einer verseuchten Industriebrache zu fühlen.

«Willst du nicht doch was trinken?», fragt Gesine.

«Probleme und Saufen verstärken sich nur gegenseitig.»

«Egal.»

«Mach du, was du willst.»

«Allein zu leben ist das Beste!», ruft sie.

«Bis auf manchmal», brummt Gonzo.

«Egal.»

«Ich bin müde», bekennt er.

«Und ich erst, aber Taru braucht noch Futter.»

Nachdem sie ausgetrunken haben, gehen sie noch einmal zur Rezeption. Herr Schmidtke zuckt mit den Achseln. «Wir haben kein zweites Zimmer reinbekommen, leider.»

«Und nun?», fragt Gonzo. «Ich habe alles gecheckt. Im Netz gibt es auch nichts mehr, bis auf eine Suite im *Hotel Atlantic*, ab 1500 die Nacht …»

«Dann nehmen wir es zusammen», nuschelt Gesine.

«Die Suite?»

«Ich meinte das Zimmer *hier*.»

Hat er eine Wahl?

Gesine besteht darauf, Wechselklamotten für sie und ihn zu kaufen. Was er überflüssig findet, eine Nacht geht auch mal so, oder?

Die Geschäfte am Steindamm haben noch geöffnet. Sie gehen ein Stück die Straße entlang und finden einen kleinen Laden für Hundebedarf, wo sie Trockenfutter für Taru kaufen. Sie gehen weiter. Die Textilgeschäfte sind alle etwas speziell, von Reizwäsche bis Bodybuilding-Outfits ist alles zu haben. Gesine nimmt das entschlossen in die Hand, Gonzo wartet mit Taru vor jeder Tür. Schließlich kommt sie aus einem Laden mit einer Tüte hinaus, in der steckt, was sie im Schnelldurchlauf für ihn ausgesucht hat: ein knallgelbes Muskelshirt und ein Slip mit Tigermuster, worüber er sehr lachen muss. Für sich hat sie eine goldfarbene Seidenunterhose und ein Silberpailletten-Shirt mit Glitzer-Pitbull ausgesucht. Er schreibt die Auswahl gnädig ihrem leicht alkoholisierten Zustand zu. Immerhin hat sie auch an Zahnpasta und Zahnbürsten gedacht.

Dann stehen sie mit Taru im Hotelzimmer des Motel One. Das Bett ist zum Glück breit genug. Gonzo legt trotzdem die Stirn in Falten: Es gibt nur eine Bettdecke ...

«Schnarchst du?», erkundigt sie sich.

«Nein.»

«Wie willst du das wissen, wenn du immer alleine schläfst?»

Sie hat recht, genau genommen kann er das gar nicht beantworten. «Ich gehe davon aus.»

Gesine lässt sich rücklings aufs Bett fallen «Wehe, das stimmt nicht.»

«Ich gehe schon mal ins Bad, falls du nichts dagegen hast», schlägt er vor.

«Vielleicht ziehe ich übrigens bald nach Sylt», flüstert Gesine.

«Weswegen?»

«Kohle.»

«Und was wird aus unseren Fering Scorpions?» Die Band ohne Gesine am Schlagzeug wäre nicht dieselbe.

Sie winkt lächelnd ab. «Ich habe doch Ella, die bringt mich zu euch rüber.»

«Aber nicht bei Windstärke acht.» Ihr kleines Motorboot ist ihm immer noch nicht geheuer. Als guter Freund und erfahrener Fischer muss er das einfach sagen.

Gonzo geht ins Bad. Als er zurückkommt, schläft

Gesine bereits, in Klamotten! Taru hat sich unter dem Fenster eingerollt. Was soll Gonzo jetzt tun? Soll er Gesine Hose und Jacke ausziehen, damit sie es bequemer hat? Oder sie einfach so lassen? Er geht ans Kopfende und zieht ihr vorsichtig die Lederjacke aus, was nicht so einfach ist, weil sie überhaupt nicht mitmacht. Schließlich legt er sich behutsam unter die breite Decke auf seine Seite. Er steht nun vor der großen Aufgabe, sie nicht aus Versehen mit den Beinen oder Armen zu berühren. Ein bisschen erinnert es ihn an Mikado.

Sie sind sich viel zu nahe für zwei gute Freunde.

Und sie schnarcht, aber wie!

21

Zartes Anstupsen bringt nichts, und rabiater möchte Gonzo nicht werden. Gesines Schnarchen geht zum Glück irgendwann über in ein leichtes Röcheln. Gonzo liegt lange wach. Sie riecht gut, eine Mischung aus Jasminparfüm, ihrem Körpergeruch – und einer leichten Mintnote. Erst kann er überhaupt nicht einschlafen, irgendwann dämmert er doch weg.

Als sie am nächsten Morgen erwachen und ihnen bewusst wird, dass sie dicht nebeneinander unter einer Decke liegen, in einem Bett, wissen sie beide nicht, was sie sagen sollen.

«Moin», sagt sie leise.

Pause.

«Moin.»

Pause.

«Willst du zuerst ins Bad?»

«Mach du erst mal.»

Sie schlägt die gemeinsame Decke beiseite und steht auf. Ihre am Vortag erstandene Zahnbürste und die Wechselklamotten liegen auf dem Nachttisch, die nimmt sie mit. Nach kurzer Zeit hört er die Dusche plattern. Dann kommt sie in dem Hundepailletten-T-Shirt aus dem Bad und überlässt ihm das Feld. Er revanchiert sich einige Zeit später mit Tigerslip – diskreterweise aber versteckt unter seiner Jeans – und gelbem Muskelshirt.

Auf Frühstück im Hotel verzichten sie. Stattdessen holen sie sich in einem Coffeeshop am Bahnhof belegte Brötchen und zwei Kaffee to go. Dann fahren sie mit U-Bahn und Bus ins Komponistenviertel, um Gesines Mini zu suchen. Sie führt ihn zum Café Paulette.

«Hier war ich verabredet», erklärt sie.

«Ich kann es immer noch nicht glauben», sagt Gonzo. «Du und ein Internet-Date ...»

«Für die Autosuche ist das jetzt ja wohl unwichtig», raunzt sie ihn an.

«Kannst du dich an gar nichts erinnern?»

Sie kratzt sich am Kinn. «Doch, an irgendetwas mit Löwen.»

«Löwenstraße vielleicht?» Er googelt die Straße. «Nee, die ist woanders.»

«Irgendetwas mit Löwe war es aber!»

Dann entdeckt er des Rätsels Lösung: «Ilse-Löwen-stein-Schule vielleicht? Die ist gleich um die Ecke.»

«Kann sein.»

Sie gehen die paar Schritte dorthin.

«In die Richtung bin ich gestern bei meiner Suche gar nicht gegangen.»

Sie gehen ein paar Schritte und voilà: Da steht ihr ersehnter Mini vor ihnen!

«Yippie! Gonzo, danke.»

Gesine überlässt ihm das Steuer, weil sie noch ziemlich verkatert ist. «Das liegt daran, dass ich sonst nie Alkohol trinke», stöhnt sie.

Gonzo ist fit und bringt den Wagen ohne Navi aus Hamburg auf die Autobahn Richtung Norden, die Strecke kennt er gut. Nach wenigen Kilometern wird die Landschaft flach wie eine Scheibe. Irgendwann klingelt sein Handy. Er zieht es aus der Innentasche und reicht es Gesine.

«Ja?»

«Moin, hier Kai», kommt es aus dem Hörer. «Gonzo?»

«Moment ...»

Ihren Namen hat sie nicht genannt, was sehr geistesgegenwärtig war. Dann gibt es auf der Insel auch kein Gerede. Sie hält ihm das Handy ans Ohr, sodass er beide Hände am Lenkrad lassen kann. Es kommt ihm vor wie eine vertraute Geste unter Paaren.

«Na, Kai, was macht der Rücken?», fragt Gonzo.

«Lässt mich gerade in Ruhe.»

«Wegen Köm oder Yoga?»

Gesine schaut ihn fragend von der Seite an.

«Weiß man's? Da steckst nich drin.»

«So ist das.»

«Hast du unsere Versammlung heute Abend auf dem Schirm?»

«Klar.»

In Wirklichkeit hat er das Treffen in dem ganzen Trubel total vergessen. In unregelmäßigen Abständen kommen die Föhrer Fischer in einem Schuppen am Hafen zusammen, um ihre Anliegen zu besprechen. Da geht es um Liegeplätze, Fangquoten und Steuern. Alles existenziell wichtig, die Fischer kämpfen ums Überleben, da macht es Sinn, sich zusammenzutun.

«Ich war vor Kurzem bei Zahnsen», erzählt Kai.

So wird Zahnarzt Dr. Jensen im Inseldorf Oevenum von allen genannt.

«Und?»

«Alles roger so weit.»

«Schön.» Gonzo fragt sich, warum Kai ihm das erzählt. Nach dem, was er in Hamburg erlebt hat, liegt er gedanklich immer noch Seite an Seite mit Gesine unter einer Decke und wundert sich darüber.

«Um meine Zähne geht es auch gar nicht», setzt Kai seine umständliche Erzählung fort. «Sondern ums Wartezimmer.»

«Was war da?»

«Zeitschriften.»

Langsam wird Gonzo ungeduldig, wohin soll die Geschichte führen?

«Normalerweise lese ich ja am liebsten *Auto-Motor-Sport*, alles über Porsche und Ferrari, obwohl große Wagen auf der Insel ja Quatsch sind.»

«Was ist denn nun?»

«Letztes Mal habe ich mir aber mal eine Frauenzeitschrift vorgenommen. *Brigitte Woman*, die kannte ich gar nicht. Und da stand was, was ich mit dir beschnacken wollte.»

Was könnte das sein? Scx? Gesundheit? Promi-News?

«Es gibt ja so Sachen, die macht man als Mann nicht so gerne mit Frauen. So was wie gemischte Mannschaften beim Fußball.»

«Da solltest du umdenken.»

«Ja, nee, es geht um was anderes: Du hast mir doch mit dem Rücken geholfen …»

«Ich dachte, da setzt du auf Köm.»

«Ich mache deine Übungen jeden Tag, sogar an Bord.»

«So?»

«Rücken haben noch welche von uns. Frage: Könntest du mit drei Jungs im Bootsschuppen Yoga machen?»

Gonzo hätte fast laut aufgelacht: das größte Tabu aller Zeiten – Yoga unter Fischern? Er blickt nach rechts, ein Parkplatz kommt in Sicht.

«Warte mal einen Moment …»

Er fährt von der Autobahn runter, kommt zum Stehen, nimmt Gesine sanft das Handy aus der Hand und steigt aus. Sie bleibt im Wagen sitzen und schließt die müden Augen. Das mit dem Yoga bespricht er besser ohne sie.

«Ich bin kein Yogalehrer, Kai», stellt er klar. «Da solltet ihr besser zu Gesine gehen.»

«Dann ist das sofort auf der Insel rum.»

Gonzo riskiert einen Riesenärger mit Gesine, wenn sie rausbekommt, dass er mit *seinen* Fischerkollegen *ihr* Yoga macht. Das geht auf gar keinen Fall. Sie haben sich gerade wieder versöhnt.

«Wieso macht ihr keine Physiotherapie?»

«Ich will keinen Aufstand haben mit Doktor und Terminen und so. So schlimm ist es auch wieder nicht. In der Zeitschrift stand, dass Yoga gut für praktisch alles ist.»

Gonzo weiß, dass Typen wie Kai fast wie nie zum Arzt gehen, da kannst du nichts gegen machen.

«Nun komm schon, Gonzo, zeig uns, wie das geht. Zusammen mit Frauen ist das peinlich, da blamieren wir uns bis auf die Knochen. Die sind viel biegsamer als wir.»

Gonzo überlegt. Mit Gesine läuft es seit Hamburg wieder einigermaßen entspannt. Sie hat ihm eingebläut, niemandem auf der Insel von der gemeinsamen Hotelnacht zu erzählen, er musste es mehrmals schwören, auf den Namen seiner verstorbenen Großmutter. Es ist ihr Geheimnis.

«Unter einer Bedingung», sagt Gonzo. «Es muss absolut unter uns bleiben. Kein Wort zu euren Frauen oder sonst irgendwem. Wenn das rauskommt, macht mich Gesine rund.»

«Geit klor.»

Die Rückfahrt durch den Hauke-Haien-Koog ist wieder sehr schweigsam, weil Gesine erst auf der Fähre aufwacht.

Nach der Ankunft in Wyk geht Gonzo an Bord seiner Lille Mor, um die Brücke an einigen Stellen mit Bootslack auszubessern. Das Salzwasser frisst sich sonst unbarmherzig durch Holz und Eisen. Auf dem Steg wird er von Kai begrüßt. Klar, die Versammlung steht an, aber später. Der bullige Fischer mit dem grauen Bart nimmt ihn beiseite.

«Moin, Gonzo», flüstert er.

«Moin, Kai.»

Kai bleibt im Flüsterton. «Ich bin auf jeden Fall dabei.»

Als wenn sie einen Geheimbund gegründet hätten.

Abends findet dann das Treffen im großen Bootsschuppen statt. Der ist so hoch, dass sie dort für Reparaturen ihre Kutter aufbocken können, an den Wänden hängen Regale mit Werkzeug, es gibt Werkbänke mit Metallschleifer und Schweißgeräten. Wenn Gonzo jedes Mal für eine Reparatur zur Werft gehen müsste, wäre er längst pleite, genau wie seine Kollegen.

Zwölf sind gekommen, sie sitzen um einen speckigen alten Tisch, der über all die Jahre schon einiges gesehen hat. Vereinsvorsitzender Hauke setzt sich umständlich die Lesebrille auf und muss ganz offiziell die handgeschriebene Tagesordnung verlesen. Gonzo schaltet sofort ab. Er denkt an Hamburg. Ob außer ihm noch ein Kollege einen Tigerslip trägt? Soll er das einfach mal in die Runde fragen, nur so? Wäre vielleicht spannend. Er presst die Lippen zusammen, um nicht laut zu lachen.

Am Ende des offiziellen Teils beschließen sie einstimmig, ein neues Schweißgerät für die Gemeinschaftswerkstatt zu kaufen, Hauke sammelt das Geld in einem kleinen Karton ein.

Anschließend trinken sie alle noch ein Flens, Gonzo alkoholfrei, dann fahren die Kollegen nach Haus zu ihren Familien. Nur Hauke, Kai und Morten bleiben noch sitzen. Hauke schließt zur Sicherheit das Schuppentor von innen ab, damit sind sie unter sich. Für sie kommt Yoga oder Pilates von Frauen aus weit entfernten Ländern. Was Quatsch ist, die Frauen auf der Insel sind längst dran, das wissen sie nur nicht.

Die drei Männer bauen sich vor Gonzo auf. Sie haben sogar an Matten gedacht, die sie aus einer dunklen Ecke ziehen und leicht verlegen in ihren schwieligen Händen halten.

«Brauchen wir die?», erkundigt sich Morten.

«Unbedingt!», bestätigt Gonzo. «Runter mit euch auf den Boden.»

Die drei lassen gleichzeitig die Matten fallen und starren ihn erwartungsvoll an: Sie sind zu allem bereit. Morten fiel sogar schon mal einen halben Monat wegen Rückenschmerzen aus. Alle sind Ende fünfzig und ziemlich beleibt.

Gonzo macht erst mal ein paar Mobilisierungsübungen. «Hoch das rechte Knie, runter, hoch das linke …» Klar, die Bauchkugeln sind bei allen im Weg. Aber das ist kein Hinderungsgrund, sie gehen es beherzt an! Gonzo hat zudem zwei Vorteile gegenüber den meisten anderen Yogalehrern: Er war auch mal schwerer, und er ist Fischer wie sie. Er weiß, wie die Jungs ticken. Denen kann er mit Wörtern wie «Achtsamkeit» und indischen Begriffen nicht kommen, da blockieren die sofort.

«Beide Beine nach backbord, ohne den Mors mitzunehmen», sagt er nun. «Und dann nach steuerbord. Das ist Caramba für die Hüfte und das Becken.»

Den Rostlöser *Caramba* gegen die Folgen des Salzwassers kennen alle Fischer. Die Jungs sind eben auch etwas angerostet, genau wie ihre Kutter, das passt. Gut, man würde die Ausführung ihrer Übungen nicht gleich in einen Lehrfilm über Yoga übernehmen, aber was sie machen, sieht hier und da schon ansatzweise aus, wie es gemeint ist.

«Jetzt einmal durchkentern und auf den Bauch drehen, Arme hoch und Kurs halten! Baut mal eine Brückendurchfahrt. Könnt ihr auch an Bord probieren, aber nur, wenn der Wind unter drei Knoten liegt.»

Wenn er sagen würde: «Das ist gut für den Stütz- und Bewegungsapparat, es dehnt die ischiocrurale Muskulatur», wie Gesine es ausgedrückt hat, würde das bei ihnen Unverständnis erzeugen.

Bei der nächsten Übung sollen sie sich mit weitgehend durchgedrückten Knien vorbeugen und die Hände vor sich auf den Boden legen – so weit sie halt kommen. «Entspannt Arme und Kopf. Das ist gut für Leber, Galle, Magen und wirkt beruhigend auf die Nerven.»

«Mannomann», flucht Hauke, weil er das Gleichgewicht kaum halten kann und immer wieder in sich zusammenfällt.

Als sie sich schließlich zum Entspannen auf die Matten legen, sind sie alle schwer außer Atem.

Auf dem Nachhauseweg kommt Gonzo wieder am Denkmal von König Ludwig III. vorbei. Es ist halb so schlimm wie befürchtet. Alleine ist das Leben fast genauso wie zu zweit: Es gibt gute und schlechte Tage. Also, was soll's?

22

Am folgenden Nachmittag steht Gonzo wieder auf der Brücke der Lille Mor. Die Nordsee ist aufge-wühlt, die Wellen tragen Schaumkronen. Es tut gut, auf See zu sein und ganz normal zu arbeiten. Dörte steht eingepackt in Ölzeug an ihrem Lieblingsplatz am Bug. Als sie den schützenden Hafen verlassen, bekommt sie einen Schwall Nordseewasser ab, was ihr nicht das Ge-ringste ausmacht, sie scheint es nicht einmal zu bemer-ken. Gonzo nimmt erneut Kurs auf die Fanggründe vor Norderoogsand.

Passiert ist in den letzten Tagen einiges, dabei he-rausgekommen nichts: Er ist Single und bleibt es auch. Wahrscheinlich ist er einer dieser Kerle, die ihr Leben lang auf der Suche sind und dennoch alleine bleiben. Solche Typen gab es immer und wird es immer geben, er hatte nur nicht erwartet, dass *er* so einer ist. Dabei fühlt er sich ganz normal und nicht irgendwie anders als andere. Offenbar hat er sich geirrt.

Klar, falls doch unvermutet eine Frau für ihn um die Ecke kommt, wird er die Tür nicht verschließen. Nur ak-tiv dafür etwas tun will er gerade nichts mehr: keine Da-ting-Plattform, keine schrägen Treffen! So verzweifelt ist er auch wieder nicht, dass es den ganzen Ärger hinterher wert wäre. Das muss wirklich nicht sein.

Als sie das Fanggebiet erreichen, beginnt an Bord die Arbeitsroutine, die ihn von seinen trüben Gedanken ablenkt. Dörte springt auf und bringt die beiden langen Ausleger mit den Schleppnetzen außenbords in Stellung, Gonzo fährt mit langsamem Gang weiter. Nach einer guten Stunde holen sie die Netze wieder ein, dann wird sortiert. Anschließend werden die Krabben gekocht und in Kisten verpackt. Blöderweise ratscht sich Gonzo an einem Haken das Handgelenk auf, schnell hält er ein Papiertaschentuch auf die Stelle.

«Pflaster?», fragt Dörte.

«Nee», murmelt Gonzo. «Das heilt die Nordseeluft von selbst.»

In Husum bringen sie die Kisten an Land – wie immer. Dörte bleibt bei ihrer Tante, die als Hausmeisterin im Theodor-Storm-Haus arbeitet, Gonzo tuckert zurück.

Die Sonne scheint, es ist windstill. Er hat leichte Kopfschmerzen, von der Hektik der Frauensuche fühlt er sich wie verkatert. Er googelt auf seinem Handy «Auszeit im Kloster». Noch nie zuvor hat er an so etwas gedacht, aber vielleicht tut es ihm ja gut. Vor Norderoogsand lässt er den Anker fallen.

Es ist sein Lieblingsplatz auf dieser Erde. Hier ist er weit weg von allem und kann ganz für sich sein. Er versinkt in tiefes Selbstmitleid. Allen anderen geht es besser, nur er kommt mit dem Leben nicht klar. Eigentlich soll man solche Gedanken bekämpfen, aber er nervt ja niemanden damit. Ein echter Vorteil, wenn man alleine ist. Er versucht es erneut mit Angeln, setzt sich mit einem Hocker an die Reling und wirft einen Köder ins Wasser. Dann holt er seine Mundharmonika heraus, guckt auf die See und die Sandbank mittendrin und spielt einfach drauflos.

Seine Melodien hören sich tieftraurig an, sie gehen leise mit dem Wind. Die Sonne scheint über der flachen hellen Sandbank, der Himmel leuchtet sattblau. Für ihn ist der Sommer eine melancholische Jahreszeit: Alle sind aktiv, und alle haben jemanden an ihrer Seite, jedenfalls wirkt es so. Im Herbst und Winter ist jeder drinnen, im Haus, da merkt Gonzo das nicht so deutlich. Er lässt seinen gesamten Frust auf der Mundharmonika raus. Herrlich! Innerlich ist er ganz weit weg. Dann geschieht etwas, was eigentlich nicht sein kann.

Ganz leise gesellt sich eine zweite Stimme auf der Violine dazu. Als würde ihn ein überirdisches Wesen begleiten. War es in letzter Zeit alles so viel, dass er jetzt schon zu spinnen beginnt? Er spitzt die Ohren. Nein, es ist klar und deutlich.

Er dreht sich um. Hinter ihm geht backbords ein großes weißes Motorboot längsseits, der Außenborder ist ausgestellt. An Bord steht eine braun gebrannte Frau, die tatsächlich Violine spielt. Mittellange Haare, braune Augen, eine Nase, die vorne leicht spitz zuläuft, ungefähr sein Alter. Sie trägt ein dunkelblaues Poloshirt und Leggins, ist barfuß, ihre Fußnägel sind türkis lackiert.

Anscheinend hat sie sich mit abgeschalteter Maschine von achtern an ihn herantreiben lassen, deshalb hat er sie nicht kommen gehört. Sie lächeln sich an und spielen weiter.

Das geht eine ganze Weile so. Bis sie ihr Ruder einschlagen muss, damit sie nicht gegen die Bordwand seines Kutters kracht.

«Hey, hallo», grüßt sie. «Ich bin Anna.»

«Moin, Gonzo.»

Sie grinst. «Die Friesen und ihre Namen … Eike, Brar und jetzt auch noch Gonzo.»

«Mein wirklicher Name ist Gerko, aber so nennt mich niemand.»

«Kann ich dir einen Kaffee anbieten, Gonzo?», fragt sie.

Ihm erscheint das Treffen auf hoher See immer noch unwirklich. «Gerne.»

«Bei mir oder bei dir?» Sie grinst.

«Egal.»

«Dann bei mir.»

«Okay.»

«Ich mache bei dir fest.»

Sie wirft ihm erst die Bug-, dann die Achterleine zu, die sie beide auf seinem Kutter festmacht. Ihre aufblasbaren Ballonfender am oberen Rumpf verhindern, dass beide Boote gegeneinanderstoßen und beschädigt werden. Er springt zu ihr rüber, was einiges an Geschick erfordert, es gelingt ihm aber ohne Abzüge in der B-Note.

«Da bin ich.»

«Schönen Kutter hast du», sagt sie. «Kann man den auch mieten?»

«Nee.»

«Schade.»

«Für einen Urlaub ist dein Motorboot auch besser geeignet.»

«Trotzdem.»

Er grinst. «Es klingt vielleicht abwegig, aber ich habe den Kutter gekauft, weil ich Fischer bin.»

Sie deutet auf seine Angel. «Und als solcher ziehst du jeden Fisch einzeln aus dem Meer? Respekt!»

«Das ist eine Art Meditation.»

«Ich dachte, so, wie du spielst, bist du Profimusiker.»

«Ach was, Musik mache ich nur zum Spaß.»

«Ich habe eine Mundharmonika so noch nie gehört.»

Das Kompliment kann er nur zurückgeben. «Und ich hätte nie gedacht, dass sie derartig gut zu Violine passt. Jedenfalls, wie du sie spielst.»

«Danke.»

Sie schenkt ihnen Kaffee aus der Thermoskanne ein. «Milch, Zucker?»

«Nee, ich trinke ihn schwarz.»

«Ich auch.»

«Woher kommst du?», fragt er.

«Föhr, aber erst seit zwei Wochen.»

«Und ursprünglich?»

«Düsseldorf – und du?»

«Föhr.»

«Geboren?»

«Jo!»

Sie lacht. «Wow, echter Wattenmeer-Adel.»

«Auf das ‹Sir› kann ich ausnahmsweise verzichten.»

«Und so bescheiden …»

Ihr fällt die kleine Wunde an seinem Handgelenk auf, die er schon vollkommen vergessen hat.

«Was ist das? Zeig mal her.»

«Ach, da ist nichts.»

Sie sieht plötzlich streng aus. «Das ist genau der Satz, mit dem großes Unheil immer beginnt.»

Sie holt einen Verbandskasten aus einem Fach neben dem Ruder, desinfiziert die Wunde und legt ihm einen professionellen Verband an.

«Sieht gekonnt aus», stellt Gonzo fest.

«Gelernt ist gelernt.»

«Krankenschwester?»

«Ärztin.»

«Vielen Dank.»

«Da nicht für.»

«Hey, das klingt nicht nach Düsseldorf.»

Sie lächelt. «Waschechte Rheinländerin bin ich nicht, mein Vater kommt aus Bremen.»

«Was muss ich kriegen, um von dir behandelt zu werden?»

Sie lächelt. «Wünsch dir das nicht: Ich bin Notärztin und Chirurgin.»

«Verstehe.»

«Ich mache gerade drei Monate Vertretung hier in der Inselklinik.»

Sie trinken Kaffee und quatschen über Gott, das Wattenmeer und den Karneval im Rheinland. Den sie gut findet und er auch. Er aber vor allem, weil an den «tollen Tagen» immer viele Karnevalsflüchtlinge nach Föhr kommen. Auf der Insel sind sie sicher vor Bützchen und Verkleiden.

Anna und er lachen eine Menge zusammen. Dazu gibt es Apfelkuchen, den eine Kollegin von ihr gebacken hat. Er schmeckt hervorragend.

«Ich würde gerne für immer am Meer wohnen», seufzt sie.

«Mach doch.»

«Mir fehlt nur der letzte Schubser.»

Er breitet die Arme aus. «Bitte sehr, dafür stehe ich gerne zur Verfügung!»

Sie lacht. «Fürs Schubsen?»

Er staunt über sich selbst – flirtet er gerade mit Anna? Und gleich derartig offensiv? Alles, was war, ist vergessen. Vielleicht fühlt er sich hier lockerer, weil die hohe See sein vertrautes Revier ist. Vor allem liegt es aber an Anna und ihrer unkomplizierten Art. Er zückt die Mundharmonika und lächelt ihr auffordernd zu.

«Einen haben wir noch, oder?»

«Sischer dat.»

Es ist etwas Wind aufgekommen, und das Boot schaukelt leicht. Dazu scheint die Sonne vom blauen Himmel herab. Sie setzen sich aufs Vorderdeck. Er beginnt mit einer tieftraurigen Melodie, sie steigt leise mit ein. Anna spielt die Violine äußerst differenziert, jeder Ton bekommt seine eigene Bedeutung. Der Nordseewind knattert immer wieder dazwischen. Wenn sie ein neues musikalisches Motiv entdecken, schauen sie sich an und lächeln. Hat sie es begonnen, spielt er dazu die zweite Stimme, umgekehrt genauso. Nach und nach werden sie fröhlicher, fast ausgelassen. Wo ist seine Melancholie hin? Nach dem, was sie zum Schluss spielen, tanzt das ganze Wattenmeer, der Wind, die kecken Wellen, bis in die Unendlichkeit. Es kommt ihm vor wie ein Märchen. Und ist doch wahr.

23

*A*m frühen Abend steht Gonzo in Gummischürze an Deck der Lille Mor und spritzt die Planken mit einem Wasserschlauch ab. Er bekommt das Lächeln nicht mehr aus dem Gesicht. Hat er das eben wirklich erlebt, oder war es nur einer jener Träume, die ihm beim Angeln manchmal kommen? Die Chance, auf hoher See eine Frau kennenzulernen, ist gleich null. Wer dort seinen Anker wirft, hat vermutlich noch weniger Aussicht auf Erfolg als beim Lotto.

Annas Abschied war dann überraschend schroff.

«Man sieht sich», sagte sie unverbindlich, ohne dass sie Handynummern austauschten.

«Alles Gute», meinte er, obwohl er am liebsten «Bis bald» gesagt hätte.

Er sprang zurück auf seinen Kutter, dann zischte sie mit ihrem Motorboot davon. Von einer Geschwindigkeitsbegrenzung im Wattenmeer hatte sie anscheinend noch nie gehört.

Auf der Insel läuft man sich bestimmt über den Weg, denkt er. Wobei das auch dauern kann. Immerhin kennt sie den Namen seines Kutters, und wo sie arbeitet, weiß er auch. Vielleicht wäre es ihr gar nicht recht, wenn er im

Inselkrankenhaus auftauchte. Bloß nicht aufdringlich sein! Vielleicht sollten sie diesen perfekten Nachmittag auch einfach so stehen lassen. Selbst wenn er Anna nicht wiedersehen sollte, hat ihm das Treffen klargemacht, dass immer und überall alles passieren kann. Sogar auf hoher See.

Er schaut hoch. Gesine radelt gerade mit gewohnt irrem Tempo an Peter Petersens Tüdelkramladen vorbei und hält auf den Kai zu, wo seine Lille Mor liegt. Sie trägt wieder ihre geliebte goldene Hose, von der sie ein Dutzend besitzt, wie er inzwischen weiß. Wie immer kommt sie erst kurz vor der Hafenkante zum Stehen.

«Moin», grüßt sie, legt das Fahrrad auf den Boden und geht an Bord.

«Moin», murmelt Gonzo.

Sie stellt sich nahe zu ihm. «Ich hoffe, du hast niemandem von unserer Hotelnacht erzählt?»

Er schüttelt den Kopf. «Wo denkst du hin? Kein Wort!»

«Sehr gut.»

«Also, nur, dass wir eine wilde Nacht dort hatten», fügt er hinzu.

«Gonzo!»

«Wieso? Das können ruhig alle wissen.»

Gesine ballt die Faust. «Ich töte dich!»

Er lächelt. «Übrigens habe ich gestern noch eine Frau kennengelernt», erwähnt er lässig. Er muss es einfach jemandem erzählen, und seine beste Freundin ist die Richtige dafür.

«So plötzlich?», staunt sie. «Wo das denn?»

Immerhin waren sie gestern früh noch zusammen unterwegs, bis sie mittags Föhr erreichten.

«Auf hoher See.»

«Eine Meerjungfrau!»

«Genau.»

«Und die schwamm da einfach so rum?»

«Ja.»

«Und nett, wie du bist, hast du direkt ein Kaffee-stündchen mit ihr gemacht?»

«Klar.» Gonzo lacht.

Sie sieht plötzlich ernst aus. «Muss ich mir Sorgen um deinen Geisteszustand machen, Gonzo?»

«Sie hatte ein Boot, ich meinen Kutter, da haben wir auf dem Meer zusammen Musik gemacht.»

«Schöner Film, wer hat da noch mal Regie geführt?»

«Ist wahr!»

«Was für ein Instrument spielt sie? Harfe, wie die Engel im Himmel?»

Sie glaubt es anscheinend immer noch nicht.

«Violine.»

«Edel! – Es stimmt also wirklich?»

«Ich frage mich, ob ein Krabbenfischer und eine Ärztin gut zusammenpassen.»

Gesine schnaubt sich die Nase mit einem Papiertaschentuch. «Wieso? Ist doch praktisch, wenn du mal krank bist.»

«So gesehen hast du recht.»

«Hat dein Engel auch einen Namen?»

«Anna.»

Gesine verdreht grinsend die Augen. «Anna? Das kann man von hinten wie von vorne lesen.»

«Stimmt.»

Gonzo rollt den Wasserschlauch ein. «Seit Larissa habe ich eine echte Macke. Ich überlege, ob Anna eine Betrügerin sein könnte. Die mir nur vormacht, dass sie Ärztin ist.»

«Du spinnst.»

«Vielleicht ziehe ich solche Frauen ja an.»

«Quatsch! Was ist dein Plan?»

«Ich habe keinen Plan.»

«Dann ist alles gut, Gonzo, Pläne sind nämlich lächerlich. Weißt du auch, warum?»

«Weil sie nie funktionieren?»

«So ist es. – Wann siehst du sie wieder?»

«Darum geht es gar nicht.»

«Sondern?»

«Ich weiß, dass sie in der Inselklinik arbeitet. Aber wir haben keine Handynummern ausgetauscht.»

«Lass dich doch da einliefern.»

«Sehr witzig.» Gonzo wendet den Blick gen Horizont. «Anna hat mir wieder Mut gemacht, und dafür bin ich dankbar.»

Gesine nickt. «Mal was anderes: Ich bin heute auf eine Party eingeladen, hast du Lust mitzukommen?»

Gonzo winkt ab. «Wo ich alle seit Jahrzehnten kenne? Vielen Dank.»

«Nee, nicht auf Föhr! Bei einer Bekannten auf Sylt.»

«Was soll ich da denn?»

«Das weißt du erst, wenn du dort bist.»

Gonzo erinnert sich an ein paar Partys auf der Nachbarinsel, auf die er sich hat mitschleppen lassen. Bussibussi und das permanente Zwangslächeln der Leute waren wirklich nicht seine Welt.

«Um sieben geht es los.»

Er schaut auf die Uhr, es ist halb fünf. «Das ist sportlich.»

«Ich hol dich um sechs am Steg in Utersum ab.»

«Du willst ernsthaft mit deiner Nussschale da rüber?»

«Warum nicht?»

Er ist nicht sicher, ob er mitkommen will. Nicht nur wegen des Bootes. Eigentlich würde er gerne mal etwas für sich sein. Larissa, Hamburg, Anna, das muss erst mal alles bei ihm sacken. Andererseits hat er vor Gesine oft über den Stillstand in seinem Leben lamentiert – und jetzt will er kneifen?

Er fährt schnell nach Hause, um zu duschen und in seine hellblaue *Anbaggerbüx* und das weiße Hemd zu schlüpfen. Gesine bringt ihn nach der Party auf jeden Fall noch zurück nach Föhr, da kann er ruhig mal mitkommen und gucken.

Als sie mit der Ella am Steg in Utersum ablegen, ist ihm nicht wohl. Gesines Boot findet er nach wie vor zu klein für die Nordsee. Den Seewetterbericht hat er zweimal gecheckt, es müsste klargehen, aber hundertprozentig wissen kann man es nie.

Gesine trägt einen eleganten dunkelroten Jumpsuit aus Seide. Dazu die schwarze Lederjacke gegen den kühlen Seewind – sie macht eine *bella figura*. Taru ist natürlich mit an Bord, er sitzt hinten und hat den Horizont fest im Blick.

Bestimmt bringt Taru uns Glück, und Neptun wird uns verschonen, hofft Gonzo. Ganz ohne Aberglauben lebt bis heute kein Fischer. Die See ist stärker als alle Menschen zusammen, das weiß er.

Gesine gibt Vollgas, der Motor heult auf. Er streichelt Taru hinter den Ohren. Für Singles sind Partys immer kompliziert. Einerseits sollst du so tun, als seist du nicht auf der Suche, andererseits musst du ständig die Augen offen halten. Heute will er definitiv niemanden kennenlernen, er wird sich von den Frauen fernhalten. Immerhin ist jede Party eine gute Gelegenheit zu beobachten, wie andere es machen.

Am Kai in Hörnum wartet schon das Taxi, das Gesine bestellt hat, ein elektrischer großer Kia.

«Buona sera», grüßt der Fahrer.

«Oh, italiano?»

«Sì, da Napoli.»

«Einmal nach Rantum bitte», sagt Gesine. Sie hat sich hinter den Fahrer gesetzt, Gonzo neben sie, weil da mehr Platz ist. Taru liegt im Fußraum vor dem Beifahrersitz. Der Taxifahrer lächelt, was keine Selbstverständlichkeit ist. Nicht jeder nimmt Hunde mit, sie haben Glück.

Gonzo war ewig nicht mehr auf Sylt. Wenn er Föhr mal verlässt, zieht es ihn eher Richtung Hamburg oder weiter in den Süden. Sie gleiten über die lang gestreckte Inselstraße mit den sanften Hügeln.

«Wer ist denn die Gastgeberin?», fragt er Gesine.

«Toscha. Sie hat eine Reetdachvilla in Rantum. Ich habe Taru von ihr bekommen.»

«Taru ist ein Sylter?», tut Gonzo entsetzt.

Sie zieht die Augenbraue hoch und grinst. «Schlimm?»

«Ja.»

«Als Preis für Taru soll ich heute Abend einen Yogakurs geben.»

«Auf der Party?»

«Es war Toschas Idee.»

«Was feiert sie denn?»

«Nichts Spezielles, es wird auch keine Riesenfete.»

Auch das noch! Dann kann er sich im Notfall nicht mal mit einem Glas in eine stille Ecke verdrücken.

«Hast du zufällig eine Badehose mit?», fragt Gesine.

«Nein, wieso?»

«Toscha hat im Keller ein Schwimmbad.»

«Um Gottes willen.» Er sieht Filmszenen vor sich, bei denen Partygäste in voller Montur mit einem Glas Prosecco in den Pool springen.

Sie stupst ihn am Oberarm. «Du kannst es dir doch jetzt leisten, deinen Astralbody zu zeigen.»

«Danke.»

Der Taxifahrer setzt sie vor der Haustür ab.

Gonzo möchte bezahlen, aber Gesine hält ihn zurück.

«Das übernimmt Toscha. Die Fahrt bekomme ich für das Yoga bezahlt.»

«Na denn.»

Der nette Taxifahrer nickt bestätigend und wünscht ihnen einen schönen Abend.

«Arrivederci.»

Sie schreiten auf die Villa mit der weißen Fassade zu. Toscha gehört augenscheinlich nicht zu den Menschen, für die man spenden müsste, es ist alles vom Feinsten. Eine Frau in einer bunt gemusterten Latzhose kommt ihnen im Hauseingang entgegen, das wird sie sein.

«Schön, dass du gekommen bist!», begrüßt sie Gesine.

«Hallo, Toscha, toll, dass wir uns wiedersehen», sagt Gesine.

Sie umarmen sich. Toscha streichelt einmal Taru, bevor sie sich Gonzo zuwendet.

«Das ist mein guter Freund Gonzo», stellt Gesine ihn vor.

Toscha strahlt. «Hallo, Gonzo, schön, dich kennenzulernen.» Sie umarmt ihn ebenfalls und küsst ihn auf beide Wangen.

«Danke für die Einladung», stammelt Gonzo, der kein Umarmer ist, bei Erstkontakt schon gar nicht.

«Hattet ihr eine gute Überfahrt?»

«Bestens», ruft Gesine.

«Ich zeige dir erst mal mein Haus, Gonzo.» Toscha hakt sich bei ihm ein und führt ihn herein. Widerrede zwecklos.

Unten ist es schon ziemlich voll, an die zwanzig Leute

stehen in dem geräumigen Wohnzimmer und unterhalten sich angeregt. Toscha setzt sich mit ihm ab in den ersten Stock. Die Zimmer, die sie ihm zeigt, sind groß und sehen aus wie von einem Innenarchitekten gestaltet, was sie vermutlich auch sind. Eine Mischung aus alten Bauernmöbeln und modernen Glasvitrinen. Das Schlafzimmer lässt sie aus. Dann führt sie ihn in den Keller. Ihr großer Stolz ist das Schwimmbad, das von marmornen Säulen eingerahmt ist. Vom Becken aus kann man auf den japanischen Garten blicken.

«Und du kommst von Föhr?», fragt sie.

«Jo.»

«Nach Sylt kommen mehr Feriengäste aus der Südsee als von deiner Insel», sagt sie lächelnd.

«Wie viele habt ihr aus der Südsee?»

«Höchstens einen.»

«Ja, ich bin als Föhrer Kulturbotschafter gekommen.» Sie lacht.

«Du lachst, aber es ist eine große Aufgabe, zwei so verschiedene Kulturen zusammenzubringen.» Im letzten Moment bekommt er noch charmant die Kurve: «Bei dir in Rantum ist es natürlich anders, da fühle ich mich auch als Föhrer wie zu Hause.»

Sie gehen wieder nach oben, Toscha möchte die anderen Gäste begrüßen. Gonzo hält sich erst mal an Gesine, die mit einem Glas Cola in einer rosafarbenen Hollywoodschaukel sitzt und von verschiedenen Frauen begrüßt wird. Taru sitzt neben ihr, Gonzo setzt sich dazu, sodass der Hund in ihrer Mitte ist.

«Du kennst echt viele Leute hier», stellt er fest. «Dafür, dass du letztens das erste Mal auf Sylt warst.»

«Mit den meisten habe ich Yoga gemacht.»

«Und die fragen sich jetzt, wer der Kerl an deiner Seite ist?»

Sie zieht die Augenbraue hoch. «Wäre das schlecht?»

Gonzo lächelt. «Ja, weil es unsere Chancen mindert.»

«Soll ich mich unsichtbar machen?»

«Quatsch, alles gut.»

Die Gäste sind lässig gekleidet, die Männer tragen Leinenhemden, die Frauen weit geschnittene Hosen und hochhackige Sandalen. Man zeigt diskret Markennamen, die Gonzo alle nicht kennt. Trotzdem sind alle offen und zuvorkommend, das kann er nicht anders sagen. Als er kurz zur Toilette geht, muss er an einer größeren Gruppe vorbei, der Kreis öffnet sich wie von selbst.

«Komm doch zu uns.»

Sehr freundlich.

Alle stellen sich mit Vornamen vor. Die kann er sich auf die Schnelle natürlich nicht merken, aber das ist auch nicht wichtig.

«Und wer bist du?», wird er gefragt.

«Gonzo von Föhr.» Mit der Nennung seiner Insel zeigt er stolz Flagge.

«Toscha hat uns verraten, dass du Krabben fängst, stimmt das wirklich?»

«Jo.»

Das ist für sie unvorstellbar, sie sind Werber, IT-Leute, Journalisten, Unternehmer. Alle Anwesenden, so stellt sich heraus, sind auf Sylt Zweitwohnungsbesitzer. Mal einen echten Krabbenfischer kennenzulernen finden sie großartig. Authentisch sozusagen. Er spielt da gerne mit und erzählt von Sturmfluten, Fangquoten und Havarien. Was sehr gut ankommt. Während er spricht, schlägt sein Fuß den Beat der Musik mit.

Toscha hat einen DJ engagiert, der auf der Terrasse hinter seinem Pult steht und alte Titel von Michael Jackson auflegt, was Gonzo außerordentlich gefällt. Taru hat sich in die oberen Gemächer des Hauses verzogen. Und so tanzen Gesine und er das erste Mal zusammen. Was vor allem daran liegt, dass sie mit den Fering Scorpions immer selbst auf der Bühne stehen und die anderen zum Tanzen bringen.

Von der Nordsee zieht kühle salzige Seeluft herüber, man hört die Wellen gegen den Strand schlagen. Gesine tanzt geschmeidig, sie hat sogar den Moonwalk drauf, was Gonzo sehr beeindruckt. Es sieht überhaupt toll aus, wie sie sich zur Musik bewegt, ganz besonders in dem eleganten Jumpsuit. Irgendwann tanzen sie zusammen Discofox. So nah war er Gesine körperlich noch nie, wenn man einmal absieht von der unfreiwilligen Hotelnacht.

«Siehst du hier irgendwo noch andere Singles außer uns?», fragt er.

«Ich habe Toscha gefragt, aber es sieht schlecht aus.»

«Du hast sie danach gefragt?»

«Ich war davon ausgegangen, bereits vergebene Frauen anzubaggern wäre für dich vertane Zeit.»

«Danke.» Sehr praktisch gedacht.

«Oder willst du etwa was mit einer verheirateten Frau anfangen?»

«Nee, bloß nicht. Um ehrlich zu sein, bin ich heute gar nicht auf der Suche. Ich möchte einfach nur meinen freien Abend genießen.»

«So ist das richtig. Und mach dir keinen Kopf: Mit Anfang dreißig sind die meisten halt liiert. Aber die nächste Welle von Frauen rollt bereits auf dich zu.»

«Wie das?»

«Na, sobald sich die ersten wieder scheiden lassen, werden sie sich auf einen wie dich stürzen. Du weißt ja, jede zweite Ehe wird in Deutschland geschieden.»

Wahrscheinlich bleibt das seine einzige Hoffnung ...

Sie tanzen weiter, hören gar nicht mehr auf. Irgendwann fühlt er sich von einem der umstehenden Gäste intensiv in Augenschein genommen, ohne dass er orten kann, von wem genau. Er lässt den Blick durch die Menge kreisen, dann dreht er sich abrupt um. In der Terrassentür steht eine Frau mit schwarzer Hose und engem Oberteil, sie ist dezent geschminkt, bis auf den knallroten Lippenstift: Anna.

24

Ungläubig beobachtet Gesine die Szene: Eine attraktive Frau kommt auf Gonzo zu. Mondän sieht sie aus, aber es wirkt nicht aufgesetzt, sondern natürlich. Gonzo löst sich von Gesine und geht der Fremden entgegen.

«Du?», fragt die und starrt Gonzo an, als sei er eine unwirkliche Erscheinung. «Ein Föhrer auf Sylt? Wer konnte damit rechnen?» Sie lächelt.

Wer ist die Frau? Gesine scannt sie ab. Wenn sie redet, wirkt sie tough, Typ Chefin.

«Anna, das ist Gesine», stellt Gonzo vor.

Gesine taxiert Anna neugierig.

«Anna Grevenstein», sie reicht Gesine mit ausgestrecktem Arm die Hand. Gesine fällt auf, dass sie keine Ringe trägt.

«Die mit der Violine», fügt Gonzo erklärend hinzu.

«Was hast du ihr von mir verraten?», erkundigt sich Anna.

«Nur das Beste.»

«Und woher kennt *ihr* euch?»

Sie wirkt ein bisschen eifersüchtig, was Gesine schmeichelt, das muss sie zugeben.

«Ich bediene in unserer Band das Drumset», sagt Gesine.

«Verstehe.»

«Vorher war Gesine bei der Bank für meine Finanzen zuständig», ergänzt Gonzo.

Gesine winkt ab. «Das ist lange her.»

«Ist Gonzo denn kreditwürdig?», fragt Anna.

«Keine Ahnung», antwortet Gesine. «Jetzt mache ich nur Musik und Yoga mit ihm.»

«Du machst Yoga?» Anna sieht Gonzo erstaunt an. «Ernsthaft?»

«Neuerdings. Es tut mir gut», brummt er.

«Außerdem bin ich Gonzos Frauenberaterin, die ihn bei seiner Suche begleitet und beschützt», würde Gesine am liebsten hinzufügen, aber das lässt sie natürlich.

«Ich hätte jetzt Lust auf Tanzen», kündigt Anna an, lässt Gonzo und Gesine stehen und geht zur Terrassentür. Dort schnappt sie sich einen x-beliebigen Mann, der ihr auf die Tanzfläche folgt. Was Gonzo, seinem Gesichtsausdruck nach zu urteilen, verblüfft. Vermutlich hat er erwartet, dass seine Ärztin mit ihm aufs Parkett springen will. Immerhin hat der Zufall sie hier erneut zusammengeführt, so was kommt nicht jeden Tag vor.

«Ich hole mir etwas zu trinken», sagt Gesine. «Auch was?»

«Nein, danke», erwidert Gonzo.

Er bleibt am Rand der Tanzfläche stehen und versucht, nicht so zu wirken, als ob er Anna beobachtet.

Was ihm nur so halb gelingt. Kopfschüttelnd geht Gesine zur Bar.

Als sie mit einem Glas Wasser zurückkommt, sieht sie Anna und Gonzo zusammen auf der Terrasse tanzen. Hat anscheinend doch geklappt. Wie vermutet, wollte Frau Doktor nur ihre Spielchen mit ihm spielen. Kapiert Gonzo das? Ach was, er strahlt Anna versonnen an. Sein Lächeln sieht hinreißend aus, sie spiegelt es genauso zurück.

Gonzo bekommt das mit den Frauen besser hin, als er denkt, er muss sich keine Sorgen machen. Bei Frau Dr. med. sollte er allerdings vorsichtig sein, sonst verschlingt sie ihn mit Haut und Haaren, das spürt Gesine. Sie findet nicht, dass die beiden zusammenpassen, aber sie wird die Klappe halten.

Irgendwann ruft sie Taru und geht mit ihm über einen schmalen Pfad zur nächstgelegenen Düne am Strand. Dort setzt sie sich in den kühlen Sand und blickt aufs Meer. Schwere Wellen brechen sich träge und laufen aus. Der knallrote Sonnenball setzt zum Untergang an. Taru schmiegt sich eng an sie.

Bestimmt kommt Gonzo mit dieser Anna zusammen, warum auch nicht? Ganz egoistisch gedacht, wäre es für Gesine allerdings schöner, er bliebe alleine. Singles wie sie brauchen andere Alleinlebende als Freunde, für die Seele, zum Trost und vor allem für den Urlaub: um deprimierenden Einzelzimmern zu entgehen, für die sie auch noch Aufschlag zahlen müssen. Singles müssen zusammenhalten gegen die Allgegenwart der Paare.

Als sie zurück zum Haus geht, kommt Toscha ihr aufgeregt entgegen. «Ich habe dich überall gesucht! Es soll losgehen.»

Gesine schaut sich nach allen Seiten um, wo ist Taru? Dann entdeckt sie ihn mit geschlossenen Augen zusammengerollt neben der Tanzfläche. Er kennt sich gut aus, immerhin hat er in diesem Haus seine ersten Welpentage verbracht. Auf der Rasenfläche vor der Terrasse liegen bereits an die fünfzehn Matten. Der DJ spielt Chill-out-Musik zum Runterkommen. Toscha schnappt sich das Mikro.

«Wer will, kann jetzt ein bisschen Yoga praktizieren, und zwar mit der besten Lehrerin der nordfriesischen Inseln. Gesine wird ab nächste Woche hier im Haus in kleinen Gruppen Yoga unterrichten, ihr könnt aber auch Einzelstunden bei ihr buchen.»

Gesine geht zu Gonzo. «Machst du mit?», fragt sie.

«Nee, ich stehe nicht so auf Showturnen. Mach du mal dein Yoga, und gut ist.»

Seine Augen funkeln, sie merkt, dass er einen Spruch über Anna fürchtet. Aber Gesine schweigt, nickt ihm zu und gibt ihm einen freundschaftlichen Klaps auf die Schulter.

Vor ihr sitzen ein Dutzend Frauen auf ihren Matten. Wow, was für ein Ambiente! Sie merkt, wie berauscht sie ist und wie sich diese Euphorie direkt auf die Frauen überträgt. Sie begrüßt sie mit ein paar freundlichen Worten und startet mit einer Meditationsübung. Die Energie aller Anwesenden brcitet sich sofort aus. Ruhe kehrt ein, was unglaublich ist an diesem Ort. Es ist die innere Ruhe.

Als Gesine nach einem dreifachen «Om», das das Ende der Übung ankündigt, die Augen öffnet, schreckt sie auf: Gonzos Anna sitzt direkt vor ihr. In Partykleidung. Rechts von ihr hocken drei beschwipste Kerle, die alles durch den Kakao ziehen, was Gesine vormacht. Sie beschließt, sie zu ignorieren, aber es nervt. Yoga hat mit Partystimmung nichts zu tun, das hätte ihr vorher klar sein müssen.

«Einmal strecken, bitte, geht auf die Zehenspitzen, Schultern weg von den Ohren, die Krone des Kopfes strebt zum Himmel, und nun senkt die Füße auf die Matte und spürt die Erdung.»

Das ist die Kunst: alle Nebengeräusche und störenden Faktoren ausblenden, bloß nicht ablenken lassen, der Atem führt dich durch die Übung. Sie ist selbst erstaunt, wie gut das klappt. Eine echte Herausforderung.

Die Frauen machen hervorragend mit, nur die Männer fallen immer wieder schlaff in sich zusammen. Soll Gesine sie deswegen anmachen und schlechte Stimmung verbreiten? Nein, sie beschließt, dass das im Honorar inklusive ist. Als ein Mann auf seiner Matte einschläft, ignoriert sie ihn. Es hätte schlimmer kommen können.

Sie wechselt in die yogatypische Du-Ansprache, um die Verbindung zu den Praktizierenden zu intensivieren: «Hab Geduld mit dir, du musst nicht bis zum Maximum gehen. Schau nicht nach links und nach rechts. Das hier ist kein Wettbewerb, das ist Yoga, und es ist völlig in Ordnung, wenn du nicht das erreichst, was du dir für heute vorgenommen hast. Sei achtsam mit dir.»

Daraufhin verdrücken sich die beiden anderen Männer an die Bar. Gesine atmet auf. Mit den übrigen Frauen kann sie eine wunderbare Yogastunde durchführen.

Als sie beim abschließenden «Savasana» anlangen, wundert Gesine sich, wo die Zeit geblieben ist. Die Frauen liegen mit geschlossenen Augen auf ihren Matten, ihre Körper sehen entspannt aus, die Gesichter friedlich. Als sie schließlich die Augen öffnen, blicken ihr begeisterte Teilnehmerinnen entgegen.

«Ich danke euch für euer Dasein. Ich danke euch, dass ihr euch die Zeit genommen habt, Yoga mit mir zu praktizieren. Namaste.»

Sie verbeugt sich vor sich selbst, die anderen tun es ihr gleich.

Hinterher ist Gesine umringt von Frauen, die sich herzlich für die bezaubernde Stunde bedanken und ihr von ihren bisherigen Yogaerfahrungen berichten, außer Anna, die hält sich fern. Dabei hat sie hervorragend mitgemacht, sich geschmeidig bewegt, das hat Gesine beobachtet.

Gonzo steht mit den Männern an der Bar und trinkt als einziger Wasser.

«Hast du gut gemacht wie immer», meint er, als Gesine zu ihm kommt. «Ich hab auch beim Zugucken einiges gelernt.»

Sie lächelt. «Oh, ein Gesine-Fan?»

«Genau wie deine Fastenfrauen.»

Sie bleibt ruhig. «Du meinst die *nicht mehr fastenden Fastenfrauen*?»

«Sie vermissen dich.»

Der gute Gonzo, wie er sich für sie einsetzt, ein echter Ritter. Dafür könnte sie ihn umarmen!

«Nicht mehr lange», erwidert sie.

Gonzo horcht auf. «Wie das?»

«Wir haben längst einen neuen Termin vereinbart.»

«Du hast ihnen verziehen?»

«Yoga geht auch mit Essen, also was soll's?»

«Mein Reden.»

In dem Moment stellt sich Anna zu ihnen.

«Ich muss los», kündigt sie an.

«Schon müde?», erkundigt sich Gonzo.

«Nee, Nachtdienst.»

Sie gibt erst Gesine, dann Gonzo förmlich die Hand. Beim Weggehen dreht sie sich noch einmal um und fragt nach Gonzos Handynummer. Daraufhin gibt es doch eine flüchtige Umarmung.

Na bitte, denkt Gesine, Konkurrenz belebt das Geschäft. Sie prostet Gonzo zu und zwinkert, nicht ohne ein bisschen stolz auf sich zu sein.

Erstaunlicherweise löst sich die Party schon gegen Mitternacht auf. Gesine schnappt sich Taru, ruft ein Taxi und verabschiedet sich mit Gonzo herzlich von Toscha.

«Vielen, vielen Dank, das war ein tolles Fest.»

«Ich danke euch. Und Gesine, deine Yogastunde ist sehr gut angekommen. Es haben sich schon zehn Frauen gemeldet, die unbedingt eine Einzelstunde bei dir wollen.»

Gesine lächelt.

«Kommt gut nach Hause, bis bald!» Toscha beugt sich nach unten, um Taru zu streicheln. «Tschüss, mein Kleiner.»

Ihre Aussprache wirkt schon etwas nuschelig.

Als sie am Hörnumer Hafen ankommen, zieht leichter Nebel auf, was Gonzo gar nicht gefällt.

«Was dagegen, wenn ich das Ruder übernehme?», fragt er.

Es ist ihr recht, sie fühlt sich müde. Radar hat ihr kleines Motorboot nicht, man fährt auf Sicht. Gonzo kennt den Weg hinüber nach Föhr besser als sie.

Er wirft den Motor an und verlässt den Hafen. Auf dem Wasser wird es kühl, Gesine setzt Taru unter ihre Lederjacke und zieht den Reißverschluss hoch. Der Leuchtturm von Nebel auf Amrum blinkt ihnen von ferne durch die dicke graue Wolkenschicht entgegen. Es ist ungewohnt, Gonzo am Ruder eines so kleinen Bootes zu sehen. Im Vergleich zu seinem Kutter muss ihm das wie ein Spielzeug vorkommen.

«Alles klar?», fragt Gonzo und starrt auf das dunkle Wasser vor ihnen.

«Hmm», antwortet sie schlotternd.

Ansonsten sagt sie kein Wort, während Gonzo ungewohnt redselig ist.

«Die Musik war super, oder? So viel getanzt habe ich lange nicht mehr.»

«Geht mir genauso.»

«Und wie findest du Anna?»

«Ja …», antwortet sie vage.

«Was soll das heißen?» Er kneift die Augen zusammen.

«Ja ist das Gegenteil von Nein.»

«Das ist alles?»

«Was soll ich sagen? Ich habe kaum drei Sätze mit ihr gewechselt.»

«Egal, du kannst ja einen Eindruck wiedergeben!»

Ausgerechnet Gonzo, einer der größten Friesenschweiger der Insel Föhr, beschwert sich darüber, dass sie nicht redet?

Sie holt tief Luft. «Ich lebe seit fünf Jahren auf der Insel», sagt sie, und darin liegt eine gewisse Portion Stolz. «Und das bedeutet, dass ich immer friesischer werde, dagegen kann ich nichts machen.»

«Will sagen?»

«Manchmal rede ich einfach nicht.»

Er blickt sie kurz von der Seite an und lächelt. Dabei hält er weiter aufs nächtliche Utersum zu.

25

Gonzo schläft wie ein Stein. Leider hat er vergessen, sein Handy auszustellen, es weckt ihn viel zu früh mit einem lauten Doppelpieps. Eine Nachricht ist angekommen. Eigentlich ist er zu müde, um nachzusehen. Bestimmt ist es nur ein blödes Witzfilmchen von einem Kollegen oder Spam. Aber da er schon mal wach ist, guckt er doch. Und staunt.

Anna hat ihm eine Audiodatei geschickt, ohne weiteren Kommentar. Er klickt sie an, und es ertönt seine Mundharmonika zusammen mit ihrer Violine. Sie hat ihr Zusammenspiel auf hoher See mitgeschnitten, ohne dass er es mitbekommen hat! Es hört sich so an, als hätte jemand Möwenrufe dazugemischt, um es maritimer erscheinen zu lassen. Aber die kreisten ja wirklich über ihnen!

Gonzo lächelt, wie nett von ihr.

Er schickt ihr ein friesisches «Föl thoonk» mit Smiley zurück.

Keine zwei Minuten später schreibt sie, dass sie ihre Nachtschicht im Inselkrankenhaus beendet hat und ihn gerne zum Frühstück einladen würde.

«Okay!»

Er springt aus dem Bett. Das Duschen bringt er in fünf Minuten hinter sich. Dann eilt er zu Fuß durch Oldsum.

Wirtin Julia steht bereits hinter dem Kaffeetresen. Sie trägt ein kariertes Hemd und wieder ihre Schürze mit dem Schriftzug des Friesencafés.

«Moin, Gonzo, du hast ja ein Tempo drauf!», bemerkt sie lächelnd. «Und das am frühen Morgen.»

«Moin, Julia, ich nehme schon mal einen Kaffee, bitte, Rest folgt.»

«Americano wie immer?»

«Klaro.»

Gleich wird er Anna im Garten wiedersehen. Er weiß immer noch nicht genau, was er von ihr halten soll – kann er ihr trauen? Oder ist sie eine eher kühle, berechnende Person? Ihre Improvisation auf der Violine spricht dagegen, da entpuppte sie sich als leidenschaftliche, manchmal sogar hemmungslose Musikerin.

Als er den Garten im Innenhof betritt, trifft ihn der Schlag. Ganz hinten, neben dem Hochbeet, winkt ihm Anna von einem kleinen Tisch aus zu. So weit, so gut. Aber um zu ihr zu gelangen, muss er an Larissa vorbei. Nicht zu fassen, es ist wirklich Larissa aus Niebüll! Sie sitzt allein an einem Tisch und mustert ihn abfällig über die Ränder ihrer Sonnenbrille hinweg, ähnlich wie auf ihrem albernen Profilbild. Und er war davon ausgegangen, dass sie sich nie wiedersehen. Erwartet sie etwa, dass er zu ihr geht und mit ihr redet? Er grüßt sie im

Vorbeigehen mit einem fast unhörbaren «Moin», das sie aber nicht erwidert.

Unter Umständen könnte sie aber noch das kleinere Problem darstellen. Denn zwei Tische weiter sitzt Straßenbahnfahrerin Jana aus Dortmund mit ihrem Pitbull-Freund.

«Hey, Gonzo», grüßt sie ihn laut, als seien sie alte Kumpel.

Ihr Freund zieht sofort eine kampfbereite Fresse auf: «Ah, der Fischermann – wieder auf Frauenfang?»

Gonzo beschließt, dass Anna selbstverständlich Vorrang hat, und geht zu ihr.

«Hey, da bist du ja», grüßt sie ihn.

Er setzt sich zu ihr.

«Ja, moin.»

Julia bringt den Americano und stellt ihn auf seinen Tisch. Nicht ohne neugierig zu beäugen, mit wem er sich verabredet hat.

«Für mich bitte das große Frühstück», sagt Anna.

«Für mich auch.»

«Das Große für zwei», bestätigt Julia und verschwindet.

Gonzo wendet sich Anna zu, die überhaupt nicht müde aussieht. «Und? Nachtdienst gut überstanden?»

«Bestens, und selber?»

Er lächelt. «Och, wenn du von schöner Musik geweckt wirst …»

Sie lächelt zurück.

«Wohnst du hier in Oldsum?», fragt Gonzo.

«Vielleicht bald, noch habe ich ein Zimmer im *Upstalsboom*.»

Was das feinste Hotel der Insel ist, es liegt am Wyker Südstrand.

«Schick und sehr geschmackvoll.»

Sie lächelt. «Bezahlt das Krankenhaus, bis ich was Festes habe.»

«Du willst länger auf Föhr bleiben?»

«Vielleicht für immer.»

«Schon was in Aussicht?»

Sie nickt. «Ich habe mir in den letzten Tagen in Oldsum einige Häuser angeguckt.»

«Oh.»

Gonzo ist baff, und wenn er ehrlich ist, weiß er nicht, ob ihm das gefällt. Obwohl sie bestimmt nicht seinetwegen in sein Dorf zieht.

«Und der Utersumer Anleger ist gleich um die Ecke.»

«Der fällt aber bei Ebbe trocken, das weißt du?»

«Egal.»

Da bemerkt Gonzo, wie Larissa sich von ihrem Tisch erhebt und direkt auf sie zukommt. Sie baut sich vor ihnen auf, was für Gonzo nichts Gutes bedeutet. Er nimmt instinktiv den Teelöffel in die Hand.

«Na, Gonzo? Ein neues Blind Date?», erkundigt sie sich dreist.

«Ja», antwortet Anna schlagfertig, bevor er etwas sagen kann. «Ich bin Mausi_91 – und du?»

Sie reicht Anna die Hand. «Ich bin Larissa, sein Dating-Flop.»

Spätestens jetzt fühlt sich Gonzo komplett überfordert.

«Meine Meinung: Der ist sehr unlocker», raunt Larissa ihr zu.

«Nun ist aber gut!», sagt Gonzo.

«Lass nur, das interessiert mich», meint Anna und fragt bei Larissa nach: «Wie äußert sich das?»

«Er ist einfach kein Spieler.»

«Will sagen?»

«Dröge und langweilig.»

«Schade.» Anna sieht enttäuscht aus.

«Fand ich auch.»

«Aber danke, dass du mich gewarnt hast.»

Gonzo findet dieses Gespräch in seiner Anwesenheit vollkommen absurd. Wenigstens geht Larissa nun wieder zurück an ihren Tisch und besteht nicht auf ein Frühstück zu dritt. Als hätte er sich mit Larissa abgesprochen, kommt nun der BVB-Kerl an ihren Tisch.

«Ich muss kurz weg», kündigt der Kerl an. «Du lässt deine Griffel von meiner Verlobten, verstanden?»

Gonzo sagt dazu gar nichts.

Anna lacht laut auf. «Gonzo, der Frauenfischer?»

Ausgerechnet er, wenn sie wüsste!

«Vergiss es, das ist totaler Quatsch.»

Sie deutet mit dem Kopf auf Janas Gorilla, der Richtung Ausgang verschwindet. «Was hast du denn mit seiner Verlobten angestellt?»

«Gar nichts, sie ist einfach zu mir auf den Kutter gehüpft.»

Ihm ist bewusst, wie dämlich das klingen muss.

«Wow, und da konnte sie dir nicht widerstehen? Oder du ihr nicht?»

«Da war nichts!»

Er redet sich um Kopf und Kragen. Je mehr er sich rechtfertigt, desto schlimmer macht er es.

Anna grinst. «Und was war mit dieser Larissa?»

«Auch nichts. Deswegen ist sie ja so beleidigt.»

«Oh, hat sich der von allen begehrte Gonzo etwa für eine andere entschieden?»

«Ohne Anwalt sage ich gar nichts mehr.»

«Schade, wo es doch gerade interessant wird.»

Gonzo muss sich zusammenreißen, um nicht laut aufzuschreien. Immerhin bekommen Anna und er noch die Kurve. Beim gemeinsamen Frühstück reden sie über das Meer und die Insel. Netterweise, ohne von jemandem gestört zu werden.

«Zeigst du mir dein Dorf?», bittet ihn Anna, als sie fertig sind.

«Was willst du denn sehen?»

Sie lächelt. «Da ich überlege, hierherzuziehen, am besten alles!»

«Das kriege ich hin.»

Eine knappe Stunde später schlendern Anna und er durch sein Heimatdorf. In Oldsum haben alle seine Vorfahren gelebt. Sie gehen an den reetgedeckten Bauernhäusern vorbei, die in der Mittagssonne dösen, aber gegen Stürme aller Stärken gewappnet sind.

«Sieht ein bisschen aus wie Bullerbü», findet sie.

«Echt?»

Sie kommen zu einem Haus, an dem ein Schild mit der Aufschrift «Brarenhüs» prangt.

«Was bedeutet das?»

«Hier wohnte im 19. Jahrhundert der Maler Oluf Braren», sagt er.

«Nie gehört – was hat der so gemalt?»

«Motive von Föhr, naive Malerei.»

«Okay, was muss ich sonst noch über Oldsum wissen?»

«Dass die meisten Menschen hier Fering sprechen.»

Daraufhin sagt sie spontan: «Ik kun ei Fering snaake.»

Er ist überrascht. «Det hed ik ei toocht.»

Das hätte ich nicht gedacht.

Anna hat Friesisch also schon auf dem Schirm.

«Ich habe mich bei Gerda Paulsen für einen Kurs angemeldet», erklärt sie.

«Sehr gut.»

«Als Inselärztin möchte ich meine Patientinnen und Patienten verstehen. Sie fühlen sich besser aufgehoben, wenn ich sie in ihrer Sprache anreden kann.»

«Ganz sicher.»

Anna geht ihren Umzug nach Föhr offenbar sehr ernst an.

«Willst du dann auch im Winter auf Föhr wohnen?»

«Wird das Inselkrankenhaus im Winter geschlossen, oder was?»

«Da wird es äußerst still in den Inseldörfern und sehr

dunkel. Die meisten Zweitwohnungsbesitzer sind dann auf dem Festland.»

«Ich weiß.»

«Und das hältst du aus?»

«Ich kenne den Winter in Nova Scotia und auf Long Island – noch Fragen?»

«Auf Long Island liegt aber New York gleich um die Ecke.»

Sie zuckt mit den Achseln. «Und hier Husum.»

«If you can make it there, you'll make it anywhere?» Er lacht.

«Nicht?»

Dann fällt ihm noch ein Insel-Handicap ein: «Und du kannst nicht immer mit dem Auto spontan von der Insel runter, wenn du es willst. Von Mai bis September ist die Fähre meistens ausgebucht, sogar für Insulaner, um die Feiertage herum fast immer.»

«Ich habe ja nur ein klitzekleines Campingmobil.»

«Oje, das braucht noch mehr Platz als ein Pkw.»

Sie erreichen das Reetdachhaus, das Anna in Augenschein genommen hat. Der Makler hat ihr den Schlüssel mitgegeben. Das ist es aber nicht, was Gonzo verblüfft: Das Gebäude steht direkt neben *seinem* Haus. Wenn Anna dort einzöge, wären sie Nachbarn!

Sie gehen durch das leere Gebäude, das in der unteren Etage zwei große Zimmer und eine fertig eingerichtete Küche mit allem Schnickschnack hat. Oben befinden sich das Bad und ein kleines Zimmer, in dem sie schlafen würde. Irgendwie haben die leeren Flächen was, das hereinfallende Licht kann sich ausbreiten, man atmet frei.

«Mal sehen, was Föhr mir Neues bringt», seufzt sie.

«Düsseldorf ist es nicht mehr?»

«Nee.»

«Na denn.»

«Wo wohnst du in Oldsum?», fragt sie.

Gonzo deutet durchs Fenster: «Da!» Er zeigt aufs Nachbarhaus.

«Nebenan? Ernsthaft?»

«Jo.»

Sie strahlt ihn an. «Hallo, Herr Nachbar!»

Er deutet eine Verbeugung an. «Frau Nachbarin ...»

Mal angenommen, sie kämen zusammen, wäre es ein Traum. Falls nicht, würde die Nähe zum Horror werden. Meint Anna es wirklich ernst, dass sie für länger bleiben will? Und was für eine Rolle spielt er dabei? Oder sollte er sich darüber keine Gedanken machen?

Sie stehen in der Küche.

«Bekomme ich vielleicht einen Kaffee bei dir?», fragt sie. «Oder einen Friesentee?»

«Gerne.»

Es klopft an der Eingangstür.

«Herein!», rufen sie im Chor.

Die Tür geht auf, und Gesine steht vor ihnen. Der kleine Taru wuselt an ihr vorbei zu Gonzo, er nimmt ihn auf den Arm und streichelt ihn.

«Ich habe euch von draußen gesehen, da dachte ich, ich schaue mal rein», sagt Gesine. «Auf ein Wort, Gonzo?»

Sie zieht ihn in einen Nebenraum.

«Machst du jetzt einen auf Immobilienmakler, oder hast du was mit ihr?», flüstert sie.

«Sonst noch was?» Er ist Gesine keine Rechenschaft schuldig.

Sie gehen zurück zu Anna, die gerade dabei ist, die Fensterrahmen zu inspizieren.

«Hier und da könnte noch nachgearbeitet werden», befindet sie.

«Ihr zieht also zusammen hier ein?», fragt Gesine sie.

Gonzo schlackert mit den Ohren. Was geht hier vor sich?

Anna verdreht die Augen. «Falls wir uns jemals über die Küche einigen.»

«So?» Gesine wirkt perplex.

Anna plaudert einfach weiter. «Ich finde, in ein altes Haus passt durchaus eine moderne Küche, was meinst du?»

«Ja, warum nicht?», murmelt Gesine.

«Hast du gehört, Gonzochen?»

Einen dicken Punkt für Humor und Schlagfertigkeit bekommt sie auf jeden Fall.

«Äh, eigentlich wollte ich kurz mit dir über die Lesung schnacken», stammelt Gesine und sieht ihn hilflos an. Sie wirkt richtig mitgenommen. Dabei war doch alles Quatsch, was Anna erzählt hat. Gonzo hält Taru immer noch auf dem Arm, was dem sichtlich gefällt.

«Was ist damit?», fragt er.

«Julia sagt, das kleine Friesencafé ist bereits ausverkauft. Es bleibt nicht mehr viel Zeit. Sollten wir nicht bald anfangen zu proben, was meinst du?»

«Wann?»

«Hängt von der Tide ab.»

«Du rufst mich an?»

«Yupp.»

«Na denn.»

Sie wirft noch einen zerstreuten Blick auf Anna.

«Aber melde dich möglichst bald!»

«Okidoki.»

«Tschüss», murmelt Gesine, nimmt ihm Taru aus dem Arm und setzt ihn auf den Boden. Dann ist sie schneller draußen, als Anna und er gucken können.

«Kaffee bei mir?», fragt Gonzo Anna.

«Gerne.»

Er führt sie über eine Abkürzung durch den Garten zu seiner Eingangstür. Auf Besuch war er nicht vorbereitet, bei ihm ist es gerade etwas unaufgeräumt. Dazu kommen Kleinigkeiten, um die er sich längst kümmern wollte: die lockere Schraube an der Kleiderschranktür, der dunkle Fleck auf dem Holzfußboden, der da schon seit mindestens fünf Jahren ist. Das übersieht sie zum Glück alles. Immerhin, die umgebaute amerikanische Zapfsäule aus den Fünfzigern mit Hausbar und Servierwagen reißen sie zu Begeisterungsstürmen hin.

«Das sieht toll aus, Superidee!»

«Danke.»

«Für einen Mann hast du einen erstaunlich guten

Geschmack», befindet sie, als er in der Küche Kaffee in blau-weißen Friesentassen serviert.

Das klingt wie ein vergiftetes Kompliment.

«Was würde ich als Frau denn besser machen?», fragt er nach.

Sie winkt ab. «Vergiss es, war nur ein Spruch.»

«Nee, sag ruhig.»

Sie schaut ihn prüfend an. «Würdest du denn etwas verändern wollen?»

«Nein, es ist alles so, wie ich es auch haben will.»

«Dann ist es gut.»

Er kratzt sich am Nacken. «Übrigens, von wegen ‹Zusammenziehen› und ‹Gonzochen› …»

Sie grinst. «Ja?»

«Damit musst du auf der Insel vielleicht etwas vorsichtig sein, das ist nicht wie auf dem Festland.»

«Will sagen?»

Gonzo atmet tief aus. «Das ist jetzt mit Sicherheit schon rum.»

Sie reißt mit gespieltem Entsetzen die Augen auf. «Wissen jetzt etwa alle, dass wir uns nicht über unsere Küche einigen können?»

«Ich wollte es nur gesagt haben.» Er lacht.

«Vielleicht winken wir uns ja schon bald von unseren Balkonen aus zu.»

Gonzo nickt. Macht Anna den zweiten Schritt vor dem ersten? Erst das Haus und dann der Mann? Er steigt da nicht ganz durch. Vor allem muss er Gesine klarmachen, dass am Zusammenziehen nichts dran ist.

26

*E*s ist fast dunkel und noch erstaunlich warm. Gonzo hat an Deck einen kleinen Holztisch aufgestellt. Mit Klammern hat er eine weiße Leinendecke so befestigt, dass sie bei Wind nicht wegfliegt. Er gruppiert ein paar Windlichter um das weiß-blaue Geschirr, das wie das Tischchen von Lille Mor stammt. Daneben legt er das königlich-dänische Silberbesteck, alles vom Feinsten.

Fehlt noch etwas? Erst jetzt fällt es ihm ein, natürlich: Blumen! Wo bekommt er die so schnell noch her? Gar nicht. Es ist zu spät, er hätte früher dran denken müssen. Mist, es sollte doch perfekt werden.

Noch nie hat er jemanden zum Essen an Bord seines Kutters eingeladen. Nach dem Missverständnis vorhin hat sie auf jeden Fall eine Entschuldigung verdient. In der kleinen Kombüse brät er frisch gefangenen Heilbutt mit Krabben, dazu gibt es Pellkartoffeln seiner Lieblingssorte Linda, frisch geerntete Bohnen und Karotten. Das klingt vielleicht nicht raffiniert, aber die Zutaten zählen zum Besten, was es auf dieser Welt gibt. Findet er. Zum Trinken hat er weißen «Walem Kul» besorgt, ein Wein, der erstaunlicherweise auf Föhr angebaut wird und den er sehr geschmackvoll findet. Es duftet bereits auf dem ganzen Deck nach dem Essen, das er mit Knoblauch und Koriander verfeinert hat. Alles servierfertig, der Fisch ist gar.

Er weiß, dass sie pünktlich sein wird. Das ist sie immer. Auf Föhr gibt es keine verspäteten U-Bahnen oder Autobahnstaus.

Sein Kutter liegt während Ebbe unter der Kaikante, sodass er im Stehen knapp darüber blicken kann. Da sieht er Gesine auch schon anradeln, auf dem Hafenvorplatz im Licht der Straßenlampen kommt sie direkt auf ihn zu. Sie ist ganz in Schwarz gekleidet, die Jeans und das figurbetonte Oberteil stehen ihr perfekt.

Auf Höhe von Peter Petersens Tüdelkramladen startet sie mit ihrem gewohnten Ritual, tritt voll in die Pedale und rast auf die Kaikante zu. Ihre Haare flattern im Fahrtwind. Der kleine Taru rennt neben ihr her, mit seinen kurzen Beinen kommt er kaum mit. Als er sich der Kaikante nähert, ruft Gesine laut: «Taru, stopp!» Für den Bruchteil einer Sekunde verliert sie die Aufmerksamkeit für sich selbst. Der verbliebene Weg wird schneller knapp als gewohnt, sie zieht die Handbremsen fester an. Zu fest, ihr Rad blockiert.

Es passiert alles so schnell, dass er es gar nicht richtig kapiert. Taru kommt an der Kante zum Stehen. Gesine auch, aber ruckartig. Sie macht einen Salto über den Lenker und stürzt über die Kaikante in den Abgrund. Leider jedoch nicht ins Wasser, das wäre halb so schlimm gewesen, sondern aufs harte Holzdeck seines Kutters, direkt neben den gedeckten Tisch. Das Rad plumpst ins Hafenwasser und versinkt auf der Stelle.

Einen Moment lang herrscht Stille, die Welt scheint stehen zu bleiben. Dann schreit Gesine auf. Ihr Schmerz muss irrsinnig sein. Gonzo wird kurz schlecht vor Schreck, er eilt zu ihr und geht neben ihr auf die Knie. Sie liegt auf dem Rücken, Taru steht oben an der Kaikante und bellt aufgeregt.

«Hilfe», stöhnt sie.

«Alles gut, Gesine, ich bin bei dir.»

Er überlegt, ob er sie in die stabile Seitenlage drehen soll, wird dann unsicher. Falls ihr Rücken verletzt ist, wäre das womöglich gefährlich. Mit zitternden Händen zückt er sein Handy und wählt die 112.

«Rettungsleitstelle Harrislee, was kann ich für Sie tun?», kommt eine tiefe Stimme aus dem Hörer.

«Insel Föhr, Hafen Wyk», ruft Gonzo. «Kommen Sie schnell. Eine Frau ist vom Kai auf meinen Kutter gefallen, sie ist schwer verletzt, vielleicht auch ihr Rücken. Schnell!»

Der Mann am anderen Ende reagiert sogleich.

«Ihr Name?»

«Gonzo Brodersen.»

«Wo genau ist der Unfall passiert?»

«Direkt im Fischerhafen, hinterm Reedereigebäude.»

«Und die Frau ist von der Kaikante auf den Kutter gefallen?»

«Ja, bitte, beeilt euch.»

«Wie viele Verletzte gibt es insgesamt?»

«Eine Frau!»

«Wie alt?»

«Dreiunddreißig, mach zu!»

«Ist sie ansprechbar?»

«Noch ja.»

«Kommt man mit einer Trage an Bord?»

«Nee, hier gibt es nur Steigleitern.»

«Okay.»

«Bitte beeilt euch!», brüllt Gonzo panisch in den Hörer.

«Lassen Sie bitte das Handy an», sagt der Mann.

Gonzo tätschelt Gesines Wange, ihr Gesicht ist kalkweiß.

«Hilfe kommt», sagt er.

«Durst», murmelt sie.

Er weiß nicht, ob es gut ist, ihr etwas zu trinken zu geben. Vielleicht wird sie gleich operiert, dann sollte sie vorher besser nichts zu sich nehmen.

«Ich bleibe bei dir.»

«Wasser», krächzt sie.

«Gleich.»

«Wie lange dauert das noch?»

«Schneller als eine Bestellung im *Surfclub*.»

Das ist das Café am Südstrand, zu dem sie manchmal gehen und deren Aushilfspersonal immer überfordert ist. Er möchte sie irgendwie ablenken. Doch dann schreit sie wieder laut auf. Er könnte vor Ungeduld platzen, weil vor Ort nichts passiert.

Sie stöhnt laut auf, er streicht ihr über die Wange.

«Meine Gesine», flüstert er zärtlich.

Ihm schießen Tränen in die Augen, aber er darf jetzt auf keinen Fall schlappmachen. Ihm fällt die Handytaschenlampe ein. Er stellt sie an und leuchtet neben sie, damit Gesine im Dunkeln etwas sieht, aber nicht geblendet wird.

«Alles wird gut», sagt er.

Obwohl das ein Scheißsatz ist, das weiß er selbst, aber was soll er sonst sagen?

«Wo bleiben die?», ruft er laut und streichelt Gesines Hand. Sekunden dehnen sich zu gefühlten Stunden.

In diesem Moment ertönt aus der Ferne ein erstes Martinshorn. «Hörst du das, Gesine? Sie kommen!»

Er fühlt ihren Puls, der sehr langsam geht, während seiner an der Decke klebt.

«Bitte, bitte, bitte!», ruft er laut.

Hoffentlich wird sein Gebet erhört.

Kurz danach sind weitere Martinshörner zu vernehmen.

«Sie sind gleich da!»

Er fühlt noch einmal Gesines Puls. Dann flackert Blaulicht oben am Kai, er hört Frauen- und Männerstimmen, Türen schlagen. Er könnte heulen vor Erleichterung.

«Hier», schreit er.

Taru steht immer noch bellend an der Kaikante und versteht die Welt nicht mehr. Neben ihm bremst mit quietschen den Reifen ein VW Tiguan mit Blaulicht, auf dem «Notarzt» steht. Anna springt raus, schnappt sich ihren Notfallkoffer und eilt auf den Kutter zu. An der Kaikante schnallt sie den Koffer auf den Rücken und klettert über die Leiter an Deck. Ihr folgen zwei Notfallsanitäterinnen. Anna nickt Gonzo kurz zu, geht auf die Knie und wendet sich zu der Verletzten.

«Moin, Gesine», sagt sie. «Dir wird es gleich besser gehen. Sie ist da heruntergefallen?», fragt sie Gonzo.

«Ja, mit dem Rad.»

«Das sind bestimmt eins achtzig, plus die Höhe vom Rad. Hast du was abbekommen?»

«Nee.»

Anna klappt ihren Koffer auf und zieht eine Spritze auf. Ihr Kollege legt bereits eine Braunüle an Gesines linke Hand, über die ihr schnell Medikamente zugeführt werden können.

«Wie geht es weiter?», stöhnt Gesine.

«Moment …» Anna funkt mit der Leitstelle und dem Inselkrankenhaus. «Vermutlich Fraktur linke Schulter und Verdacht auf Rückenverletzung.»

«Verstanden. Braucht ihr einen Hubschrauber?»

«Nee, das kriegen wir in der Inselklinik hin. Ich war drei Jahre in der Schulterklinik der Charité und kenne die Patientin außerdem persönlich. Es müsste nur ein Kollege auf der Insel meinen Notdienst übernehmen.»

«Wird erledigt.»

«In der Klinik brauche ich ein CT, und bitte einen OP frei halten!»

Gonzo schluckt, das hört sich nicht gut an.

«Geh du bitte nach oben und kümmere dich um den Hund», weist sie ihn an. «Wir machen das schon.»

Gonzo möchte Gesine nicht alleine lassen, aber es ist wirklich zu eng an Bord, das sieht er ein.

«Der Herd ...», murmelt Gonzo.

Er rennt zur Kombüse auf der Brücke und stellt den Gaskocher aus. Dann geht er auf den Kai und hebt Taru hoch. Es tut gut, das warme Tier auf dem Arm zu halten.

«Mach dir keine Sorgen, Gesine, das wird wieder», sagt Anna mit seelenruhiger Stimme. Nun sind auch die Martinshörner der Feuerwehr zu hören. Drei Fahrzeuge kommen am Kai zu stehen, darunter die Polizei, die das Gelände absperrt.

Er hört unaufgeregte kurze Ansagen, kein Wort zu viel. Alle sind konzentriert bis zum Äußersten und wissen, was zu tun ist. Eine Drehleiter schwenkt über das Deck, an der Scheinwerfer montiert sind. Die Szene wird in gleißendes Licht getaucht. Routiniert bringen die Helfer Schaufeltrage, Vakuummatratze und Korbtrage in Stellung, um die Verletzte nach der Erstversorgung von Bord heben zu können. Zuerst wird Gesine von drei Feuerwehrleuten auf die Vakuummatratze gelegt, die Schaufeltrage wird daruntergeschoben. Dann wird Luft aus der Matratze gepumpt, daraufhin wird Gesine in eine Korbtrage verfrachtet. Von oben wird das Hebegeschirr herabgelassen und daran befestigt. Langsam wird Gesine hochgehievt und auf eine rollbare Trage gelegt. Anna geht neben ihr zum Rettungswagen. Die

Sanitäter schieben Gesine mit routinierten Handgriffen hinein.

Gonzo springt in den Notarztwagen, obwohl das eigentlich nicht erlaubt ist, und schon gar nicht mit Hund. Fahrerin Hilke Vehrs fährt sofort los. Taru auf dem Schoß, kaut er auf seiner Unterlippe. Das hat er seit seiner Kindheit nicht mehr gemacht. Hilke folgt schnell und umsichtig mit Blaulicht und Martinshorn dem Rettungswagen vor ihnen.

In der Nacht ist auf der Insel so gut wie kein Verkehr, es kann aber trotzdem immer jemand aus einer Nebenstraße auf den Weg schießen. Gonzo sieht das Blaulicht über die vertrauten Wyker Straßen huschen, seine Heimatinsel wirkt in diesem Moment wie die Kulisse eines Horrorfilms. Hinten ist es viel zu still, wie er findet. Muss er sich Sorgen machen? Er dreht sich um. Anna und Sanitäter Bernd sitzen angeschnallt auf ihren Sitzen.

«Alles gut», meint Hilke, als sie auf das Gelände des Inselkrankhauses fährt.

«Und wenn nicht?»

Sie bringt den Rettungswagen zum Stehen. Am Eingang zur Notaufnahme warten bereits zwei Pfleger auf Gesine und rollen sie auf der Trage im Laufschritt in den Schockraum. Anna geht nebenher. Gonzo möchte mit hinein, muss aber mit Taru draußen bleiben. Er hat Glück: In diesem Moment kommt Krankenschwester Keike Thomsen heraus, die gerade Feierabend hat und seine Not mit einem Blick erkennt.

«Die lassen dich nicht rein mit ihm, was?»

Er nickt. «Wohin könnte ich Taru auf die Schnelle bringen?»

Sie lächelt. «Gib ihn mir.»

«Echt?»

«Ich habe einen Hund zu Hause, das wird schon werden. Ist er bissig?»

«Ach was, nein.»

Er geht jedenfalls davon aus.

«Stubenrein?»

«Ja.»

Sie nimmt ihm die Leine aus der Hand.

«Los, ab zu Gesine!»

Ein Wunder in dem ganzen Elend. Gonzo überlässt Keike Taru, er wird den Hund später bei ihr abholen.

27

*G*onzo sitzt im Flur der Notaufnahme auf einem unbequemen Plastikstuhl. Die große Wanduhr ihm gegenüber hat ein weißes Ziffernblatt und schwarze Ziffern, sie zeigt an, dass es auf zehn zugeht. Gegenüber steht ein Automat für Schokolade und Kaffee.

Anna kommt vom CT zurück.

«Damit hat Gesine ein paar Wochen bei uns gebucht», meint sie.

Gonzo mag diese lässige Ärztesprache nicht. «Wird sie überleben?», fragt er.

«Aber ja doch! Glatter Schulterbruch, und der Oberarm ist durch, der Rücken ist okay.» Sie legt ihre Hand auf seinen Arm. «Keine Sorge, das kriege ich wieder hin.»

«Bitte, Anna!»

«Los geht's!» Anna ruft Krankenschwester Jette zu sich. «Und wo steckt der Anästhesist?»

«Ist im Anflug aus Wrixum, müsste gleich da sein! Dr. Heeren und OP-Schwester Beelitz warten schon im OP.»

Im Weggehen wendet sich Anna noch einmal zu ihm: «Sehen wir uns später?»

Sie wirkt erstaunlich locker angesichts der dramatischen Situation, findet Gonzo – zu locker?

«Ich warte hier», sagt er.

«Musst du aber nicht.»

«Ich weiß.»

Der Anästhesist eilt herein.

«Moin allerseits.»

Gonzo kennt ihn vom Sehen, ein braun gebrannter Surfer, der viel am Strand rumhängt – ist der nicht viel zu jung für eine OP? Anna bespricht sich kurz mit ihm im Stationszimmer.

«Oder sollen wir sie doch ausfliegen?», hört Gonzo ihn fragen.

«Nach den CT-Bildern ist das kein Ding, alles glatte Frakturen.»

«Gut, ich ziehe mich um.»

«Mach dir keine Umstände, OP-Kleidung genügt.»

Gonzo ist am Boden zerstört, und die beiden wirken so locker, als gingen sie auf eine Party. Vor dem OP-Trakt darf er noch einmal zu Gesine, um ihre Hand zu halten und ihr über die Wange zu streichen.

«Alles Gute, meine Gesine», sagt er leise.

Dann kommt der junge Pfleger, der sie in den OP fahren wird.

«Ich möchte wieder Schlagzeug spielen», flüstert Gesine. Ihre Augen sind weit aufgerissen. Und das trotz der Beruhigungsmittel, die sie bekommen hat.

«Wirst du.»

«Ich habe Angst.»

Er geht ein Stück neben ihr her. «Klar. Aber denk daran: Im Operationssaal bist du so sicher wie nirgends sonst auf der Welt. Beim allerkleinsten Zucken machen die Ärzte alles für dich.»

Eine automatische Tür öffnet sich. Anna wartet bereits auf der anderen Seite in OP-Kleidung, sie trägt Mundschutz und Haube. Der Pfleger schiebt Gesine in den OP-Bereich. Hinter ihm schließt sich die Tür. Gonzo starrt Gesine hinterher. Irgendwann geht er zu seinem Stuhl zurück und sackt in sich zusammen. Ihm stehen Tränen in den Augen.

Er wartet Stunden. Wenn Gesine wieder aufwacht, möchte er bei ihr sein. Um sich abzulenken, denkt er daran, wie er den Rettern von der freiwilligen Feuerwehr danken wird: Krabben satt auf dem nächsten Feuerwehrfest, und das größte Fischbuffet, das die Welt je gesehen hat, plus Bier und guten Wein! Das haben sich die Frauen und Männer heute Abend mehr als verdient.

Zwischendurch nickt er leicht weg.

Und wacht ruckartig wieder auf.

Es ist zwei.

Er schaut sich um, ist etwas passiert? Auf der Station sieht alles aus wie immer. An der Wand rechts von ihm hängt ein Gemälde von Emil Nolde, das er im Jahr zuvor als Original im Alkersumer Museum Kunst der Westküste bewundert hat. Es heißt «Glühender Meeresabend». Der Himmel ist tiefdunkelblau, darunter zieht sich ein marmorierter Streifen quer über das Bild – ist das noch Himmel oder schon das Wasser? Weiter unten sieht man etwas, das zwei weiße Segel sein könnten, grüne und beige Streifen im Wasser, am Rand spiegelt sich der Himmel. Alles geht ineinander über. Diese Stimmung im Wattenmeer ist Gonzo tief vertraut, er liebt das Bild.

Jette, die dänische Nachtschwester, kommt auf ihn zu.

«Frau Dr. Grevenstein hat sich aus dem OP gemeldet. Es sah schlimmer aus, als es ist, sagt sie.»

Ihr charmanter dänischer Akzent beruhigt ihn, es ist die Sprache seiner Kindheit.

«Mange tak.»

«Værsgo.»

Kurz darauf schläft er wieder ein, träumt wildes Zeug, wacht auf und eilt zu Jette ins Schwesternzimmer:

«Schon was Neues?»

«Sie operieren noch.»

Das hört sich nicht gut an.

«Das dauert aber lange.»

Sie lächelt. «Soll ja auch alles gut halten.»

«Keine Komplikationen?»

«Das hätte ich mitbekommen.»

«Kannst du bitte mal nachfragen?»

Jette bleibt freundlich, wird jetzt aber etwas strenger im Ton. «Ich möchte sie nicht bei der Arbeit stören, die müssen sich konzentrieren.»

Gonzo nickt und setzt sich wieder.

Der Warteraum kommt ihm vor wie die Vorhölle.

Arme Gesine, hoffentlich bleibt nichts nach! Bitte, bitte, bitte! Jette versorgt ihn netterweise mit Kaffee. Ein junger Pfleger kommt von seiner nächtlichen Runde durch die Zimmer zurück und stellt sich zu ihr ins Schwesternzimmer.

«Hast du Björn letztens mit Keike im Oly gesehen?», fragt er Jette.

Die Wyker Disco *Olympic* im Gewerbegebiet wird auf der Insel «Oly» genannt.

«Mit Keike? Ich dachte, die ist mit Timo zusammen.»

«Keike will ja nach Kiel zum Studieren.»

«Ganz nach Kiel? Hätte Flensburg nicht genügt?»

Das Gequatsche lenkt Gonzo ab und beruhigt ihn etwas. Für die beiden scheint Gesine kein besonders tragischer Fall, bei dem sie zittern müssen, da haben sie schon anderes erlebt. Jedenfalls redet sich Gonzo das ein.

Stunden später sieht er, wie draußen die Sonne aufgeht. Er weiß, dass der Südstrand jetzt traumhaft aussieht. Um diese Tageszeit wird er von der Morgensonne aus dem Osten ausgeleuchtet, dort zeigt sich ein farbenprächtiges Gemälde in Blau und Gelb.

Jette hält ihm ein Handy hin. «Gesines Mutter ist am Apparat, kannst du rangehen?»

Gonzo steht auf und nimmt den Hörer in die Hand. «Ja?»

«Hallo, ich bin Marianne, die Mutter von Gesine.»

«Hallo, hier ist Gonzo, ich bin …»

«Der Krabbenfischer?»

«Ja.»

Erstaunlich, Gesine hat ihr anscheinend von ihm erzählt.

«Was ist passiert?»

Gonzo gibt es in knappen Worten, ohne zu viel Dramatik, wieder. «Im Inselkrankenhaus wird alles für Gesine getan», fügt er hinzu. «Das wird wieder.»

Wie oft er diesen Satz heute schon gesagt oder gehört hat.

Das Mantra der Verzweifelten.

«Sie traut sich immer zu viel zu. Dabei war sie als Kind sehr schüchtern.»

Gonzo kann es nicht glauben: Gesine und schüchtern?

«Das hat sie erfolgreich abgelegt, würde ich sagen.»

«Sollen wir kommen?»

«Im Augenblick können Sie nichts tun. Sie braucht nach der OP erst einmal Ruhe.»

«Unsere Gesine ist ein sehr sensibler Mensch.»

Es ist der falsche Zeitpunkt für eine Psychoanalyse, findet Gonzo. «Ich halte Sie auf dem Laufenden, versprochen.»

«Notfalls auch nachts.»

«Ja, aber es besteht wirklich keine Lebensgefahr. Hier arbeiten fähige Ärzte.»

«Auf so einer abgelegenen Insel?»

«Es ist so. Weil alle auf Föhr wohnen wollen, ziehen nur die Besten hierher.»

Na, hoffentlich!

«Also gut, vielen Dank. Und melden Sie sich bitte, wenn Gesine aus der Narkose erwacht ist.»

«Selbstverständlich, das mache ich. Auf Wiederhören.»

Gonzo fühlt sich ein bisschen seltsam als Gesines offizieller Vertreter.

In diesem Moment geht die OP-Tür auf, Anna und der Anästhesist kommen kichernd heraus.

Gonzo springt auf. «Und?»

«Alles super gelaufen», beruhigt ihn Anna. «Schulter fixiert, Arm geschient, der Ellenbogen hatte auch was abbekommen, das war nicht ganz leicht. Sie hat Glück gehabt, das hätte auch anders ausgehen können.»

Gonzo umarmt sie. «Föl thoonk, Anna.»

Sie schaut ihn nachdenklich an.

«Wie sieht es aus? Noch 'nen Absacker?», fragt sie. Sie wirkt nach der durchoperierten Nacht ziemlich erschöpft, ist aber noch unternehmungslustig. Wahrscheinlich wird immer noch eine Menge Adrenalin durch ihren Körper gepumpt.

«Es ist fünf Uhr morgens!», stellt Gonzo fest.

Anna zuckt mit den Achseln. «Die Minibar in meinem Hotelzimmer hat vierundzwanzig Stunden geöffnet.»

«Nee, ich gehe lieber ohne schlafen. – Kann ich Gesine sehen?»

«Aber nur kurz!»

Anna bringt ihn zum Aufwachraum. Gesines Schulter und Arm sind mit dicken Verbänden verpackt, auf ihrer

Stirn kleben zwei Pflaster. Jette sitzt neben ihrem Bett und beobachtet die Monitore, die Gesines Vitalfunktionen aufzeichnen. Gonzo weiß, dass alles gut ist, aber für ihn sieht es bedrohlich aus. Bei einem gesunden Menschen wäre all das nicht nötig.

Plötzlich öffnet Gesine die Augen und starrt ihn an.

«Gonzo …!», murmelt sie mit leiser Stimme und lächelt schwach. Dann fallen ihr die Lider wieder zu.

Gonzo streichelt ihr über die Wange.

«Bis nachher.»

«Gesine braucht Ruhe, vor heute Abend solltest du hier nicht auftauchen», meint Anna. «Frühstücken wir nachher zusammen? Vielleicht wieder im kleinen Friesencafé?»

«Mal sehen, wie lange ich schlafe.» Gonzo umarmt Anna. «Danke für alles.»

Sie winkt ab. «Da nicht für.»

«Anscheinend hast du in der Uni gut aufgepasst.»

Sie lacht. «Ja, ich habe immer alles brav mitgeschrieben.»

«Schönen Tag dann noch.»

«Ebenfalls, bis später.»

Anna geht hinaus.

Gonzo braucht einen Moment, um sich zu sammeln, dann verlässt er ebenfalls das Inselkrankenhaus, die Sonne scheint. Vor der Tür erfasst ihn der frische Westwind vom offenen Meer. Er atmet tief durch. Es kommt ihm so vor, als wollte das Tageslicht die Erinnerung an die gestrige Nacht auslöschen, gut so! Er wandert auf der Promenade am Südstrand, der um diese Zeit menschenleer ist. Am Leuchtturm Olhörn bleibt er einen Moment stehen und schaut auf die Nachbarhallig Langeneß. Er freut sich schon darauf, Taru abzuholen. Aber vorher muss er noch etwas erledigen.

28

Gonzo steht im Neoprenanzug an Deck der Lille Mor. In der Hand hält er eine zehn Meter lange Leine mit einem großen Karabinerhaken. Die Sonne ist verschwunden, fieser Nieselregen setzt ein. Neben Gonzo steht immer noch der gedeckte Tisch mit dem Geschirr seiner Großmutter und dem Silberbesteck.

Die Windlichter hat die Feuerwehr wahrscheinlich gestern noch vorsorglich gelöscht. Es wäre ein wunderschöner Abend mit Gesine geworden, da ist er sicher. In Hamburg ist etwas zwischen ihnen passiert, das er noch nicht orten kann, sie sind sich auf merkwürdige Weise nähergekommen, indem sie sich *nicht* näher gekommen sind. Schwer zu erklären.

Die Ereignisse des Vorabends sind hier noch sehr präsent: Gesine, an Deck liegend, die nicht wusste, wohin mit ihren Schmerzen. Es war unerträglich, ihr nicht helfen zu können. Hoffentlich wachsen ihre Knochen gut zusammen, sodass sie wieder Yoga machen kann. Anna sagte, sie habe getan, was möglich war, den Rest müsse Gesine sich Stück für Stück wieder antrainieren. Das wird sie machen wie keine Zweite, er wird sie eher zur Geduld mahnen müssen.

Er klettert über die Bordwand. Außenbords hat er ein kleines Fallreep befestigt. Entschlossen setzt er sich eine Taucherbrille auf, nimmt die Unterwassertaschenlampe in die linke Hand, das Ende der Schnur mit dem Karabinerhaken in die rechte. Das andere Ende hat er an Deck befestigt. Behutsam klettert er am Fallreep herunter. Nachdem er seinen Fuß kurz ins Wasser gehalten hat, lässt er sich hineingleiten und taucht neben seinem Kutter ab bis zum Grund des Hafenbeckens. Er hat die Lille Mor schon öfter unter Wasser repariert, ist es also gewohnt.

Das schlickige Hafenwasser bietet trotz der starken Lampe nur schlechte Sicht, aber das Suchgebiet zwischen dem Rumpf der Lille Mor und der Mole ist zum Glück begrenzt. Gesines Fahrrad ist bald zu sehen. Er befestigt den Haken an der geschwungenen Längsstange. Dann paddelt er wieder nach oben. Er hätte nicht gedacht, dass das Befestigen gleich beim ersten Tauchgang klappt. Nach Luft japsend bleibt er noch einen Moment im Wasser und hält sich mit einer Hand am Fallreep fest, Leine und Lampe hält er in der anderen.

Dann klettert er an Deck. In diesem Moment erscheint Dörte oben am Kai. Gonzo hat ihr ein paar Tage freigegeben.

«Brauchst du Hilfe, Chef?», fragt sie.

«Wenn du mich so fragst», antwortet Gonzo. «Ja.»

Dörte kommt zu ihm an Bord und staunt über seinen Neoprenanzug. «Wonach suchst du?»

«Am anderen Ende der Leine hängt ein Goldschatz.»

«Echt? Dann hoch damit!»

Zusammen ziehen sie Gesines Fahrrad an der Leine aus dem Wasser, was sehr anstrengend ist. Auch zu zweit müssen sie mehrmals Pause machen. Irgendwann haben sie es geschafft, Gesines rosa Cruiser liegt vor ihnen an Deck.

«Danke, Dörte», sagt er. «Du hast mir sehr geholfen.»

«Das soll ein Goldschatz sein?»

«Das Rad gehört Gesine, für sie ist es so etwas wie ein Goldschatz. Stell dir mal vor, dein Fahrrad würde ins Wasser fallen, Dörte.»

«Lieber nicht, Chef. – Gibt's sonst noch was?»

«Nee, danke, Dörte.»

«Dann tschüss.»

«Tschüss.»

Sie geht von Bord und radelt davon.

Nach dem Tauchgang fühlt er sich auf merkwürdige Weise überwach, als müsse er nie wieder schlafen. Er weiß, das gaukelt ihm nur das Adrenalin vor, er sollte nach Hause fahren und sich ins Bett legen, dann wird der Schlaf von selbst kommen. An Deck spritzt er das Rad mit einem Wasserschlauch ab und wischt alle Teile sorgfältig mit einem ölgetränkten Lappen. Vielleicht kann er den Rostbefall durch das Salzwasser verhindern, einen Versuch ist es wert.

Bevor es nach Hause geht, möchte er noch zu den nicht fastenden Fastenfrauen fahren, die im kleinen

Friesencafé auf ihren ersten Kurs nach dem Eklat warten. Vorsichtig packt er das Geschirr seiner Großmutter in eine Kiste, die mit Zeitungspapier gepolstert ist, dann zieht er die weiße Decke vom Tisch. Er schließt die Brücke ab und geht von Bord.

Gerade will er am Kai in seinen Pick-up steigen, da kommen seine Fischerkollegen Kai, Hauke und Morten auf ihn zu.

«Was ist passiert?», fragt Hauke.

Gesines Unfall ist auf der Insel längst Tagesgespräch. Gonzo will nicht viel sabbeln. Er erzählt in wenigen Sätzen, was geschehen ist. Die Kollegen erfragen zum Glück keine Details.

«Ich hatte schon überlegt, einen Yogakurs bei Gesine zu belegen», seufzt Hauke.

«Jetzt doch?», fragt Gonzo erstaunt.

«Mein Rücken ist durch dein Yoga besser geworden», brummt der schwere Hauke. «Aber das lässt so schnell nach. Und Gesine soll ja ein Profi sein.»

«Mit einem Mal ist es auch nicht getan.»

«Zeit müsste man haben.»

«Ach was, Yoga kann man überall machen. Dein Kutter ist genauso gut wie eine Turnhalle.»

Zugegeben, das ist übertrieben.

Hauke kratzt sich an den Bartstoppeln. «Zeig uns das doch bitte noch mal.»

«Wie spontan seid ihr?»

Die drei tauschen einen vielsagenden Blick. «Na, Gesundheit geht vor, oder?»

Offensichtlich haben sie akute Probleme, sonst würden sie nicht so drängeln.

Gonzo schaut auf die Uhr. «Noch haben wir Ebbe, eine Stunde bis zum Auslaufen … In einer halben Stunde im kleinen Friesencafé?»

Er wird sie mit den Fastenfrauen zusammenbringen, Gesine hat bestimmt nichts dagegen.

Vorher fährt er aber zu Krankenschwester Keike Thomsen, die Taru bei sich aufgenommen hat. Sie wohnt im Kortdeelsweg am Wyker Stadtrand. Ihrem müden Gesicht nach zu urteilen, hat sie auch noch nicht viel geschlafen. Taru freut sich wie verrückt, ihn zu sehen, er springt mit wedelndem Schwanz an seinem Bein auf und ab.

«Danke», sagt Gonzo, während er Taru streichelt. «Du hast uns riesig geholfen.»

So bald wie möglich wird er ihr einen Riesenbeutel frische Krabben vorbeibringen, das ist Ehrensache.

«Wie geht es der Armen denn?»

«Sie schläft. Ist alles gut gegangen.»

«Ein Segen.»

«Ja.»

«Unser Hasso und Taru haben sich bestens verstanden.»

Wer immer Hasso ist, ein Pinscher oder ein Pitbull. Sie gibt Gonzo eine Tüte mit Trockenfutter mit, die er bezahlen will, was sie aber strikt zurückweist.

Die Insel Föhr präsentiert sich in der gelben Morgensonne in voller Pracht, dazu kündigen die vielfältigen Düfte der Pflanzen einen warmen Tag an. Mit Taru auf dem Schoß fährt Gonzo wieder am Denkmal vorbei. Jetzt schlägt die Müdigkeit doch durch, aber noch darf er nicht schlappmachen. Die nicht fastenden Fastenfrauen warten im kleinen Friesencafé auf ihre Yogalehrerin, und er hat keine Handynummer von ihnen. Sie müssen Bescheid bekommen, was vorgefallen ist.

Im Garten des kleinen Friesencafés sitzen die Frauen bereits in Yogakleidung auf ihren Matten.

«Hey, Gonzo, wieder mal dabei? Wie schön!», ruft Maren, als er um die Ecke biegt.

«Gesine ist noch nicht da», sagt Suse.

Da läuft Taru zu ihnen.

«Oh, da ist sie ja schon», sagt Beate, die erwartet, dass Gesine gleich hinter ihrem Hündchen auftaucht.

Gonzo muss sich räuspern, bevor er sprechen kann, es ist alles noch sehr nah.

«Gesine kann nicht kommen. Sie hatte einen Unfall und liegt im Krankenhaus.»

Die drei blicken ihn starr vor Schreck an. Suse hält sich entsetzt die Hand vor den Mund.

«Um Gottes willen!»

Er erzählt in drei Sätzen, was passiert ist.

«Wie schlimm ist es?», fragt Maren leise. «Du kannst ehrlich sein, Gonzo!»

«Ein paar glatte Brüche, sie hat noch Glück gehabt, sagt die Ärztin.»

«Aber nichts mit dem Rücken, oder?», fragt Suse. «Bitte nicht!»

Ihr stehen Tränen in den Augen, was Gonzo so rührt, dass er auch um Fassung ringt.

«Nein, zum Glück nicht», stellt er klar und schluckt schwer.

«Ausgerechnet jetzt», sagt Beate. «Wir hatten uns gerade wieder vertragen. Und das Yoga bei Gesine tut mir so gut.»

«Uns allen ist in letzter Zeit die Kraft ausgegangen», bekennt Maren.

«So wirkt ihr aber gar nicht», sagt er.

«Das ist nur äußerlich, Gonzo. Wir haben schwere Krankheiten hinter uns und wollen auf Föhr unsere Zähler wieder auf null stellen.»

«Verstehe.»

Es geht also nicht nur um Wellness.

«Gesine kann euren Yogakurs erst mal nicht mehr machen», sagt er.

«Die Arme, können wir sie besuchen?»

«Später, sie ist nach der OP noch sehr schwach.»

«Dann werden wir wohl abreisen, oder was meint ihr?» Beate schaut betrübt in die Runde.

«Müsst ihr nicht! Morgen springt jemand ein, ist alles schon in Arbeit.»

Was er da verspricht, ist ihm spontan rausgerutscht, ohne dass dahinter ein Plan steckt. Er mag die Frauen einfach nicht im Stich lassen.

«Und wer?»

«Es ist ja alles erst ein paar Stunden her, aber ich bin dran.»

«Wie schön!»

Ihre Augen leuchten.

Und nun?

«Grüß Gesine bitte, wenn du sie siehst. Wir denken ganz doll an sie und schicken ihr all unsere positive Energie.»

«Werde ich ihr ausrichten, das wird sie freuen. Heute müsst ihr die Übungen aber wohl alleine …»

«Klar.»

In diesem Moment schleichen drei schüchtern dreinblickende Fischerkollegen in den Garten. Da sie eben mit ihren Kuttern auslaufen wollten, tragen sie noch ihre weiten Gummilatzhosen, unter den Armen halten sie zusammengerollte Yogamatten.

Diesen Anblick sollte man eigentlich fotografieren, denkt Gonzo.

«Das sind meine Kollegen Kai, Hauke und Morten», sagt er. «Die würden heute gerne bei euch mitmachen – geht das?»

Die Frauen wirken angesichts der fremden Männer in Gummikleidung irritiert.

«Da Gesine nicht kann», fügt er hastig hinzu. «Wenn ihr vielleicht zusammen …?»

«Wenn es nicht passt, passt es nicht», murmelt Hauke verlegen.

«Geht schon», meint Beate. «Ich übernehme das!»

Fastenfrauen und Fischer taxieren sich gegenseitig.

Die Übungen werden gar nicht das größte Problem sein, vermutet Gonzo, sondern die Sprache. Seine Kollegen können sich unter «Achtsamkeit» nicht viel vorstellen. Nicht weil sie die nicht praktizieren, sondern weil sie den Begriff einfach nicht kennen.

«Runter mit euch zu Boden!», hört Gonzo Beate hinter sich rufen, als er das kleine Friesencafé verlässt. «Ihr seid Fischer?»

«Ja.»

«Dann fangen wir mit dem ‹Fisch› an. Auf Sanskrit heißt der ‹Matsyasana›. Also mit dem Rücken auf die Matte legen, bitte.»

Für diese Übung muss man sehr gute Bauch- und Halsmuskeln haben, weiß Gonzo. Das ist anspruchsvoll eingestiegen und ohne vorheriges Aufwärmtraining etwas halsbrecherisch. Er macht sich lächelnd davon, irgendwie wird es schon hinhauen.

In seiner Küche nimmt Gonzo einen Suppenteller aus dem Schrank und füllt ihn mit Trockenfutter, daneben stellt er Taru etwas zu trinken hin. Dann legt er sich ins Bett und rechnet damit, eine Sekunde später einzuschlafen. Aber sein Körper und sein Hirn denken nicht daran. Die Bilder der vergangenen Nacht fliegen hektisch durch seinen Kopf. Die leblose Gesine an Deck, das Martinshorn, das Blaulicht, der «Glühende Meeresabend» von Nolde, Gesines panische Augen, als sie in den OP geschoben wurde. Taru springt neben ihn aufs Bett und rollt sich zu seinen Füßen auf der Decke ein.

Gonzo weiß nicht, ob er es ihm verbieten soll, er findet es einfach nur schön. Ohne es zu merken, sackt er weg.

Nach drei, vier Stunden wird er von einem Bellen an seinem Ohr geweckt. Taru stupst ihn mit der Schnauze.

«Was ist los, Taru?»

Gonzo linst auf den Wecker. Der ist erst knapp fünf Stunden weitergelaufen. Klar, Taru muss raus. Ist ja auch toll, dass er sich meldet. Gonzo öffnet ihm die Terrassentür, aber Taru bewegt sich von alleine kein Stück, er wartet auf ihn. Eigentlich möchte Gonzo sofort zurück ins Bett, aber was soll er tun?

Er tritt auf die Terrasse. Von der Nordsee weht ihm frischer Westwind entgegen. Wie es Gesine wohl gerade geht? Ängstlich schaut er auf sein Handy, das Inselkrankenhaus hat versprochen anzurufen, wenn etwas sein sollte. Dass er keine Nachricht bekommen hat, sieht er als gutes Zeichen. Trotzdem ruft er zur Sicherheit an.

«Alt i orden, hun sover endnu», beruhigt ihn Jette. *Alles gut, sie schläft noch.*

Gonzo atmet auf. «Mange tak!»

Einschlafen kann er jetzt nicht mehr.

29

Gesine verspürt das dringende Bedürfnis, sich zur Seite zu drehen, aber es geht nicht. Ihre Schulter ist mit einem Gestell fixiert, der Arm liegt in einer Schiene. Sie muss die ganze Zeit auf dem Rücken liegen, was sie sonst nie tut. Auf Schmerzmittel möchte sie weitgehend verzichten, aber ohne hält sie es kaum aus. Immer noch ist sie unendlich müde. Dass sie nicht aufstehen darf, fühlt sich an wie im Gefängnis. Von ihrem Bett aus hört sie den Seewind ums Haus streichen. Von der Klinik bis zum Strand sind es nur wenige Meter, für sie liegt er weit entfernt wie ein anderer Kontinent. Wie gerne würde sie jetzt wegfahren, vielleicht nach Hamburg, in das Hotel, in dem sie mit Gonzo war. Oder mit ihrer Ella im Sonnenuntergang zum Inseldreieck zwischen Föhr, Amrum und Sylt.

Immer wieder versucht sie zu rekonstruieren, was passiert ist, aber in ihrer Erinnerung gibt es Lücken. Sie hat sich so sehr auf das Essen mit Gonzo gefreut. Dass er sie an Bord der Lille Mor bekochen wollte: So etwas hat er vorher noch nie gemacht. Sie hat sich extra schick gemacht, dabei darauf geachtet, lässig zu bleiben. Als sie auf den Kai zufährt, kann sie Windlichter auf einem gedeckten Tisch ausmachen, die Kerzen flackern. Aus lauter Vorfreude fühlt sich ihr Bauch ganz warm an. Taru läuft neben ihr. Die Windlichter kommen näher und näher.

Dann fällt sie ins Leere.

Gesehen hat sie nichts, sie spürt ein extrem flaues Gefühl im Bauch, weiche Knie. Danach kommen nur noch Bruchstücke, alles tut weh wie nichts zuvor in ihrem Leben. Gonzo sitzt neben ihr und streichelt ihr über die Wange, sie hört Rufe von Feuerwehrleuten, Anna von Toschas Party beugt sich über sie, ihre orangefarbene Jacke leuchtet im Scheinwerferlicht.

Gesines Krankenbett liegt direkt am Fenster, das Abendlicht scheint herein. Ihre Sehnsucht, einfach aufzustehen und hinauszugehen, steigt ins Unermessliche. Ob sie jemals wieder Yoga machen kann? In irgendeiner Form bestimmt. Aber wird es reichen, um zu unterrichten? Muss sie zurück in die Kreditabteilung der Bank und den Leuten krumme Deals andrehen? Bitte nicht!

Es klopft an der Tür. Kurze Zeit später tritt ein großer Mann ein. Sie erkennt ihn erst nicht, so durcheinander ist sie noch.

«Gonzo», murmelt sie.

Ihre Stimme ist belegt. Sie versucht, sich aufzurichten, was prompt misslingt.

«Bleib bitte liegen», flüstert er. In der Hand hält er einen Riesenstrauß wilder Wiesenblumen.

«Wie schön!»

«Selbst gepflückt in der Marsch bei Midlum.»

«Oh, sind die hübsch, tausend Dank.»

Er legt den Strauß erst mal auf ihr Nachtschränkchen, setzt sich an die Bettkante und streichelt ihr mit dem Zeigefinger vorsichtig über die Hand.

«Wie geht es dir?», fragt er.

«Ich brauche Geduld, sagt Anna.»

«Hast du die?»

«Woher denn?»

«Schmerzen?»

«Och …»

«Dagegen musst du etwas bekommen!»

Er holt eine Vase aus dem Schrank, füllt sie mit Wasser und stellt die Blumen gut sichtbar auf den Tisch gegenüber von Gesines Bett.

«Lieber nicht zu viel.»

«Du musst das Zeug ja nicht für den Rest deines Lebens nehmen. Aber während der Zeit im Krankenhaus solltest du schmerzfrei sein.»

Sie schauen sich in die Augen.

Die Menschen auf der Station sind ausnehmend freundlich und zugewandt, aber Gonzo bedeutet ihr so viel mehr. Das spürt sie in diesem Augenblick. Wie schön, dass er da ist, das tut gut.

Es klopft an der Tür, Schwester Jette kommt herein. Auf der Station beginnt die Frühschicht.

«Moin, Gonzo, da bist du ja wieder», sagt sie. «Alles klar bei euch?»

«Moin. Sag, was ist mit Schmerzmitteln für Gesine?»

«Brauchst du mehr?», fragt Jette sie.

«Besser ja», antwortet er für sie.

Sie protestiert nicht, er hat recht.

«Ich frage Frau Dr. Grevenstein.»

«Danke.»

Jette verschwindet aus dem Zimmer.

«Was war mit den Fastenfrauen?», erkundigt sich Gesine. «Haben sie auf mich gewartet?»

«Ich bin zu ihnen gefahren und habe Bescheid gesagt.»

«Du bist ein Schatz.»

«Dann habe ich sie mit meinen Fischerkollegen zusammengesteckt.»

Sie lächelt müde. «Um was zu tun?»

«Na, Yoga.»

«Fischer und Yoga?»

«Das hat bei uns Nordfriesen Tradition.»

Sie muss kichern, aber das tut leider auch weh.

Auf dem Nachtschränkchen liegen drei Tupperdosen mit den Namen der nicht fastenden Fastenfrauen, Beate, Suse und Maren.

«Haben sie an der Pforte für mich abgegeben», sagt Gesine. «Nett, nicht?»

Gonzo nimmt eine in die Hand. «Die sind ja leer, was hat das zu bedeuten?»

«Damit wollen sie mir sagen, dass sie ab jetzt doch wieder fasten.»

Gonzo lacht.

Gesine schaut aus dem Fenster. «Wir wollten die nächsten Tage meditieren. Auch das fällt jetzt flach.»

«Es sei denn, *ich* meditiere mit ihnen.»

«Du?»

Er nickt. «Friesenmeditation.»

«Was soll das sein?»

«Ich lebe mein ganzes Leben am Meer und bin Fischer. Glaubst du nicht, dass ich da vielleicht ein bisschen was von der Weite des Himmels und des Meeres verstehe?»

«Klar, aber …»

«Ich mache das gerne mit ihnen!»

Sie stöhnt auf. «Lieber nicht, Gonzo, aber danke.»

«War nur ein Angebot. – Kann ich dir sonst irgendetwas besorgen?»

«Was zum Lesen. Noch bin ich zu schlapp, aber später …»

«Kriegst du. Als Erstes vielleicht Momme Jansen? Wenn du schon nicht auf seiner Lesung auftreten kannst …»

«Ach ja, was wird damit jetzt überhaupt?»

«Das regelt sich, mach dir keine Sorgen.»

Es klopft erneut, Anna kommt herein. Sie lächelt Gonzo an.

«Hallo.» Sie schließt einen neuen Tropf an die Braunüle an. «So, Gesine, hier ist was gegen die Schmerzen. Du wirst merken, die sind gleich weg. Gibt es sonst irgendwelche Probleme?»

«Einige, aber egal.» Zum Beispiel würde sie jetzt gerne in das Hamburger Hotel fahren, aber das ist natürlich unrealistisch.

«Nicht egal, ich muss es wissen.»

«Nein, so weit alles klar.»

Anna wendet sich an Gonzo. «Sehen wir uns nachher zur Probe für die Lesung?»

Was?

«Okay, wo?», fragt er.

Anna soll sie ersetzen? Violine statt Drums? Wieso hat Gonzo das nicht erwähnt?

«Auf deinem Kutter?», fragt Anna.

«Aber nicht im Hafen», überlegt Gonzo. «Da latschen mir zu viele Feriengäste rum.»

«Dann fahren wir eine Seemeile raus und ankern da.»

«In Ordnung.»

«Gegen vier?»

«Einverstanden.»

«Dann bis nachher.»

Weg ist sie. Es wird bestimmt sehr romantisch werden, wenn Gonzo mit ihrer Ärztin Musik macht. Plötzlich spürt Gesine eine bleierne Müdigkeit aufkommen, sie kann kaum noch die Augen offen halten, das Gespräch der beiden hat sie sehr angestrengt. Gonzo streichelt ihr über die Wange. Sie spürt, wie sie sofort einschläft.

Als sie aus tiefen Träumen erwacht, ist es Nacht. Draußen herrscht Dunkelheit. Für einen Moment hat sie die Orientierung verloren. Wo befindet sie sich? Sie kann sich nicht bewegen – was ist passiert? Dann kommt es wieder: Inselkrankenhaus, Zimmer 7. Die Mittel von Anna wirken, der Schmerz ist so gut wie weg. Sie muss an Gonzo und Anna denken – sind sie seit Toschas Party ein Paar?

30

Gonzo steht vor Suse, Maren und Beate am Kai des Wyker Hafens. Er trägt Jeans und T-Shirt. Die Frauen haben sich in wetterfeste Jacken gehüllt, die an diesem warmen Sommertag auch auf hoher See überflüssig sind. Aber man kann nie wissen. Der Nordwestwind bläst Wolken vor sich her.

«Wisst ihr, warum Friesen so wenig reden?», fragt er in die Runde.

Die Frauen schauen sich ratlos an. «Keine Ahnung.»

«Weil sie so viel meditieren.»

Das löst große Heiterkeit aus. «Ich dachte, das kommt aus Asien», meint Beate.

«Dafür brauchst du vor allem eine ganz besondere Leere um dich herum.» Gonzo deutet hinter sich. «Wie unsere Nordsee.»

«Da könnte was dran sein», überlegt Suse.

«Was denkt ihr, was passiert, wenn ein Fischer tagelang übers Meer fährt und ununterbrochen auf den Himmel und das Wasser guckt?»

Die Frauen nicken.

«Wann kommt denn die Aushilfe für Gesine?», erkundigt sich Beate.

Gonzo hatte die – nun wieder fastenden – Fastenfrauen per SMS informiert, dass Gesine eine Vertretung gefunden hat. Gesine ahnt natürlich nichts davon. Er hofft, dass er sich nicht neuen Ärger einhandelt.

«*Ich* bin die Aushilfe», verkündet er. «Ich führe euch in die jahrhundertealte Kunst der Friesenmeditation ein.»

Richtig ernst nehmen können es die Frauen noch nicht.

«Was soll das genau sein?»

«Aufmerksamkeitsübungen im Wattenmeer», sagt er.

«Du meinst *Achtsamkeits*übungen.»

«Wenn du es so nennen willst.»

«Und was ist das genau?»

Jetzt muss er improvisieren. «Findet traditionell auf hoher See statt.»

Gonzo weiß um seine Verantwortung. Die Frauen machen auf eigene Faust eine Kur, die für sie sehr wichtig ist. Wenn sie die Insel Föhr wieder verlassen, soll es ihnen spürbar besser gehen.

«Willkommen an Bord», lädt er ein und tritt an der schmalen Gangway zur Seite.

«Das Meer macht mir Angst», gesteht Beate.

«Du meinst, wir könnten untergehen?», fragt die beherzte Suse nach.

«Na, wenn eine Sturmflut kommt», sinniert Beate.

«Heute kommt keine», versichert Gonzo.

«Sicher?»

«Ja.»

Maren geht als Erste an Bord, die anderen folgen. Vom Kutter *Störtebeker II* nebenan grüßt Kai, der die Frauen ja vom Yoga kennt.

«Moin, ihr drei, geht's auf große Fahrt?»

«Moin, Kai», ruft Suse vergnügt. «Ja, stell dir vor, wir fahren mit Gonzo nach New York! Ich bin schon ganz aufgeregt.»

Spontan singen die Fastenfrauen den Refrain des alten Udo-Jürgens-Titels. Die Stimmung ist wieder gut. Überraschenderweise taucht Dörte am Kai auf.

«Moin, Dörte», begrüßt sie Gonzo.

«Moin, Chef, kann ich mit?», fragt sie.

Er schaut die Frauen fragend an. «Das ist meine Bootsfrau Dörte.»

«Na klar soll sie mit», ruft Beate. «Hallo, Dörte!»

Die Frauen stellen sich ihr vor. Dörte zögert nicht lange und nimmt ihren Lieblingsplatz vorne am Bug ein.

Gonzo wirft die Maschine an, löst die Leinen und tuckert langsam aus dem Wyker Hafen heraus. Der Südstrand von Föhr zieht vorbei, auf der Backbordseite liegt die Hallig Langeneß. Er hält wieder Kurs auf die vertrauten Fanggründe vor Norderoogsand.

Beate breitet begeistert die Arme aus. «Die Luft hier ist noch frischer als auf der Insel, kann das sein?» Sie atmet tief ein.

Das kann Gonzo nur bestätigen. «Frischer kriegst du sie nirgends.»

«Wo geht es hin?», erkundigt sich Suse.

«Ich bringe euch an einen Platz, an dem man nichts anderes tun kann, als runterzukommen.»

«Klingt wie ein Traum.»

«Ist es auch. Es gibt nur ein Problem …»

«Und das wäre?»

«Man muss die Entspannung auch aushalten.»

«Wie meinst du das?»

«Na, da, wo wir hinfahren, ist wirklich *nichts*.»

Dörte verlässt ihren Posten am Bug nicht und blickt stoisch aufs Meer.

Schon bald leuchtet die großflächige Sandbank Norderoogsand hell vor ihnen in der Sonne auf. Gonzo dreht bei und lässt den Anker fallen, dann stellt er die Maschine aus. Sein Handy hat er auf lautlos gestellt, die Funke ist aus. Das ist riskant, aber er behält das Revier im Blick. Die leicht kabbelige See hat sich wieder beruhigt. Die Frauen blicken ihn erwartungsvoll an. Er drückt jeder eine Matte in die Hand und nimmt sich auch eine.

«Bitte legt euch aufs Deck.»

Sie folgen seiner Aufforderung.

Sonst hantiert er hier mit Krabbennetzen herum, herumliegende Frauen sehen erst mal ungewohnt aus.

«Für dich habe ich leider keine Matte dabei, Dörte», entschuldigt sich Gonzo. «Willst du meine nehmen?»

«Nee, danke, ich bleibe lieber, wo ich bin.»

«Wie du willst.»

Gonzo weiß, dass sie sich an ihrem Lieblingsplatz am besten fühlt.

Er lässt sich ebenfalls auf der Matte nieder.

«Schließt bitte die Augen und nehmt den Klang des Meeres und des Windes wahr», sagt er. «Es ist nicht nur *eine* Stimme, die ihr hört, es sind hundert.»

Mit geschlossenen Augen fühlt er sich dem Meer fast näher, als wenn er es vor sich sieht. Er spürt die Kraft der Gezeiten, die Ebbe zieht das gesamte Meer an sich. Der Wind kommt wie ein seltenes Musikinstrument dazu, spielt eine Vielzahl von Melodien und Tönen, dazu plätschern die Wellen gegen den Rumpf der Lille Mor.

Irgendwann steht er auf und baut an Deck vier Klappstühle auf, die er sich aus dem kleinen Friesencafé geliehen hat. Langsam öffnen die Frauen die Augen und blicken eine Weile liegend in den Himmel. Dann richten auch sie sich auf.

«Nehmt bitte hier Platz», sagt er und drückt jeder Frau eine Angel in die Hand, er nimmt sich auch eine. Am Ende der Schnur hängt ein Blinker mit Haken.

«Hat eine von euch schon mal geangelt?», fragt er.

Sie schütteln den Kopf.

«Es geht nicht darum, etwas zu fangen.»

«Wozu dann die Angel?»

Er lächelt. «Das ist eure Verbindung zum Meer.»

«Und wenn ich aus Versehen doch einen fange?», erkundigt sich Beate.

«Dann sehen wir weiter. Schleudert einfach den Blinker ins Wasser so wie ich.» Er macht es ihnen vor.

Sie erweisen sich als äußerst geschickt und machen es auf Anhieb richtig. Dann setzen sich hin und legen die nackten Füße auf die Reling. Sämtliche Köder sind ins Wasser getaucht. Alle blicken schweigend zum Horizont und auf die großflächige Sandbank auf der Steuerbordseite. Dörte verlässt auch jetzt nicht ihren Platz und blickt unverwandt auf die Nordsee.

Mitten auf dem Meer übernehmen die Gedanken in Gonzos Kopf ihre ganz eigene Regie. Ihm fällt ein, dass er vor nicht mal drei Wochen im Wyker Hafen geangelt hat, um seine Leichtigkeit zu feiern. Seitdem ist sein Leben förmlich explodiert. Das Gesicht von Straßenbahnfahrerin Jana taucht wieder auf, der Spruch auf ihrem T-Shirt, *Wie gut, dass mir niemand beim Denken zuhören kann*, den er ohne Abstriche bestätigen kann. Dann erscheint Larissas Mercedes vor der Tür des Dagebüller *Austernfischer*. Und Anna, die wie aus dem Nichts neben ihm vor Norderoogsand Violine spielte. Gesine im Hamburger Hotelbett, ganz nah bei ihm, da war sie noch gesund. All das wird vom Nordseewind herangeweht und dann wieder in die Weite entlassen.

«Beim Angeln bitte bewusst atmen», ordnet er leise an. «Vier Schläge ein, sechs aus. Also: Eins, zwei, drei, vier ein – eins, zwei, drei, vier, fünf, sechs – aus. Und eins, zwei …»

Eine Gruppe hoch aufgetürmter Wolken zieht über ihnen aufs Meer hinaus. Er riecht das Salz des Wassers und taucht in das funkelnde Licht der Nordsee ein.

«Dieses ganz spezielle Licht gibt es nur hier», sagt er. «Es ist ein besonderer Moment, genießt ihn einfach.»

Die Frauen schweigen und genießen, jede ist ganz bei sich, unerreichbar für die anderen. So soll es sein.

Dann passiert das, womit er nicht gerechnet hat: Ein Fisch beißt an! Zum Glück bei Maren, die es einigermaßen gelassen nimmt. Entschlossen rollt sie die Schnur gegen den Widerstand des zappelnden Tieres ein, das sich mit allen Kräften wehrt. Suse und Beate erwachen aus ihren Träumen.

Gonzo sieht sofort, dass es ein Barsch ist.

Dörte klatscht in die Hände und ruft: «Super!»

Beate hievt den Fisch über die Bordwand und weiß dann nicht weiter. Gonzo nimmt ihn vom Haken und wirft ihn zurück ins Meer.

«Warum tust du das, Chef?», beschwert sich Dörte. «Barsch schmeckt super!»

Als Gehilfin eines Fischers ist das natürlich richtig gedacht.

«Der nicht, Dörte», sagt Gonzo.

Die ersten Meter sehen sie ihn noch dicht unter der Wasseroberfläche entlanghuschen, dann taucht er ab in unbekannte Meeresgründe.

Nach guten zwei Stunden fahren sie zurück Richtung Wyker Hafen. Gonzo schaut auf sein Handy, Gesine hat eine WhatsApp geschrieben.

Wie läuft es bei dir?

Der lütte Barsch schwimmt Richtung Horizont, antwortet er.

Könnt ihr ihn nicht braten?

Dürfen wir nicht.

Warum nicht?

Weil es eine Fastentour ist.

DU HAST ES TATSÄCHLICH GETAN?

Hochseeangeln für drei Fastende und Dörte – was dagegen?

Und ihr habt nicht heimlich meditiert?

Mitten auf dem Meer? Wie sollte das gehen?

Daraufhin erhält er von Gesine Absolution:

:-) :-) :-)

31

Nach ein paar Tagen geht es Gesine etwas besser. Sie darf mit Hilfe aufstehen, soll sich aber immer noch schonen. Es klopft kurz an der Zimmertür, da kommt Anna herein. Gesine findet es immer noch seltsam, sie mit Vornamen anzusprechen, wo alle anderen im Inselkrankenhaus doch «Frau Dr. Grevenstein» sagen. Sie haben sich ein einziges Mal auf einer Party getroffen, weil ihr guter Freund Gonzo zufällig mal Musik mit ihr gemacht hat, das ist alles. Auch er kennt sie im Grunde nicht gut. Aber vielleicht hat sich das inzwischen geändert …

«Wie sieht es aus?», Anna setzt sich auf ihre Bettkante. Sie misst Temperatur und Blutdruck. «Kein Fieber, 125 zu 85, super.»

Dass Gonzo die Lesung nun zusammen mit Anna begleiten will, schmerzt Gesine fast genauso wie ihr Arm. Das neben ihm ist *ihr* Platz! Es wäre ihr lieber gewesen, Gonzo wäre alleine aufgetreten, was durchaus möglich wäre.

«Ich möchte raus hier», kündigt sie an.

«Kommst du», sagt Anna beschwichtigend.

«Wann?»

«Die Knochen müssen noch etwas fester zusammenwachsen.»

«Wird das in der Schulmedizin nicht überschätzt?»

Anna lacht. «Ich verstehe dich ja, aber ein bisschen Geduld brauchst du noch.»

«Die habe ich am allerwenigsten.»

«Hast du jemand, der zu Hause für dich sorgt?»

«Wozu?»

«Bis die linke Schulter nicht verheilt ist, kannst du dich auf der rechten Seite nicht waschen.»

«Irgendwie wird das schon hinhauen.»

«Ich kann dir Hilfe organisieren.»

«Bloß nicht.»

«Denk wenigstens darüber nach.»

Lieber möchte ich ein Date mit Gonzo, so wie du eins hast!

«Kann ich sonst noch etwas für dich tun?»

«Danke, alles okay.»

Anna ist eine sehr zugewandte Ärztin. Sie ermuntert Gesine, auf dem Flur kleine Strecken zu gehen. Was Gesine gerne tut, sie macht eher zu viel. Manchmal versucht sie sich vorzustellen, was Frau Doktor und Gonzo wohl veranstalten, während sie hier im Krankenhausbett liegt. Ob Anna wirklich auf Föhr bleiben will? Oder macht sie ihre Zukunft auf der Insel von Gonzo abhängig? Die beiden scheinen sich hervorragend zu verstehen. Ist Gonzo in sie verliebt? Das weiß sie nicht. Würde sie aber gerne wissen. Einfach nur so.

Zu ihr ist Gonzo wie immer. Der gute Kumpel. Nein,

der gute Freund. Oder der beste gute Freund. Sie riecht sein neues Rasierwasser, wenn er sie umarmt. Es passt zu seiner Haut, hat er sehr gut ausgesucht. Oder hat Anna es ihm geschenkt? Sie erinnert sich an seine glücklose Frauensuche: die falsche Personalchefin, die durch ihn Föhr entdeckt hat, die Straßenbahnfahrerin aus Dortmund. Armer Gonzo, auf Föhr läuft er den beiden immer wieder über den Weg. Das wäre in einer Großstadt anders.

Wenn Anna und Gonzo zusammen bei ihr im Krankenzimmer sind, kann sie keine auffälligen Zeichen der Verbundenheit entdecken. Vielleicht nur aus Rücksicht ihr gegenüber? Würde er ihr sagen, wenn er mit Anna zusammengekommen wäre? Eigentlich ist er eine ehrliche Haut.

Es klopft, Gonzo kommt herein. Er trägt eine große Adidas-Tasche, will er noch zum Sport? Geht er nach seiner körperlich anstrengenden Arbeit überhaupt trainieren?

«Wie geht es dir?», fragt er.

«Besser.»

«Schön.»

«Wie geht es Taru?»

«Hervorragend. Wir sind ein tolles Team.»

«Ich bin dir so dankbar.»

«Ist doch klar.»

«Ich habe Sehnsucht nach Taru.»

«Und er nach dir. Aber Hunde sind im Krankenhaus ja leider verboten.»

Plötzlich bellt es in der Tasche, er öffnet sie lächelnd. Gesines heiß geliebter Taru springt heraus und hüpft auf ihr Bett. Ist das schön, ihn knuddeln und streicheln zu können! Und auch Taru ist glücklich, obwohl er es bei Gonzo bestimmt auch gut hat.

Sie umarmt Gonzo. «Danke, du Guter!»

«Kann man die Tür abschließen? Nicht, dass Jette oder Anna hereinschneien und ihn entdecken.»

«Ach was.» Sie blickt ihm in die Augen. «Sag, was machen überhaupt deine Frauengeschichten?»

Er guckt sie erstaunt an. «Was bitte?»

«Das ist sogar hier im Krankenhaus schon rum.»

«Was?»

Sie grinst. «Dass deine Fischerkollegen mit meinen Fastenfrauen Kamasutra gemacht haben.»

«Kamasutra? Das erzählt man sich? Herrlich, ich liebe die Gerüchteküche auf unserer Insel.»

«Und? Ist da was dran?»

«Aber ja! Sie haben die Übungen genau nach Handbuch ausgeführt – und alles in deinem Namen.»

«Gonzo!»

«Es ist *dein* Kurs, ich war nur die Vertretung.»

«Ich hätte es wissen müssen, aber im Ernst: Hauke, Morten und Kai haben wohl Riesenärger mit ihren Frauen bekommen. Als die gehört haben, dass du sie mit fremden Frauen zusammengebracht hast, sind sie durchgedreht.»

«Vertrauen sie ihren Männern so wenig?»

«Vor allem hielten sie es für ausgeschlossen, dass ihre

Männer Yoga machen. Vielleicht redest du mit ihnen und erklärst es.»

«Okay.»

Sie nimmt seine Hand. «Schön, dass du gekommen bist.»

«Ist doch selbstverständlich.»

Sie lächeln sich an.

«Was ich dich fragen wollte ...»

«Ja?»

«Hast du eigentlich was mit Anna?»

Jetzt ist es raus.

Gonzo hält ihren Blick. «Meinst du, sie würde zu mir passen?»

«Das weißt nur du.»

«Stimmt.»

Beide schweigen einen Moment. Sie hätte gerne mehr gehört, aber da kommt nichts.

«Wenn du wieder gesund bist, holen wir unser Essen auf der Lille Mor nach, okay?», sagt er.

«Gerne.»

Jetzt weiß sie immer noch nichts.

«Ich habe das Buch von Momme Jansen mit.» Gonzo zieht es aus der Tasche.

«Ich kann mich noch nicht so gut konzentrieren. Kannst du mir ein Stück davon vorlesen?»

Gonzo setzt sich zu ihr auf die Bettkante. Sie streichelt währenddessen Taru, der gar nicht genug von ihren Zärtlichkeiten bekommen kann. Gonzos Stimme ist sonor, sein leichter Insulanerakzent passt zum Text.

Auf dem Festland hält sich bereits der dunkle Himmel wie eine samtblaue Decke für die Nacht bereit. Sonnenrot und Nachtblau sind wie füreinander geschaffen, unter anderen Umständen wären sie ein glückliches Paar geworden und zusammen um die Welt gezogen. Als einziger Treffpunkt bleibt ihnen nur die blaue Stunde am Abend, in der sie beieinander sein können, bevor sie in unterschiedliche Richtungen auseinandergetrieben werden.

Gesine träumt sich ans Meer.

«Die Nordsee ist so nahe, und dennoch zurzeit für sie unerreichbar.»

«Wer sagt das?»

Statt einer Antwort erhebt er sich, um vom Flur einen Rollstuhl zu holen, in den er sie nun vorsichtig reinhebt. Fürsorglich deckt er sie mit einer dicken Wolldecke zu. Dann meldet er sich bei Jette im Stationszimmer ab, die nicht weiß, ob sie das erlauben darf.

«Frau Dr. Grevenstein hat gesagt, es ist in Ordnung», behauptet er. Eine Notlüge.

Er schiebt Gesine hinaus auf die Straße und dann weiter zur nahe gelegenen Promenade. Was für ein Anblick. Zusammen schauen sie über den Föhrer Südstrand aufs Meer. Ein leichter Wind weht, die Flut rollt in langen, kräftigen Stößen heran.

Sie achten darauf, sich nicht zu berühren, er nimmt nicht mehr ihre Hand, was für ihn noch selbstverständlich war, als es ihr schlecht ging. An Deck nach dem Unfall zum Beispiel und auch später im Krankenhaus. Schade.

«Wie war denn die Probe mit Anna?», erkundigt sich Gesine.

Gonzo kratzt sich am Nacken. «Sie spielt fantastisch.» Er schwärmt ja richtig von ihr.

«Auch das noch.»

«Zweifelst du daran?»

«Ich habe sie ja noch nie gehört.»

«Moooment!»

Gonzo zückt sein Handy und scrollt zu der Audiodatei, die Anna ihm geschickt hat. Eine Violine und seine Mundharmonika sind zu hören, überlagert von Möwengeschrei.

«Das sind Anna und ich», erklärt Gonzo. «Bei unserem ersten Zusammentreffen.»

«Ach.»

«Und?», fragt Gonzo.

«Wird schon hinhauen», sagt Gesine und wendet den Blick zum Horizont.

32

Vor seinem Auftritt geht Gonzo früh los, um noch in Ruhe einen Kaffee im kleinen Friesencafé zu trinken. Früher ist er immer in Schwarz aufgetreten, wie Johnny Cash, das «streckende Schwarz» sollte seinen Bauch kaschieren. Heute trägt er sein tailliertes weißes Hemd und Blue Jeans. Taru kommt natürlich mit, diesmal an der Leine. Der Kleine freut sich, dass es rausgeht und dass wieder etwas passiert.

Zu Hause hat Gonzo schon ein paar Stücke auf der Mundharmonika gespielt, um warm zu werden. Ohne Keyboarder Jens und Gesine kommt ihm der Auftritt merkwürdig vor. Mit Anna wird es bestimmt auch gut, aber Gesines Rhythmus wird ihm fehlen, das weiß er jetzt schon, er treibt ihn an und inspiriert ihn.

Die Probe auf der Lille Mor war kurz, Anna wurde nach einer halben Stunde kurzfristig zu einer Operation abberufen, obwohl sie keine Bereitschaft hatte. Das meiste werden sie also improvisieren. Bis auf ein Mozartstück, das sie vorgeschlagen hat. Da er keine Noten lesen kann, hat er es sich im Internet mehrmals angehört und so einstudiert.

Gonzo steht mit seinem Americano an einem Stehtisch und schaut zu, wie die Insekten auf dem Hochbeet voller Kräuter herumkrabbeln. Da vernimmt er von hinten eine Stimme, die er kennt – aber am liebsten nie wieder gehört hätte. Er wagt es kaum, sich umzudrehen.

Es ist Larissa.

«Moin. Was machst du denn hier?», fragt Gonzo.

«Ich möchte auf die Lesung von Momme Jansen, da trittst du doch mit auf, oder?»

«Und was soll das?»

Sie lächelt süffisant. «Ich will hören, ob du wenigstens musikalisch was draufhast.»

«*Ich* habe dich *nicht* angelogen, Frau Personalchefin.»

«Ach komm, ein bisschen geflunkert wird doch immer bei solchen Dates.»

«Manche nehmen es aber auch ernst, weil sie wirklich jemanden suchen.»

«Beruhig dich, Gonzo, es ist ein Spiel.»

Sie hat nicht mal ein schlechtes Gewissen. Was hat sie nur nach Föhr verschlagen?

In diesem Moment erscheinen Beate, Suse und Maren. Sie haben sich extra schick gemacht für den Abend.

«Hey, Gonzo!», grüßen sie lächelnd.

Taru bittet bellend um Aufmerksamkeit, bis er von allen gestreichelt wird.

So nett das ist, wird es Gonzo plötzlich zu viel. Vor seinem Auftritt braucht er Ruhe. Da taucht Anna auf, sie trägt ihren Geigenkoffer als Rucksack auf dem Rücken. Sie sieht toll aus.

«Da bist du», grüßt sie Gonzo und lächelt. «Dann kann es ja losgehen.»

«Endlich.»

«Das ist also deine Neue», ruft Larissa. «Mausi_91?»

«Wer sagt das?», fragt Anna, dann scheint sie sich an die denkwürdige Begegnung zu erinnern. «Ah, das missglückte Date.»

Den Umgang mit dem feinen Florett beherrscht sie, das muss er sagen.

Als wenn das alles noch nicht schlimm genug wäre, kommen nun auch Straßenbahnfahrerin Jana und ihr Gorilla ins kleine Friesencafé. Gonzo schießt das Blut in den Kopf.

«Bloß weg!», raunt er Anna zu.

Er lässt Taru von der Leine. Was sich als schlechte Idee erweist, denn der Kleine rennt schneller davon, als Gonzo gucken kann.

«Taru!», ruft er hinterher.

Aber der ist noch nicht ausreichend erzogen und gehorcht überhaupt nicht. Gonzo rennt hinterher.

«Den kriegen wir», ruft Larissa und rennt auch los. «Vier Augen sehen mehr als zwei.»

Jana und Anna folgen ihr. Jetzt sind es schon acht Augen, die Taru suchen. Und was für ein spezieller Suchtrupp ist da zusammengekommen! Die Yogafrauen teilen sich auf und rennen von der anderen Seite durchs Dorf. Gonzo durchsucht alle Geschäfte und Cafés, vor allem die, die Lebensmittel und Essen anbieten. Irgendwo muss das Hündchen zu finden sein, er kann nicht weit gekommen sein! Da irrt er gewaltig.

Er staunt, wie schnell so ein kleines Tier von der Erdoberfläche verschwinden kann. Ein Glück, dass Gesine nichts mitbekommt, sie würde vor Sorge umkommen. Er muss Taru finden, koste es, was es wolle, und zwar bevor die Veranstaltung beginnt – und das ist in einer Viertelstunde! Gonzo klappert alle Häuser ab, deren Türen offen stehen und in die Taru gelaufen sein könnte. Zwischendurch begegnet er Larissa und Jana, über diese Kombination möchte er nicht genauer nachdenken.

Nach einer halben Stunde findet Larissa Taru im Spar-Markt Rickmers. Sie nimmt ihn auf den Arm und schickt Gonzo ein Selfie von sich und dem Kleinen. Offenbar hat sie seine Nummer noch nicht gelöscht …

Kurze Zeit später kommt Gonzo atemlos angelaufen, er herzt Taru und leint ihn an.

«Danke, Larissa. Das ist großartig.»

«Jetzt bist du mir was schuldig», sagt sie.

«Willst du mich etwa erpressen?»

«Ja.»

Erst einmal der Auftritt, denkt Gonzo.

Buchhändlerin Greta wartet bereits nervös im Garten des kleinen Friesencafés, das proppenvoll ist. Sie platziert Anna und Gonzo auf der rechten Seite der Bühne, zwischen ihnen sitzt der Autor und liest aus seinem Buch. Jansen ist um die sechzig, er trägt Segelschuhe, helle Hose und dunkelgrünes Hemd, dazu eine schwarz umrandete Brille. Seine Landschaftsbeschreibungen von der Insel Föhr und dem Wattenmeer wirken auf Gonzo so, als wäre er mittendrin. Auch wenn der Autor dreimal behauptet, es sei kein Schlüsselroman, kann Gonzo das nicht ganz glauben: Jansens Hauptfiguren sind sämtlich Insulaner und Insulanerinnen, Gonzo versucht herauszuhören, wer gemeint sein könnte. Das geht wohl allen so im Saal. Die Föhrer Familie, die Jansen beschreibt, meint Gonzo sehr gut zu kennen. Aber genauso geht er bei den Naturbeschreibungen mit, von denen er Gesine vor dem Inselkrankenhaus schon einige vorgelesen hat.

Ohne dass es jemand merkt, lässt Gonzo seine Handykamera mitlaufen und zeichnet die Veranstaltung auf, das war mit Greta so abgesprochen. Gesine kann sie sich später im Inselkrankenhaus ansehen, auch wenn das nur ein schwacher Trost ist. Zwischendurch blickt er zu den Yogafrauen, die neben Larissa, Jana und ihrem Typen in der ersten Reihe sitzen. Das Reizklima an der Nordsee fordert bei Beate seinen Tribut, sie schließt die Augen und döst leicht weg. Das geht vielen so, an der Nordsee schläft man anfangs einige Stunden mehr und futtert das Doppelte. Wobei – Letzteres im Fall der Fastenfrauen ja nun nicht mehr!

Anna wirft ihm von der Seite einen auffordernden Blick zu. In diesem Moment setzt er seine Mundharmonika an und spielt einen fast unhörbaren Ton. Anna kommt leise dazu. Innerlich heben sie ab. Sie musizieren in ganz neuen Sphären. Es gibt großen Applaus, auch der Autor klatscht mit strahlenden Augen.

In der Pause stehen sie im Kreis zusammen, als seien sie eine Clique: Gonzo, Anna, Larissa, Jana und ihr Typ, der Marcel heißt, die Fastenfrauen. Gonzo findet das Ganze vollkommen absurd, wehrt sich aber nicht.

«Ich dachte, du bist Fischer», sagt Beate zu ihm. «Aber du machst vor allem Musik.» Dann wendet sie sich an Anna: «Und du auch. Tretet ihr noch öfter zusammen auf?»

Der Autor kommt dazu. Er gibt allen die Hand: «Ah, eine Insulanerrunde?» Dann sagt er zu Anna und Gonzo: «Eure Musik bringt meinen Text in eine ganz neue Umlaufbahn, danke.»

«So soll es sein», brummt Gonzo.

Wie schade, dass Gesine das nicht miterleben kann, denkt er. Nach der Lesung schickt er ihr seinen Mitschnitt aufs Handy.

«Wie sieht es aus?», fragt Larissa hinterher. «Gehen wir zwei Schönen noch was essen?»

Gonzo sieht sie fassungslos an.

Zum Glück kommt in diesem Moment Anna und eist ihn los.

«Sorry, meine Liebe», erklärt sie Larissa freundlich. «Wir sind noch zum Essen mit der Buchhändlerin und dem Autor eingeladen.»

Damit will sie Larissa zu verstehen geben: *Du bist draußen!*

Gonzo ist Anna unendlich dankbar.

«Du hast mich gerettet», sagt er vor der Tür.

Aber so harmonisch es mit Anna war, so schön sie ist und so begabt, ist ihm klar: Sie werden niemals ein Paar. Und das ohne besonderen Grund. Manchmal ist das einfach so.

33

Sechs Wochen später

Gesine und Gonzo schreiten das Zimmer in dem Altbauhäuschen ab, das ziemlich renovierungsbedürftig aussieht. Zwischen ihren Beinen läuft Taru und schnüffelt mal hier und mal da.

«Meinst du, ich kann die hässlichen grünen Tapeten mit dem Goldrand einfach überpinseln?», erkundigt sie sich.

Gonzo tritt zur Wand und kratzt vorsichtig daran herum. «Die Tapeten sind so alt, die fallen schon beim bloßen Angucken auseinander. Die müssen runter.»

«Ach, irgendwie wird es gehen. Ich habe zurzeit einfach kein Geld für einen Tapezierer.»

«Brauchst du auch nicht.»

«Wie das?»

«Weil *ich* das machen werde.»

Sie schüttelt den Kopf. «Das möchte ich nicht.»

«Wieso nicht?»

«Nee ...»

«Ich bin immer noch dein guter alter Freund Gonzo, schon vergessen?»

Ihr gemeinsames Essen auf dem Kutter haben sie nachgeholt. Gonzo hatte den kleinen Tisch mit dem

Porzellangeschirr seiner Großmutter gedeckt und fantastisch gekocht. Sogar an die Windlichter hatte er gedacht. Einerseits war es wunderschön, andererseits fand ihr Treffen am Ort des Unfalls statt. Was keine gute Erinnerung war. Unweigerlich kamen sie immer wieder darauf zurück, das ließ sich gar nicht vermeiden. Was die Stimmung nicht gerade hob.

«Ich hoffe, du kannst bald wieder Yogakurse geben», sagt Gonzo.

In den leeren Räumen hallen seine Worte nach.

«Erzähl das mal meiner Schulter!»

Gonzo schaut ihr die Augen. «Ich glaube, du hast für die Heilung einen echten Vorteil.»

«Und der wäre?»

«Du hast in deinem Leben viel Yoga gemacht.»

«Hoffentlich.» Sie schaut sich um. «Möbel brauche ich auch noch.»

Immerhin hat sie vorher möbliert gewohnt, sie besitzt nichts.

«Wir können gerne mit meinem Pick-up zu Ikea nach Kiel fahren und alles besorgen, was du brauchst.»

«Nee, in dieses uralte Haus passen eher alte Möbel, finde ich. Die hole ich bei Ebay.»

«Findest du nicht, der Kontrast neue Möbel – altes Haus könnte ganz gut kommen?»

«Ich denke drüber nach.»

«Zum Einzug schenke ich dir auf jeden Fall meinen Servierwagen von Lufthansa.»

«Echt?»

Es ist ihr absolutes Lieblingsstück in Gonzos Haus, seit sie ihn kennt.

«Ja, echt.»

«Danke.»

«Und es bleibt dabei: Ich tapeziere das Zimmer für dich.»

«Nee, das mache ich selber.»

«Mit deiner kaputten Schulter, na klar.»

«Dann muss das eben warten.»

«Ich mache das!»

Der hilfsbereite, gute Gonzo! Sie wird ihn bald nicht mehr so häufig um sich haben. Weiter weg ist er ihr auch lieber.

Sie treten vor die Tür. Gesine zieht an einen der schönsten Orte des Landes, nach Friedrichstadt an der Treene. Eine niederländische Stadt mitten in Nordfriesland, die im 17. Jahrhundert gegründet wurde. Man nennt sie «Klein Amsterdam», sie ist von Grachten durchzogen, an denen alte Giebelhäuser stehen.

Sie gehen zum großen Marktplatz, dort hat man das Gefühl, in einem anderen Land zu sein. Nachdem sie sich ein Eis gekauft haben, schlendern sie weiter. In den Galerien der Prinzenstraße entdecken sie einen Fisch, der aus Treibholz angefertigt wurde, im Wasser der Grachten spiegeln sich die prachtvollen Giebel. Sie führt ihn zu einem Haus, das am Rand der Stadt direkt an der Treene liegt. Über der Scheibe steht: *Onkel Heins Spielzeugladen.*

Sie lächelt. «Der Besitzer ist Ben Stein, er hat den Laden von seinem Onkel geerbt. Dessen Tochter wohnt übrigens auf Föhr, du kennst sie vielleicht: Anneke Petersen.»

«Von der *Pension Möwenwind* in Süderende? Sie hat lange in Australien gelebt, nicht wahr?»

«Genau.»

Gesine hakt sich bei ihm ein und zieht ihn in den Laden.

Ein Mann kommt auf sie zu, ungefähr eins achtzig groß, Mitte dreißig, wie sie beide.

«Moin, Gesine», sagt er und umarmt sie herzlich.

«Moin, Ben.»

«Alles klar so weit?»

«Das ist mein guter Freund Gonzo von Föhr.»

Der Mann streckt Gonzo die Hand entgegen. Er wendet sich an Gesine. «Es bleibt dabei?»

«Ab nächsten Montag», bestätigt Gesine. «Ich zeige Gonzo die Stadt und deinen wunderschönen Laden.»

«Denn man too.»

Bens Laden ist eine Traumwelt. Eng an eng stehen Spielzeuge, wie man sie noch nie gesehen hat. Ein regelrechter Dschungel, in dem unzählige Geschichten stecken: bunte Karussells, seltene Tiere, von der Decke hängen Boote mit Segeln aus Papyrus und Auslegern, die man aus der Südsee kennt, dazwischen Marionetten mit ausdrucksstarken Augen.

Gonzo lässt seinen Blick über die Spielzeuge kreisen. «Das ist also demnächst dein Zuhause?»

«Ich werde Ben hier vertreten, bis alles vollständig ausgeheilt ist. Er möchte mit seiner Frau Nintje ein paar Monate nach Indonesien reisen.»

«Ein Traum.»

Gonzo blickt begeistert auf ein Hochrad, das größer ist als er selbst, darauf sitzt eine Giraffe, ihr Hals reicht bis zur Decke.

«Wäre so etwas nichts für dich?», fragt Gonzo mit hochgezogenen Augenbrauen.

«Willst du, dass ich mir auch noch die andere Schulter breche?»

Er nimmt viele Gegenstände in die Hand, befühlt ihre Form, stellt sie wieder zurück. Sie schenkt ihm die Giraffe auf dem Hochrad in einer kleinen Version für seine Fensterbank.

Eine Stunde später fahren sie zurück nach Husum, wo die Lille Mor im Hafen liegt. Er lässt ihr den Vortritt und folgt ihr an Bord.

«Danke für alles, Gonzo», sagt sie.

«Hmm», brummt er und schaut aufs Wasser.

Mehr als das kommt von ihm nicht?

Sie hatte auf eine Umarmung gehofft.

Und vielleicht auf mehr.

Er will das nicht, da kann sie nichts machen.

So ist es eben, wenn man so lange gut befreundet ist. Verändert sich etwas mit deinen Gefühlen, hast du kaum eine Chance. Zumal beide die Veränderung im selben Moment empfinden müssen.

Auf jeden Fall ist es richtig, von der Insel wegzugehen. Auf Föhr hätte sie es nicht mehr ausgehalten. Immer, wenn Gonzo und sie sich gesehen haben, hat sie gelitten. Bei seiner ersten Essenseinladung auf seinem Kutter wollte sie ihm ihre Gefühle gestehen. Das ist schon schwer, wenn man sich gerade erst kennengelernt hat. Aber so vertraut, wie sie sind, ist es ein Ding der Unmöglichkeit. Wie soll man da anfangen? Da ist die Wahrscheinlichkeit zu scheitern noch viel höher. Er sollte es trotzdem wissen.

Der Unfall hat dann alles durcheinandergebracht. Im Krankenhaus war sie zu schwach. Außerdem vermutet sie, dass bei Gonzo der Zug längst Richtung Anna abgefahren ist. Friedrichstadt ist ein Neuanfang und eine Chance für sie. Der Spielzeugladen ist wunderschön, und irgendwann wird sie auch wieder Yoga unterrichten. Vielleicht werden sich Gonzo und sie hin und wieder im Husumer Hafen treffen, wenn er seinen Fang dort anlandet.

Auf keinen Fall möchte sie, dass er ihre Wohnung in Friedrichstadt renoviert. Das wäre viel zu nah und würde ihr nur wehtun.

34

*G*onzo startet den Motor. Den Kurs Richtung Föhr muss er auf keiner Seekarte prüfen, den hat er im Schlaf drauf. In der Ferne sind die Halligen und Inseln zu erkennen, die in der Nachmittagssonne grün leuchten. Ein Vogelschwarm zieht über den Krabbenkutter hinweg in den Abendhimmel. Er muss wieder an den «Glühenden Meeresabend» von Nolde denken, auf den er in der Notaufnahme eine ganz Nacht lang gestarrt hat. Das Meer liegt jetzt genau so vor ihm wie auf dem Bild. Wenn man es realistisch sieht, sind die Farben bei Nolde unwirklich. Aber sie drücken das Gefühl aus, das der Maler beim Blick auf die Nordsee hatte, und das deckt sich mit Gonzos Empfindung.

Gonzo ist äußerst wortkarg. Er ist frustriert wie selten in seinem Leben. Gesine setzt noch einen drauf, als sie sagt: «Dann kommst du mich hoffentlich mal in Friedrichstadt besuchen.»

Er will sie gar nicht besuchen! Am besten, sie sehen sich erst mal gar nicht mehr. Er wird auch ohne sie klarkommen, sie sind ja nicht zusammen. Wie Gesine kann auch er alleine leben, zufrieden und ohne Probleme. Das hat er sich viele Jahre bewiesen, warum soll sich das geändert haben? Auf seinem Kutter, bei bestem Wetter, was wird ihm da fehlen? Er ist von magischer Schönheit umgeben: dem Meer, der Weite des Himmels und dem Wind, der alles in Bewegung hält.

«Beziehungen werden überschätzt», hat Gesine in ihren endlosen Gesprächen oft behauptet, und er hat immer dagegengehalten. Inzwischen denkt er, dass sie recht hat. Damit es in einer Beziehung einigermaßen hinhaut, muss man Kompromisse machen. Das bedeutet im Klartext, Abstriche von sich selbst und den eigenen Wünschen. Muss das sein? Nein, oder?

Gesine steht am Bug und schaut auf das Meer vor sich. Ihre Haare sind länger geworden und wehen im Fahrtwind. Ansonsten regt sich kein Lüftchen. Plötzlich dreht sie sich um und kommt zu ihm auf die Brücke.

«Ich möchte auf gar keinen Fall, dass du meine neue Wohnung tapezierst», erklärt sie.

Er denkt einen Moment nach.

«Wenn ich ehrlich bin, möchte ich das auch nicht.»

«So?», fragt sie.

Sie gucken aufs Meer.

«Ich möchte nämlich gar nicht, dass du weggehst», sagt er leise.

«Und ich möchte nicht mehr deine gute Freundin sein und mit dir über andere Frauen reden.»

Er stellt die Maschine aus und lässt den Kutter treiben. Das Meerwasser gluckst am dunkelroten Rumpf. Gonzo weiß, dass er jetzt mutiger sein muss als jemals zuvor in seinem Leben.

Aber er muss gar nichts tun, es passiert von selbst.

Sie treten aufeinander zu. Und küssen sich.

Endlich.

Föl thoonk

Dem Dreamteam aus dem Verlag: meiner langjährigen wunderbaren Lektorin Katharina Schlott sowie Polaris-Leiterin Katharina Dornhöfer, Verlagsleiter Marcus Gärtner, Pressereferentin Anne-Claire Kühne, Lesungsorganisatorin Lisa Marie Paesike, Katrin Seele für ihr grandioses Hörbuch-Engagement, Josefine von Eisenhart für alles und ALLEN im fantastischen Rowohlt-Vertrieb!

Sowie meinem Literaturagenten und Komplizen Dirk Meynecke, meinen wunderbaren PR-Agentinnen Britta Peddinghaus von talent-x-change sowie Julia Weber von Musiktransfer.

Meinem Freund und ungeheuer hilfsbereiten Unterstützer bei der Recherche, Jürgen «Bubu» Huß in Wyk auf Föhr.

Sabine Kaack, die mit ihrer unglaublichen Stimme und ihrem großen Einfühlungsvermögen die Hörbücher meiner Romane so wunderbar liest. Dazu gehören natürlich Heike Schmidtke und die tolle Crew im Argon-Hörbuch-Verlag.

Meinem Freund und Kollegen Hendrik Berg.

Jan Henschel fürs Dänische und Hark Rickmers fürs Fering.

Holger Bauer vom Landesfeuerwehrverband Schleswig-Holstein.

Weitere Titel

Lena Wolf
Ein Zuhause auf Sylt

Zwei Schwestern, ein Bauernhof am Meer und ein Tierarzt, der auch Herzen heilt.

Wie hat sich Ella auf ein paar Tage mit ihrem Vater am Meer gefreut! Sie konnte ja nicht ahnen, dass sie auf Sylt ihrer Schwester begegnen würde. Seit Jahren haben die beiden keinen Kontakt, und nun sehen sie sich ausgerechnet auf einem kleinen Hof bei Morsum wieder. Ina hilft hier mit den Hühnern und Zie-

416 Seiten

gen aus, sie konnte schon immer besser mit Tieren als mit Menschen. Doch die Versöhnungspläne des Vaters scheitern, alte Wunden brechen auf. Ella will schon die Koffer packen, wären da nicht die anderen Bewohner des Karsenhofs. Allen voran Tom, der Enkel der Hofbesitzerin. Er ist Tierarzt und kennt sich nicht nur mit störrischen Vierbeinern aus. Durch Tom lernt Ella die schönsten Seiten der Insel kennen. Und sie versteht, wieso ihre Schwester auf dem Hof ein neues Zuhause gefunden hat. Denn ist Familie nicht vor allem eine Sache des Herzens?

Sommer, Sonne, Sylt: eine charmante Liebesgeschichte von der Spiegel-Bestseller-Autorin von «Ein Sommer auf Sylt».

Weitere Informationen finden Sie unter **rowohlt.de**

Katharina Herzog
Das kleine Bücherdorf: Sommerzauber

Vintage-Mode und Bücher – das sind die zwei großen Leidenschaften im Leben von Ann Webster. In ihrer Boutique verkauft sie nicht nur wunderschöne Secondhand-Couture, jedem Kleidungsstück liegt auch die Geschichte seiner früheren Besitzerinnen bei. Was niemand wissen darf: Ann schreibt heimlich unter Pseudonym ziemlich pikante Liebesromane! Als ein großer Verlag auf Ann aufmerksam wird, ist sie überglücklich. Doch die Lektorin möchte ausgerechnet,

336 Seiten

dass sie die Geschichte des unverkäuflichen Brautkleides in ihrem Schaufenster erzählt. Und somit auch die Geschichte von ihr und Ray, der ihr vor vielen Jahren das Herz gebrochen hat und der nun nach Swinton gekommen ist, weil er die stillgelegte Whisky-Destillerie wiedereröffnen will. Ann muss sich der Vergangenheit stellen, wenn ihr Traum wahr werden soll.

Weitere Informationen finden Sie unter **rowohlt.de**

Rosamunde Pilcher
Die Muschelsucher

Mitreißend und berührend – eine der
erfolgreichsten Familiensagas aller Zeiten

Penelope Keeling kann zurückblicken
auf ein langes und bewegtes Leben. Ihr
liebster Besitz: ein Gemälde mit dem
Titel «Die Muschelsucher», das ihr
Vater, der Künstler Lawrence Sterne,
einst malte. Als ihre Kinder erfahren,
dass das Werk mittlerweile ein Vermögen
wert ist, entbrennt ein heftiger Streit
darum. Doch Penelope kann sich nicht

864 Seiten

von dem Bild trennen. Zu viele Erinnerungen sind damit verbunden:
an ihre unkonventionelle Kindheit in Cornwall, eine Zeit unbeschwer-
ten Glücks, aber auch an die Kriegsjahre, eine unglückliche Ehe – und
an ihre große Liebe. Je tiefer die Erinnerungen sie in die Vergangenheit
ziehen, desto klarer wird Penelope, dass sie die vor ihr liegenden Entscheidungen nur mit dem Herzen treffen kann …

Der Klassiker, der Leserinnen und Leser seit Generationen begeistert.

Weitere Informationen finden Sie unter **rowohlt.de**